OPINIONES DE LOS LECTORES

«*Sangre de Emanuel* **es un viaje conmovedor a la redención y la esperanza, que me hizo sollozar, reír y quedar prendida de cada palabra. Es un elixir de amor puro para un corazón sediento.** Para mí ha sido como si me cubriera un manto que me ahogara en el amor más sorprendente y purificador que jamás pude sentir. **En cinco días leí** *Sangre de Emanuel* **tres veces y dos semanas después iba por la séptima lectura. Prepárese para una transformación del alma misma.** Este libro hará que se sienta completo de una manera que ni se imagina».

—Donna McChristian, 44 años,
Químico medioambiental

«**En el momento en el que cerré** *Sangre de Emanuel* **sentí ganas de salir corriendo a la calle,** buscar a mis amigos, mis vecinos —y hasta a mis enemigos—, rebosante de incuestionable verdad y amor espectacular. Sí, ¡amor! **Esta es una historia escrita con sangre, sin reparos, con una gran carga emocional y tan entregada a su Creador que la redención late en sus páginas.** Entre capítulo y capítulo se puede oír el aullido de Ted Dekker en esta conmovedora novela que pinta imágenes que alteran la vida e incluso está salpicada de emociones que recuerdan a *Sangre de Emanuel*. **En aras del amor, levante este cáliz dorado, bébalo y compártalo.** *Sangre de Emanuel* invita a ello».

—Caleb Jennings Breakey, 24 años,
Periodista

«**Al terminar de leer** *Sangre de Emanuel* **permanecí sentado en el sofá, atónito y en silencio.** Mientras leía este libro, muchas fueron las veces en que tuve que acordarme de respirar. **La intensa pureza de la historia de amor quebrantó mi corazón y rompió mis emociones.** Cada vez que me veía obligado a dejar la lectura, anhelaba volver a tenerlo entre mis manos. Leeré este libro una y otra vez, y ya he hablado de él a todos mis conocidos para que ellos también aprendan lo que es realmente el amor, escapando a otro mundo y viéndolo con sus propios ojos. **Si alguna vez he de encontrar el amor, sé que tendrá que ser un amor como este, apasionado, duradero y sobrecogedor que sobrepase toda razón lógica**».

—Kelsey Keating, 20 años, estudiante

«*Sangre de Emanuel* **es un libro que agarró mi corazón y no le dejó escapar. Aun después de terminar su lectura, podía sentir cómo seguía tirando de mí en lo más profundo de mi ser.** Me vi obligado a sumergirme en esta historia. Es posible que no sea más que una novela de ficción, pero lo que dice es verdad. **Ted utiliza el don que tiene como narrador y, de nuevo, hace que comprendamos que nuestro pasado no es lo que importa y que podemos hallar la redención y el amor**».

—Brian Coultrup, 22 años

«**Una vez que** *Sangre de Emanuel* **hinca el "diente" en uno, ya no le deja escapar.** La tensión va creciendo como una montaña rusa, para dejarle caer por sus giros y vueltas. Cuando parece que ya no se puede aguantar más, sigue lanzando más cosas. La obviedad de la elección queda patente en la historia, de un modo del que solo Ted es capaz. **No se puede leer** *Sangre de Emanuel* **sin quedar impactado**».

—Rick Balmer, 39 años

«**En** *Sangre de Emanuel*, **Dekker lleva su narración a un nivel completamente nuevo, comprometiendo al lector y cautivándolo en una forma tan impresionante y maravillosa que produce un nudo en el estómago.** Pocos pueden explorar la Verdad a través de la ficción como Dekker y, entre todas las incursiones de Dekker en dirección a la Verdad, esta puede muy bien ser la mejor de todas.

»En un relato de amor y traición Ted Dekker expone ante nosotros una historia que todos hemos experimentado, pero **la altura y la profundidad de** *Sangre de Emanuel* **nos llevan al límite de lo que nuestro corazón puede soportar. El propio poder de la historia es el que nos hace caer de rodillas para contemplar y llorar** mientras Dekker va retirando capa a capa y presenta su relato como si sujetara un espejo frente a nuestra alma. **Si lee usted esta novela, comprobará que ya no es la misma persona que abrió la tapa de este libro**».

—Josh Olds, 22 años, estudiante

«Leí *Sangre de Emanuel* en dos días y, en mi caso, esto es algo inusualmente rápido. **Me sentí cautivado y anhelaba conocer el final de esta historia de amor, redención y traición.** A diferencia de cualquier otro autor de ficción que haya leído con anterioridad, Dekker puede tomar el tema y magnificarlo por medio de la historia y *Sangre de Emanuel* es una clara exposición de ello. Lo recomiendo de verdad a todos los amantes de la ficción».

—Travis Clarke, 25 años,
Seminario George W. Truett,
Estudiante

«**Para nuestro mundo, que ha olvidado el significado del altruismo y del amor incondicional, Dekker elabora un relato para recordarnos que el verdadero amor existe, pero también hasta dónde puede llegar para salvar a un alma.**

»Este libro es totalmente diferente a todo lo que Dekker ha escrito con anterioridad. Me sumergió en un mundo de hace mucho tiempo y **me hizo viajar por las aflicciones, tentaciones, pasiones y sacrificios humanos y me dejó una sensación de gozo abrumador.**

»*Sangre de Emanuel* **tiene el poder de transformar las mentes** mediante la presentación del mensaje de salvación en una forma nueva, rica y sincera. Sencillamente hará que su mundo se estremezca hasta lo más profundo».

—Rebecca Campbell, 30 años, madre

«**La lectura de *Sangre de Emanuel* me lanzó a un viaje personal** en el que examiné mi propia historia redentora. **Ninguna historia centrada en personajes de hace siglos fue jamás tan relevante para mi propia vida.** Con un argumento y un alcance épico tan fantásticos, vi cómo se volvía a contar mi propia rebeldía y restauración de manera gráfica. La historia explora las verdades de la naturaleza humana y de la lucha contra nuestras almas que me llegó a lo más profundo. Al final **me quedé con ganas de más,** pero me di cuenta de que la forma en la que vivía mi vida desde ahora en adelante seguirá dando cuerpo a esta historia, mi historia, nuestra historia por toda la eternidad».

—Andrew Asdell, 22 años

«Si es usted fan de Dekker, este libro es el siguiente que tiene usted que leer. Si no ha leído jamás un libro de Dekker, este es el primero que tiene que leer. **Desde *Sangre de Emanuel* no ha surgido de la mente de Dekker una historia de amor tan grande.** Nunca podría recomendar este libro suficientemente. Si solo tiene tiempo de leer un libro este año, tiene que ser este».

—Gregg Hart, 42 años,
Técnico de información

«Incluso cuando Dekker escribe algo catalogado como tradicional, es como si le gustara tomar ese concepto, machacarlo en pedazos y calentarse las manos en el fuego encendido con los trozos. Es un maestro de la palabra escrita de los tiempos modernos. **La historia fluye de una manera tan suave por la mente que es como si las palabras hubiesen salido directamente como una película desde las profundidades de su mente hasta la página con toda facilidad.** Su estilo nos sumerge en la historia y, aunque en algunos momentos pareciera que uno se estuviera ahogando, no desea hacer otra cosa que leer este libro.

»**Aunque su interés por la obra de Dekker solo sea pasajero no se pierda este libro. Si no ha leído nunca a Dekker, esta es una forma brillante de empezar. Si alguna vez fue usted fan de Dekker y se perdió en algún punto del camino, este es el libro que le traerá de regreso**».

—Lori Twichell, 38 años,
Empresario

«Lea *Sangre de Emanuel* y no tardará en perderse en una crónica tan intensa que tendrá que detenerse y recuperar el control para recordar dónde se encuentra en el momento de soltar el libro, si es que puede dejarlo. Ya me había sentido cautivado por las novelas de Ted Dekker con anterioridad, pero esta me ha mantenido con los ojos abiertos y en constante expectación hasta el final. Ningún otro narrador cuenta relatos de un amor tan sobrecogedor que celebra la luz y todo lo que es bueno. Esta audacia y pureza de propósito son los que me atraen tanto de los libros de Ted. **Se trata de una historia de amor y todos deberíamos leerla, dejando a un lado el temor y sumergiéndonos en el hermoso amor sobrecogedor y redentor**».

—Tris Bolstridge, 34 años, madre

«**Este libro me conmovió de una forma tan personal que me resultó difícil describir con palabras cómo me sentía.** Como ávido fan de Ted Dekker desde la década pasada, espero cada una de sus novelas con la ansiedad de una novia que espera el día de la boda. *Sangre de Emanuel* no solo no decepciona, sino que sobrepasa mis más audaces expectativas. Desde la primera página me sentí cautivado por cada palabra. La incitante historia me atrapó, me acercó de un tirón y no me soltó ni siquiera cuando llegué al final. **No me di cuenta de que había estado llorando de gozo y de tristeza hasta más tarde, cuando leí la palabra final.** El relato de amor sacrificial de Ted Dekker me dejó con la boca abierta, con ganas de más y anhelando la redención. En *Sangre de Emanuel* usted debe prepararse para bucear en las profundidades insondables del amor sin límite».

—Lisa Campbell, 39 años, madre

«*Sangre de Emanuel* llegó a lo más profundo de mi ser y me sacó el corazón hasta dejarlo desnudo delante de mí para que pudiera estudiarlo y examinarlo cuidadosamente. **Lo que experimenté fue un excitante y revelador viaje que me hizo descubrir la batalla visible e invisible de mi corazón.** El intenso amor sin fin descrito en las páginas de este libro me inundó una y otra vez. **Comprender que mi amor era un premio apreciado y codiciado sigue haciendo que me estremezca.** He terminado de leer este libro y lo he puesto en un estante con mis otros tesoros, pero el mensaje de su contenido seguirá rondando mis sueños y mis pensamientos. Ha encendido un fuego inapagable en mi corazón. Sé que, durante el resto de mi vida, sentiré los efectos de esta historia que seguirá consumiéndome y limpiándome de pies a cabeza con sus ondas infinitas de amor».

—Amber McCallister, 32 años,
Técnico informático

«Con *Sangre de Emanuel* Dekker se ha superado a sí mismo. La historia no tiene nada que ver con las que he leído anteriormente. Me sorprendió; no tenía ni idea de que el autor tuviera algo así dentro de sí. Tampoco estaba preparado para que me doliera el corazón, latiera y se renovara con una historia cuyo curso es más espeso que la sangre. Dekker me ha transportado a una época en la que la caballerosidad y el romance estaban en todo su apogeo, y me ha revelado una vez más una habilidad tan intensa que me ha asombrado por completo. *Sangre de Emanuel* es un viaje que evoca la pasión y la moralidad puras en el ser más perverso y deprimido. Tanto los personajes como el entorno incitan y embelesan haciendo que resulte muy difícil cerrar el libro tras las páginas finales».

—Cory Clubb, 28 años,
Ilustradora

«Es una de las historias más únicas y poderosas que Dekker ha escrito jamás. Fantásticos personajes, un guión apasionante y unas imágenes impactantes. Dekker nos deja una historia que resonará en nuestros corazones mucho tiempo después de haberla leído. *Sangre de Emanuel* suscitará muchos debates entre los lectores».

—Jake Chism, 33 años,
Ministro religioso

Sangre de Emanuel

FANTASÍA DE DEKKER

MISTERIOS DE DEKKER

THRILLER DE DEKKER

Sangre de Emanuel

TED DEKKER

GRUPO NELSON
Una división de Thomas Nelson Publishers
Desde 1798

NASHVILLE   DALLAS   MÉXICO DF.   RÍO DE JANEIRO

Publicado en Nashville, Tennessee, Estados Unidos de América. Grupo Nelson, Inc. es una subsidiaria que pertenece completamente a Thomas Nelson, Inc. Grupo Nelson es una marca registrada de Thomas Nelson, Inc. www.gruponelson.com

Título en inglés: *Immanuel's Veins*
© 2010 por Ted Dekker
Publicado por Thomas Nelson, Inc.
Publicado en asociación con Thomas Nelson y Creative Trust Inc., 5141 Virginia Way, Suite 320, Brentwoood, TN 37027.

Nota del editor: Esta novela es una obra de ficción. Los nombres, personajes, lugares o episodios son producto de la imaginación del autor y se usan ficticiamente. Todos los personajes son ficticios, cualquier parecido con personas vivas o muertas es pura coincidencia.

Editora general: *Graciela Lelli*
Traducción: *Juan Carlos Cobano*
Adaptación del diseño al español: *Grupo Nivel Uno, Inc.*

ISBN: 978-1-60255-467-2

Impreso en Estados Unidos de América

11 12 13 14 15 QGF 9 8 7 6 5 4 3

Para el rey Salomón

A todos los que tengan oídos para oír:

Estoy muerto, pero quizás usted también, si puede leer este relato escrito por un hombre muerto.

Yo, Santo Tomás de Moldavia, doy a conocer este informe a todo lo que respira, de modo que cualquiera que busque la verdad sepa lo que ocurrió.

Algunos me llamaron hereje. Dijeron que mi forma de tratar los asuntos a los que hago referencia aquí solo indicaban que yo estaba tocado por el demonio mismo. Otros dijeron que yo era una criatura de la noche, un dragón, una bestia convertida en hombre. No pocos me tacharon de loco y debo decir que hubo un tiempo en el que yo mismo habría creído que este relato solo podía salir de la mente de un loco de atar.

Pero juro por mi propia sangre que ni soy un demonio ni una bestia y que este no es el relato de un lunático, a menos que el amor me haya convertido en alguien completamente loco. Esta idea me tienta más de lo que me atrevería a admitir. Juzguen por ustedes mismos.

Imploro que abra su corazón y su mente a esta narración. Luego, una vez acabada la última página, si sigue creyendo que lo que ha leído no es verdad, podrá decir que merecí morir.

Santo Tomás de Moldavia
Amante de su novia

UNO

Me llamo Toma Nicolescu y fui un guerrero al servicio de Su Majestad la emperatriz de Rusia, Catalina la Grande, quien por su propia mano y tierno corazón me envió a cumplir aquella misión a instancias de su consejero de mayor confianza, Grigory Potyomkin, en el año de nuestro Señor de 1772.

Era un año de guerra; en este caso se trataba de la guerra ruso-turca, una de tantas con el Imperio Otomano. A la hora de dar muerte al enemigo yo me mostraba más vehemente que la mayoría de los que estaban al humilde servicio de la emperatriz, o al menos eso dijeron. Habiéndome ganado la total confianza de Su Majestad por mi lealtad y habilidad, fui enviado por ella al sureste, atravesando Ucrania hasta llegar al principado de Moldavia, exactamente al norte del Mar Negro y al oeste de Transilvania, a la hacienda de la familia Cantemir, enclavada al pie de los Montes Cárpatos.

1

A mi entender, existía una deuda con los descendientes de la familia de Dimitrie Cantemir, último príncipe de Moldavia, por su lealtad a Rusia. En realidad, se decía que el camino al corazón de Moldavia pasaba por el escudo de Cantemir, pero esto no era más que política. No era de mi incumbencia.

Aquel día yo tenía que viajar a ese remoto y exuberante valle del oeste de Moldavia y dar protección a esta importante familia que se retiraba a su finca cada verano.

Rusia había ocupado Moldavia. Por aquellos alrededores había enemigos con afilados cuchillos y claras intenciones. La peste negra se había cobrado la vida de muchos en las ciudades, sin piedad. En breve sería elegido un gobernante leal a Catalina la Grande para tomar las riendas de este importante principado. La familia Cantemir tendría un papel crítico en esa decisión, ya que gozaba de gran respeto entre todos los moldavos.

Mi encargo era simple: a esta familia, los Cantemir, no podía ocurrirle ningún mal.

El sol se hundía entre los picos de los Cárpatos, a nuestra izquierda, cuando Alek Cardei, mi compañero de armas, y yo detuvimos nuestras monturas y contemplamos el valle a nuestros pies. El gran castillo blanco se alzaba sobre hierba de color esmeralda, con sus pináculos gemelos, a una hora a caballo bajando por aquel sendero sinuoso. Un alto muro de piedra se alzaba a lo largo de todo el costado sur donde el camino llegaba hasta la propiedad. Extensiones de verde césped y jardines rodeaban la propiedad, abarcando diez veces el tamaño de la casa. La finca había sido habilitada por Dimitrie Cantemir en 1711, cuando fue príncipe de Moldavia durante un breve tiempo antes de retirarse a Turquía.

—Veo los pináculos gemelos, pero no veo faldas —dijo Alek entrecerrando los ojos y mirando hacia el valle. Su mano enguantada reposaba sobre la empuñadura dorada de su espada. Una armadura de cuero igual a la mía envolvía su pecho y sus muslos. Una perilla le cubría la barbilla y se unía a su bigote, pero se había afeitado el resto de la cara un poco antes en el arroyo, adelantándose a su entrada a la ciudad: el héroe que llegaba del extranjero.

Alek, el amante.

Toma, el guerrero.

Miré al anillo de oro que llevaba en mi dedo con la insignia de la emperatriz y me reí para mis adentros. El ingenio y el encanto de Alek resultaban ser siempre buenos amigos durante un largo viaje y él los esgrimía ambos con la misma facilidad y precisión con la que yo movía mi espada.

Hice un gesto con la cabeza a mi rubio amigo cuando volvió sus ojos azules hacia mí.

—Estamos aquí para proteger a las hermanas y su familia, no para casarnos con ellas.

—Así que no puedes negarlo: *estás* pensando en las hermanas. Ni en la madre ni en el padre, ni en la familia, sino en las hermanas. Esas dos hembras retozonas que son tema de conversación en toda Ucrania —bromeó Alek y volvió la cara hacia el valle con una mueca divertida—. Por fin las perras están en celo.

Por el contrario, aunque Alek no lo sabía, yo había jurado a Su Majestad que no me vería involucrado en nada mientras estuviera aquí en Moldavia. Ella conocía muy bien la reputación de las hermanas y me sugirió que mantuviera la mente clara durante esta larga misión que podía fácilmente proporcionarnos mucho tiempo de ocio.

—Toma, quiero pedirte un favor —dijo ella.

—Por supuesto, Vuestra Majestad.

—Mantente alejado de las hermanas, te lo ruego. Uno de ustedes dos, al menos, debe mantener una mente clara.

—Por supuesto, Vuestra Majestad.

Pero Alek era un tema aparte y no había razón para rechazar su broma. Siempre conseguía animarme.

Si yo fuera mujer me habría enamorado de Alek. Si fuera rey, le habría pagado para que permaneciera en mi corte. Si fuera un enemigo, habría salido corriendo y me habría escondido porque allí donde se encontraba Alek también estaba Toma y tendría la muerte segura a menos de jurar lealtad a la emperatriz.

Pero yo no tenía nada de mujer, nunca aspiré a ser rey y no tenía más enemigo mortal que yo mismo.

Mi vicio era el honor: la caballerosidad cuando procediera, pero en primer lugar lealtad a mi deber. Yo era el amigo de confianza y más cercano de Alek y habría dado mi vida por él sin pensarlo.

Resopló con exasperación.

—He ido contigo al fin del mundo, Toma, y lo volvería a hacer. Pero esta misión nuestra es tarea de tontos. ¿Acaso hemos venido aquí a sentarnos con niños pequeños mientras los ejércitos se alimentan de conquistas?

—Llevas una semana dejándolo bien claro —respondí—. ¿Qué ha ocurrido con tus ansias por las hermanas? Como tú mismo has dicho, se rumorea que son hermosas.

—¡Rumores! Lo único que sabemos es que son gordos y mimados perritos falderos. ¿Qué puede ofrecer este valle que uno no encuentre en las noches de Moscú? Estoy acabado, te lo digo. Preferiría atravesarme con una espada ahora y no tener que sufrir durante un mes en esa mazmorra de ahí abajo.

Yo ya había calado su juego.

—¿Tan rápido pasas de las hermanas retozonas al suicidio? Te estás superando a ti mismo, Alek.

—¡Estoy hablando completamente en serio! —exclamó con el rostro encendido de indignación—. ¿Cuándo me has visto sentado y sin hacer nada durante semanas ocupándome de una simple familia? Te digo que esto va a ser mi muerte.

Seguía manipulándome y yo a él.

—¿De modo que esperas que te permita agotar tu diversión aquí para luego ir galanteando por la campiña en busca de amantes por las demás haciendas? ¿O quizás preferirías deslizarte por la noche y cortar algunas gargantas malvadas para poder sentirte como un hombre?

Se encogió de hombros.

—Con toda sinceridad, lo primero me parece más atractivo —Su mano enguantada señaló hacia el cielo—. Pero sé cuál es mi deber y moriré a tu lado por cumplirlo —Bajó la mano—. Aun así, Dios es testigo de que no toleraré estar todo un mes sin hacer nada mientras que el resto del mundo lucha para conseguir gloria y corre detrás de las faldas.

—No seas necio, hombre. Si el aburrimiento fuera un lobo no te atraparía. Estableceremos un simple protocolo para limitar todos los accesos a la finca, apostaremos a los centinelas y cuidaremos a las mujeres. Entiendo que el padre estará ausente la mayor parte del tiempo. Mientras nuestros deberes no se vean comprometidos, no estorbaré a tu cortejo. Pero como tú bien dices, es posible que no sean más que gordos perritos falderos.

Se oyó una voz detrás de nosotros.

—¿Quién tiene que ver con los Cantemir? ¿Eh?

Giré al oír la suave voz ronca. Vi a un anciano arrugado que agarraba un largo bastón con ambas manos. Sus ojos eran dos ranuras, su rostro estaba arrugado como una ciruela seca y su largo cabello gris y grasiento era tan fino que un buen golpe de viento podría dejarle calvo. No estaba seguro de que pudiera vernos a través de aquellas grietas negras por debajo de su frente.

De la boca de Alek salió un pequeño sonido, pero me dejó hablar a mí. ¿Cómo había llegado aquel anciano hasta nosotros sin hacer ruido alguno? Sus labios se movían sin cesar dejando ver que no tenía dientes. No dijo palabra.

Hice un movimiento con la mano a Alek y acerqué mi pálida montura al rostro del hombre.

—¿Quién lo pregunta?

Un pájaro cruzó el espacio volando desde el oeste; era un cuervo negro. Mientras yo miraba un tanto atónito, se posó en el hombro del anciano con un único batir de alas y se quedó quieto. El hombre no reaccionó, ni siquiera cuando la espesa ala del cuervo azotó su oreja.

—No tengo nombre —dijo el anciano—. Puede considerarme un ángel si quiere.

Alek se rió para sí, pero yo estaba seguro de que era más bien una reacción nerviosa sin el más mínimo atisbo de humor.

—¿Quién pregunta por la propiedad de los Cantemir? —volvió a inquirir.

—Toma Nicolescu, al servicio de Su Majestad la emperatriz de Rusia, Catalina la Grande, que gobierna ahora Moldavia. Y si es usted un ángel, puede desaparecer en el aire de la superstición como suelen hacer los ángeles.

—¿Toma? —graznó el viejo.

—¿Qué tiene usted que ver con esta propiedad?

—¿Eeeh, Toma Nicolescu? ¿Es usted?

Su comportamiento empezaba a molestarme más de lo que yo quería admitir. ¿Se trataba de una persona mayor a la que yo debía honrar o no era más que un lunático vagabundo?

—¡Cuide su lengua, viejo! —dijo Alek bruscamente.

El cuervo inclinó la cabeza y alineó sus ojos pequeños y brillantes para lanzar una dura mirada a Alek. El anciano hizo lo mismo.

—¿Eeeh? ¿Usted también es Toma?

Alek frunció el ceño.

—¡Deje de hacer el bufón y deshágase de ese maldito pájaro!

—¿Qué quiere usted, anciano? —exigí.

Alzó una mano huesuda que apenas tenía carne y señaló al oeste.

—Hay maldad en el viento. Tenga cuidado, Toma. ¡Cuidado con el mal!

—No sea pájaro...

Con un gesto de la mano detuve a Alek, interesado en aquel excéntrico que estaba delante de nosotros, esa vieja ciruela ciega y su cuervo que todo lo veía.

—¿Qué le hace pensar que haya un mal del que cuidarse? —pregunté.

—¿Eeeh? El cuervo lo ha visto.

—¿El cuervo se lo ha dicho? ¿De verdad? ¿Acaso también habla su cuervo? —preguntó Alek y su voz rezumaba burla en cada palabra.

Los relámpagos apuñalaban el cielo en las llanuras del este. Hasta ese momento no me había dado cuenta de las nubes que estaban en el horizonte. Un trueno rugió sobre nosotros; como un aviso, pensé, aunque no era dado a la superstición. El diablo no era mi amigo y Dios tampoco era mi amigo. Nada de lo que había experimentado durante mis veintiocho años me había llevado a creer en ninguno de los dos.

El viejo brujo con su cuervo me miraba fijamente a través de las rendijas de sus ojos, en silencio. Yo quería saber por qué aquel hombre parecía sentir la amenaza; mi trabajo consistía en saberlo. Así que desmonté, me dirigí hacia él e incliné la cabeza, algo fácil de hacer teniendo en cuenta su edad, ya que siempre había sentido respeto por los mayores.

El pájaro negro estaba a solo un metro de mí, sacudiendo la cabeza para conseguir una vista mejor y evaluándome para decidir si debía sacarme los ojos o no.

Hablé con amabilidad, en voz baja.

—Le ruego que, si le parece sabio, me diga por qué su cuervo querría avisarnos del mal.

Esbozó una sonrisa sin dientes que no dejaba ver más que encías y labios.

—Este es Pedro el Grande. Yo no veo bien, pero según me dicen es un pájaro espléndido. Creo que me quiere.

—Yo diría que se parece al diablo, así que ¿por qué le diría un demonio a un ángel que el mal está cerca?

—Yo no soy el diablo, Toma Nicolescu. Él es mucho más hermoso que yo.

Estaba seguro de oír cómo Alek se reía por lo bajo y estaba a punto de callarle con una mirada.

—¿Y quién es ese diablo tan hermoso?

—Un hombre que tiene la voz como la miel y que vuela en la noche.

El anciano retiró su mano derecha del bastón y la usó a modo de ala.

—Pero fue Dios quien me dijo que dijera a Toma Nicolescu que el diablo está en guerra con él. Dijo que vendría usted al desfiladero de Brasca. He estado esperando durante tres días y pienso que un día más de espera habría acabado con mi vida.

—De modo que el cuervo lo vio y luego Dios se lo dijo a usted, su ángel, para que nos avisara —se burló Alek—. ¿Cómo es posible si ni siquiera nosotros supimos hasta ayer qué camino íbamos a tomar?

—Quizás Dios pueda leer sus mentes.

—*Nuestras* mentes ni siquiera lo sabían.

—Pero Dios sí. Y aquí están ustedes. Y ahora ya he hecho mi parte y puedo vivir un poco más con mi cuervo. Ahora debo irme.

Empezó a darse media vuelta.

—Por favor, amable señor —dije, poniendo mis manos sobre la suya—. Nuestra misión no es más que proteger esta propiedad. ¿Puede decirnos algo más? No veo mucha utilidad en una advertencia del mal transmitida por un cuervo.

La dulce cara del hombre se hundió lentamente y se convirtió en la imagen de la premonición.

—Apenas puedo aconsejarle, ya que usted piensa que el diablo no es más que aire caliente, ¿qué más podría decirle?

Me sorprendió que el anciano supiera aquello de mí, aunque también podía ser un golpe de suerte.

—En cuanto a su amigo obsesionado con el sexo, puede usted decirle que este valle agotará ciertamente sus impulsos salvajes. Sospecho que ambos pasarán un tiempo bastante estimulante. Ahora debo irme. Me queda un largo camino por delante y la noche se aproxima rápidamente.

Dicho esto, se dio media vuelta y se fue arrastrando los pies lentamente. Yo me pregunté cómo esperaba llegar al camino y mucho menos a Crysk, la ciudad más cercana, que se encontraba a unos buenos quince kilómetros.

DOS

Lucine y Natasha estaban en el balcón que daba al patio, a la luz de la luna llena, observando a los invitados que se habían reunido para este Baile Estival de las Delicias, como madre lo había denominado. El nombre tentaba al mismísimo escándalo.

—Ese hombre de ahí, el que lleva un abrigo negro —dijo Natasha señalando un grupo de siete u ocho que estaba junto a la fuente que conducía al seto del jardín.

Ahora Lucine lo veía. Era uno de los aristócratas rusos del castillo Castile. Era un grupo de cinco que habían venido al baile y se mostraban por primera vez desde que el castillo había cambiado de dueño tres meses antes.

—Le veo. ¿Qué pasa con él?

—¿Que qué pasa con él? —gritó Natasha—. Es espléndido.

Quizás. Sí, en cierto modo lo era, pensó Lucine.

—Un monstruo espléndido —dijo.

En los ojos de Natasha hubo un destello de misterio.

—Entonces, dame a mí el monstruo.

Llevaba un vestido rojo de seda sobre una enagua ligera de encaje blanco que susurraba alrededor de sus zapatos y sus puños. Un adorno de satén negro agraciaba la pechera de escote suficientemente bajo como para provocar curiosidad pero sin revelar demasiado. Sus bucles rubios caían en cascadas sobre sus pálidos hombros y brillaban bajo la clara luna.

La gemela de Lucine era una diosa de día y de noche. El tipo de diosa que cualquier monstruo consumiría con gusto.

—Ten cuidado, hermana. No los conocemos.

No había más verano que el de Moldavia, decía madre, y Lucine estaba de acuerdo con ella.

Se contaba que madre había sido una vez la imagen misma de la conducta correcta, bajo la vigilancia de su primer marido, Dimitir Cantemir. La había gobernado con mano de hierro, decía ella, y la hizo llegar a sentir mucho resentimiento por la vida que llevaba. Pero cuando Dimitrie murió de neumonía, estando ella encinta de Lucine y Natasha, se había convertido en una mujer nueva según ella misma decía.

Madre había esperado seis meses y luego aceptó todos los beneficios que el nombre y la riqueza de Cantemir le habían dejado, dio a luz a las gemelas y, tan pronto como su cuerpo se lo permitió, se dispuso a encontrar un hombre que la dejara vivir una vida plena de gozo y no de servidumbre.

Ella y Mikhail Ivanov se conocieron un año después y se casaron en dos meses, pero solo con la condición de que ella pudiera conservar su nombre completo, Kesia Cantemir, y de que pudiera buscar todos los placeres que deseara. Por lo general Mikhail vivía en un mundo diferente y rara vez acompañaba a su esposa y a sus hijastras a Moldavia. Actualmente se encontraba ocupado llevando sus asuntos en Kiev.

Madre enseñó a sus gemelas a tomar todo lo que la vida ofrecía y tanto Lucine como Natasha lo hicieron con más pasión que la mayoría.

Lucine solo tenía diecisiete años cuando se quedó embarazada. Nunca se supo quién era el padre ya que ella había jurado no volver a pensar, y menos aún pronunciar, su nombre jamás. Aquel bestia treintañero le había hecho perder la cabeza con todas las promesas que a cualquier muchacha de diecisiete años le gustaría oír.

Apartó el recuerdo de lo que sucedió después y lo escondió en el lugar más profundo de su mente, pero seguía ahí, adormecido por el tiempo. La forma en la que sintió la nueva vida que crecía en su vientre. La manera en la que su pasión por esta vida encontró la plenitud en el amor que sintió por su hijo no nacido.

Kesia y Natasha se unieron a ella en su deleite; era la manera de los Cantemir. Pero el animal que le había dado su semilla no compartió aquel placer. Lucine llegó a detestarle y, cuando se negó a callar la pasión que sentía por el niño que había dentro de ella, montó en cólera, la buscó y la golpeó hasta dejarla con solo un hilo de vida. Con un trozo de leña le golpeó el vientre hasta estar seguro de que ninguna vida dentro del mismo pudiera sobrevivir a la paliza.

Abortó aquella misma noche, mientras se aferraba a la vida. Se levantó de la cama dos semanas más tarde, siguió a la bestia y le quitó la vida con un cuchillo mientras dormía.

Luego olvidó el incidente e insistió en que no se dijera una palabra de ello. Pero ya no volvió a ser la amante despreocupada que un día fue.

Habían pasado cuatro años y Lucine anhelaba ser cortejada por un hombre de verdad que fuese capaz de ganársela solo con un beso, si era lo único que ella quisiera darle. Un hombre que estuviera dispuesto a morir por protegerla.

Por otra parte, su hermana gemela seguía prefiriendo a los más salvajes, y con buenos dientes, porque ella misma era una loba voraz. A pesar de todo, Lucine se preguntaba algunas veces si siendo gemelas seguían siendo una, si vivían de forma introspectiva e indirectamente la una por medio de la otra. ¿Acaso no había una parte de sí misma que anhelara al lobo tanto como Natasha?

—...más hombres de los que pudiera tener en cuenta en una noche —decía Natasha.

—Lo que tú digas, hermana. Yo...

De repente, Lucine vio al hombre rubio que la miraba fijamente.

—¿Qué ocurre? —preguntó Natasha girando la cabeza y siguiendo la mirada de Lucine hasta el patio inferior —. ¿Qué pasa?

No era más que un hombre, un soldado de alguna clase, vestido con un uniforme negro corto de oficial y que lucía un gorro negro. Pero era un espécimen muy apuesto y la miraba con tanta intensidad y confianza que ella se sintió inmediatamente alterada.

El hombre de melena dorada se quitó el gorro y, sin apartar los ojos de ella, se inclinó.

Natasha soltó una risita ahogada.

—¡Caramba, caramba! ¿Es que no va a dejar de mirarme?

—¿Quién es?

—Es uno de los dos enviados por la propia emperatriz, de los que yo te comentaba. Ese se llama Alek.

—¿Alek?

—Alek Cardei. Llegaron hace una hora y fueron llevados a sus dependencias. Solo les vi de lejos.

El hombre volvió a colocarse el gorro y dio un paso atrás bajando la cabeza.

—¿Uno de los dos? ¿Quién es el otro?

—¿Te refieres al héroe? Toma. Toma Nicolescu. No sé... Ahí está. —dijo, señalando a otro hombre que vestía un uniforme similar.

Toma Nicolescu estaba de pie a unos cinco metros de su compañero. Estudiaba a la multitud mientras tomaba una copa, que sostenía con delicadeza en su mano izquierda. Su mano derecha descansaba sobre la espada que llevaba colgaba de ese lado. *Pertenece a la caballería*, pensó ella. *Es un jinete.*

—Si tienes que quedarte aquí, hazlo, hermana —dijo Natasha—, pero yo no voy a privarme de esta fiesta ni un minuto más. Ocúpate de Alek y de Toma y déjame los rusos a mí—. Al momento corrió escaleras abajo.

Llegamos a la finca de Cantemir al caer la noche y en lugar del hogar apacible de noble ascendencia que habíamos imaginado durante la semana que había durado nuestro viaje, encontramos una mansión plagada de lores, condes, duques y toda suerte de intenciones aristocráticas de comportamiento frívolo.

Era el presunto Baile Estival de las Delicias. Un baile en el campo no era algo insólito, claro que no, pero teniendo en cuenta la urgencia con la que nos envió Su Majestad para proteger la hacienda, me sorprendió ver que nadie parecía tener la más ligera inquietud por sentirse en peligro.

Pero también hay que reconocer que la gente común no suele ver el peligro real hasta que cae la espada y se encuentra tendida en la calle totalmente ensangrentada. Prefiere pensar en peligrosos fantasmas que flotan por el aire invisible. Espíritus, demonios y supersticiones religiosas ridículas no pueden demostrarse.

Pero aun así, ¿podían ser tan estúpidos como para permitir una afluencia semejante de extraños en su hogar?

A Alek y a mí nos enseñaron nuestras dependencias en la torre oeste y, en un primer momento, pensé que el siervo que nos conducía se había equivocado. Debíamos de estar en habitaciones separadas, magníficamente equipadas y de hermosa decoración. La mía tenía ropa de cama de seda y cortinas de color lavanda que cubrían unos amplios ventanales que enmarcaban los impresionantes picos de los Cárpatos en su lado occidental. Las cortinas de terciopelo caían como láminas de agua desde un techo decorado; la silla dorada con demasiado relleno, el escritorio con la lámpara encendida... era demasiado.

Yo estaba más acostumbrado a una tienda de campaña y al suelo que a tener esa almohada delante de mí. Mi primer instinto fue retirarme y pedir a Alek que cambiásemos de habitación, pero comprobé que la suya era igual de espléndida.

Me duché, me afeité y vestí el único uniforme que había empaquetado. Estábamos allí por Su Majestad y no en tiempo de ejército, por lo que no vestiríamos nuestro atuendo militar normal, pero Alek insistió en llevar el suyo aunque solo fuera por esa noche. Las mujeres se han sentido siempre atraídas por un uniforme.

Sinceramente, yo me sentía un poco contrariado por la frivolidad del baile.

La advertencia que me hizo el anciano del cuervo me resonaba en el oído. ¿Cómo había sabido que pasaríamos por aquel camino?

Una hora después, allí en pie en el patio, observando cómo seguían la música los que bailaban, no pude apartar de mí la impresión de que alguien nos observaba. Pero no vi nada que me causara una preocupación anormal.

Había un grupo de cinco rusos que habían comprado recientemente el castillo Castile, que se encontraba a unos ocho kilómetros en las montañas. El misterioso grupo iba vestido de formas distintas: los hombres llevaban pantalón negro largo por fuera de las botas, las mujeres vestidos de terciopelo subidos por delante hasta las rodillas que dejaban ver sus botas de cuero. Rusia se encontraba ahora en su momento de renacimiento y nadie sabía qué tipo de estilo o de cultura podía surgir.

—Es impresionante —dijo Alek mirando hacia el balcón donde se encontraban las gemelas Cantemir—. Dios bendiga a la emperatriz. ¿Puedes creerte la suerte que hemos tenido? Derribaría a toda una división por ella.

Pensándolo bien, Alek podría suponer mayor riesgo para la paz que ninguna otra persona.

—¿Cuál de ellas?

—Ambas, pero a la rubia le gusto yo, te lo aseguro.

—No te olvides de por qué estamos aquí —dije.

—Estamos aquí por ella.

—Por su *seguridad*.

—¿Podrías imaginar un lugar más seguro que mis brazos? —preguntó, quitándose el sombrero e inclinándose. Vi cómo la morena, la hermana llamada Lucine, le saludaba. Se giró y me guiñó—. Quiero decir, que no sea en los *tuyos*.

Pero mi mente no estaba en el amor ni en la belleza. Moldavia era una tarea que debíamos superar, no un placer del que tuvieran que arrancarnos.

Cinco minutos más tarde Natasha, la hermana rubia, había bajado las escaleras y cruzaba el patio en dirección a los rusos. Sus ojos se posaron en nosotros y nos examinó con una mirada insinuante, pero luego siguió su camino.

—¿Qué te dije? —gruñó Alek—. Me quiere a mí.

—Y también a los rusos.

—Eso es porque no me conoce como tú, Toma.

Una de las damas rusas se dirigía hacia nosotros. Se cruzó con Natasha sin apartar la mirada de nosotros, como si se tratara de algún tipo de intercambio. Natasha por la tentadora rusa.

—¿Estás viendo eso? —dijo Alek.

Di un paso, apartándome para dejarles espacio. Yo no tenía el más mínimo interés.

Lucine, la otra gemela, bajaba las escaleras. Su largo cabello negro me recordaba al cuervo que estaba sobre el hombro del viejo. Pero eso no era un cuervo. En mi opinión, era indudablemente la más hermosa de las dos. De hecho, era la mujer más bella que yo había visto jamás. Si Natasha no daba pie a sus insinuaciones, Alek seguiría el juego y le haría perder la cabeza a Lucine. Con toda probabilidad, en una semana *ambas* habrían perdido la cabeza por él.

Debo admitir que, hasta ese momento y a pesar del anciano y su cuervo, mi mundo estaba muy bien centrado. Yo no era más que un hombre que cumplía con su deber.

Pero todo esto cambió al momento siguiente.

Mirando hacia atrás, ahora puedo decir que la serie de sucesos increíbles que cambió mi forma de entender este mundo ordenado comenzó en ese específico momento. Aunque no lo reconocí ni lo acepté entonces, el eje de este planeta mío se movió con toda seguridad. Las estrellas invirtieron su curso y enviaron un hechizo de amor y angustia, lágrimas y risas al valle y yo fui demasiado tonto para verlo.

La esencia de la dama rusa llegó hasta mí antes de que ella lo hiciera —un dulce olor a almizcle y flores— y me di la vuelta para ver que había dejado a Alek atrás y que sus ojos estaban clavados en mí.

Eran unos ojos dorados y profundos que me atrajeron como un fuego cálido. Es la única manera en la que puedo describir la sensación que sentí en el primer momento en que miré aquellos hermosos ojos. No estoy sugiriendo que estuviera interesado en ella, aunque cualquier hombre que tuviera sangre en las venas lo habría estado, porque esta mujer, no Lucine, era con toda seguridad la más hermosa de aquella finca.

Se acercó, negándose a apartar la mirada. La noche pareció ralentizarse.

No, no fue la noche ni tampoco los demás de aquella velada, sino ella. Solo ella. Esa visión de hermosura pareció detenerse allí, delante de mis ojos, mientras todo lo demás seguía su curso en el patio. Sus brazos, el remolino de su falda, la curva de sus piernas dentro de las botas que destacaban del terciopelo negro que las escondía tan levemente cuando andaba, todo ello ocurrió a cámara lenta.

Mi mente se llenó con los pensamientos de la peste negra. Estoy enfermo, pensé, febril y alucinando. Se pasó la lengua por el filo de los dientes.

Parpadeé y el mundo volvió a la normalidad.

—Hola, Toma —dijo con una voz baja y sensual—, puede usted llamarme Sofía —ronroneó guiñándome un ojo. Luego siguió su camino. Cruzó el arco que daba acceso a la habitación principal donde se encontraba la mitad de los invitados.

¿Cómo sabía mi nombre? Eché un vistazo a Alek y, para mi sorpresa, sus ojos no me estaban mirando ni a mí ni a ella. Estaban fijos en Lucine, que acababa de bajar las escaleras más allá de nosotros.

Debí haber imaginado la voz de aquella mujer. Era lo único que tenía sentido.

Lucine vino hasta nosotros —hasta Alek— y aunque la saludé como habría hecho cualquier caballero, mi mente seguía confusa y apenas podía escuchar una palabra.

—¿Te importaría, querida? —dijo Kesia, la madre, acercándose por detrás de Lucine—. ¿Podrías enseñar el lugar a nuestros invitados? Estoy segura de que tienen preguntas y yo tengo que atender a los demás. Puedo asegurarles, elegantes caballeros, que ningún depredador malvado vendrá por nosotros esta noche. Coman cordero, beban vino y disfruten.

—Usted no lo entiende, señora —dijo Alek. Tomó la mano de Lucine y la besó suavemente—. Cuando se presenta tanta belleza, siempre acecha un terrible peligro.

Lucine se ruborizó.

—Bueno... eso es... muy hermoso.

Kesia sonrió con complicidad y los dejó.

Luego, Alek se marchó haciendo una ligera inclinación.

—Si no les importa, debo ocuparme de otros asuntos. —se disculpó, dejándonos para ir en busca de Natasha, que ya estaba en los brazos de otro hombre, uno de los rusos.

Lucine se dio la vuelta y se alejó de aquel lugar. Y yo la seguí diligentemente hasta el interior de la casa principal. Poco a poco, mi mente se vio atraída por los elegantes movimientos de la hermana Cantemir que me guiaba. Tan pronto como entré en el salón de baile desapareció de mi pensamiento la rusa que dijo llamarse Sofía.

Por las puertas de madera de nogal que daban al patio se entraba a un espléndido salón de baile con suelo blanco de mármol, alumbrado por una de las arañas de cristal más grandes que había visto jamás. Del otro lado, unas blancas escaleras llevaban a un balcón superior que rodeaba toda la habitación.

Junto con las velas de la araña, dos chimeneas de fuego vivo iluminaban aquella pieza. La luz naranja de las lámparas de aceite instaladas en las paredes añadía sombras. Los invitados se arremolinaban en cada esquina, degustando los pastelitos que se amontonaban en cuatro mesas redondas junto con las bebidas.

Lucine me condujo a través del amplio espacio, más allá de las miradas de curiosidad, hasta llegar al comedor donde no había invitados. Cerró la puerta, amortiguando el sonido de la fiesta y su ligero suspiro de alivio fue inconfundible.

—Todo esto llega a ser demasiado, ¿no cree usted? —preguntó.

Su voz me llegó como una espiral de perfume. No sé la razón, pero hasta el día de hoy no puedo entender por qué me afectaron tanto aquellas palabras. Quizás fuera el tono dulce con el que ella expresó con tanta precisión lo que ocupaba mi mente.

Quizás fuera la sinceridad de sus ojos, como si se sintiera tan aliviada como yo de verse libre de el ruidoso revoltijo de tonterías sin sentido propias de ese tipo de bailes.

Quizás fuera el verme a solas con su profunda belleza.

Creo que fueron más o menos todas aquellas cosas. Creo que fue parte de lo que estaba escrito en las estrellas. Cuando Lucine dijo aquellas sencillas palabras, mi corazón comenzó a derretirse rápidamente.

—Fue demasiado desde el momento en que entré en la casa —dije con cuidado.

Me miró y sus ojos color avellana brillaron como un centenar de velas y a continuación me ofreció una ligera sonrisa cómplice. ¿Lo era ahora? Pasó por delante de mí, junto a la mesa, paseando sus dedos por los respaldos de las sillas de madera tallada. ¿Saben? Eran unos dedos más bien pequeños, ¡pero tan elegantes! Eran como ángeles que bailaban sobre los respaldos. Llevaba las uñas pintadas de rosa, si no recuerdo mal.

—Así que dígame, Toma Nicolescu, ¿ha visto a algún criminal entre nosotros? —preguntó colocándose frente a mí—. ¿A eso ha venido, no? A buscar criminales, ¿no es así?

—No sé qué he venido a buscar, señora. Mis órdenes son únicamente protegerla a usted y a su familia de cualquier peligro que se presente en este tiempo de expectativas políticas. Y eso es lo que pretendo hacer.

—En ese caso, quizás el primer peligro del que debe ocuparse es su mozo de cuadra.

—¿Se refiere a Alek? No es mi mozo de cuadra.

Pero ella ya lo sabía. Se sentía dolida con Alek. Había dejado a Lucine para atender a Natasha y se sentía celosa.

De repente, no quise que se sintiera celosa de Natasha. Alek tenía bastantes mujeres que revolotearan alrededor de él.

—¿Está usted celosa?

—¿Qué?

—De su hermana —dije. Pero no me encontraba en situación de juzgar cosas de ese tipo—. Perdóneme, eso estaba fuera de lugar. Yo...

—Está bien. Pero me malinterpreta usted si piensa que puedo tener interés en un hombre en un primer encuentro, no importa lo atractivo, fuerte o encantador que pueda ser. Ni siquiera en el transcurso de una semana, ni un mes.

Pero esto no me serenó. El deshielo que acababa de calentar mi corazón se estaba extendiendo y sentí un poco de pánico. Mis sentimientos me resultaban confusos y, a la luz de mi promesa a Su Majestad, ofensivos. De modo que hice a un lado mi interés y seguí adelante con sinceridad.

—¿Entonces no está usted celosa? —pregunté.

—¿Celosa de qué?

—Precisamente, es lo que yo digo. Siempre he intentado entender cuál es el atractivo que ven las mujeres en ese muchacho —¿*Pero qué estaba diciendo?*—. Dondequiera que vamos, parecen caer encima de él. Jamás desperdiciaría la oportunidad de ser el alma de la fiesta, cosa que consigue como un reloj al que se ha dado bien la cuerda. Eso sin mencionar que es un héroe de guerra, con una maestría de esa espada suya que sobrepasa todo entendimiento. Confío en él como en un hermano y dejaría mi vida a su juicio en cualquier momento.

—Entonces, *es usted* quien está celoso —dijo. Los mechones de pelo negro se rizaban alrededor de su rostro como dedos que lo adoraran.

—Siento celos de todo aquello que es mejor que yo, para así poder mejorar.

—¿También busca usted formas de rechazar a una mujer por otra?

De modo que Alek la ha rechazado, estuve a punto de decirle. Yo tenía razón. En efecto, ella había visto algo en Alek que había tocado su corazón. Podía notarlo en sus ojos y eso me molestaba.

—Creo que a mi hermana le gustará... —dijo— si es que puede zafarse de ese Stefan.

Pasamos los siguientes quince minutos paseando alrededor de la mansión y, a cada vuelta, tenía que recordarme a mí mismo que la torpe atracción que sentía hacia ella solo era algo natural, teniendo en cuenta su belleza. Había descartado tantas veces de mi mente la persecución banal de las mujeres en nombre del honor que mi corazón sediento solo bebía del instinto. No había nada más que eso.

Me llevó a la torre y, desde allí, me señaló los límites de la propiedad a la luz de la luna. En mi necesidad de permanecer centrado, debí haberle hecho un ciento de preguntas con respecto a las idas y venidas de los criados, la proximidad de las ciudades y fincas, todo aquello que tuviera que ver con una amenaza en potencia.

Ninguna de estas preguntas salió a la superficie. Y es que rara vez lo hacen antes de que llegue su momento.

Allí de pie, cerca de la pared que rodeaba la torre, mirando más allá de los terrenos, mis ojos volvían en secreto, una y otra vez, a Lucine. A su negro cabello que caía en cascada sobre sus hombros. A su cuello y su vestido, a la curva de su boca y a su pequeña nariz. Rogué para que no sorprendiera mis ojos volviéndose hacia ella.

—En realidad no me importan los caballos —dijo, posando sus manos sobre el muro de piedra. Luego dándose cuenta dijo—: ¿Le molesta?

—No. ¿Por qué debería molestarme?

—Pertenece usted a la caballería. Los caballos son sus amigos más preciados. Estoy segura de que debe amarlos.

—Pero ellos no salvan la vida de usted de forma rutinaria como lo hacen con la mía —dije.

—¿Lo ve? —Volvió sus pequeños ojos marrones hasta encontrarse con los míos—. No tengo ningún derecho.

—Bobadas. Que un caballo me salve la vida no es razón para que usted lo ame. ¿Qué le importa a usted mi vida? No pretendo decir que usted parezca ser del tipo de persona que no se preocupa por si alguien vive o muere. Le gusto a la gente. Quiero decir que estoy seguro de que usted aprecia mucho a la gente como yo.

Ella no respondió.

—Después de todo, salvamos el mundo —dije—. No es que merezcamos una atención especial por nuestro sacrificio. Tampoco quiero decir que lo que hacemos sea realmente un sacrificio. Lo digo por decir.

Finalmente fui capaz de encontrar algo de cordura.

—Lo que quiero decir es que es usted libre de que le gusten o no los caballos, en lo que a mí respecta. Mi opinión no debe importarle.

Me pareció ver que sus labios se curvaban en una ligera sonrisa. No puedo estar seguro porque me sentía mareado por mi propia locura. Ella señaló a los árboles e hizo una observación acerca de los pinos que se me escapó.

Ella podía haber sido la más sencilla de las criaturas y yo me habría sentido igual, porque su espíritu era el de un ángel. Me atrajeron sus valores y su amabilidad, su sinceridad y la facilidad con la que me conducía, sin sentirse agobiada por las presiones sociales que nos esperaban allá abajo.

Me guió por las escaleras para bajar de la torre y yo apenas podía ignorar la esencia de su cabello perfumado. Era como las gardenias en el verano. Si Alek hubiese ido detrás de ella yo habría dicho algo.

Quizás él podría ser mi salvador en este asunto. Pensé que debería enviarla a él para poder sentirme libre de aquellos ridículos pensamientos.

Regresamos al comedor y cruzamos la puerta que llevaba al salón de baile.

—Debería usted hacer un intento con Alek —dije.

Ella hizo una pausa e inclinó la cabeza como diciendo: *¿De veras?*

—A él le gustaría —dije—. Quiero decir que le gustan las mujeres seguras. Y no debería usted emitir un juicio antes de conocerle.

Se oyó un rugido que venía de detrás de la puerta.

Ella me miró fijamente.

De nuevo otro grito y esta vez era la voz de una mujer.

Llegué a la puerta de dos zancadas, la abrí de par en par y entré al salón de baile. Las luces se habían atenuado a la mitad, las velas estaban apagadas. Docenas de invitados se alineaban contra las paredes y en el balcón. Todos los ojos miraban fijamente al piso inferior, por debajo de la araña del techo.

Allí estaba Alek, espada en mano, y la punta de esta contra la garganta de uno de los rusos. Pero este también había sacado su espada y la sostenía junto a la garganta de Alek. Estaban el uno a dos pasos del otro, fulminándose con la mirada.

Natasha estaba en el suelo, a dos metros de ellos. Tenía sangre en el rostro.

—Le mataré por esto —dijo Alek.

TRES

—¿Así de obvio? —preguntó Stefan. Su voz era suave, pero con la suficiente seguridad como para que una corriente fría se deslizara por mi espalda.

—La muerte siempre es así de obvia cuando la honra de una mujer está en juego —dijo Alek.

—¿Su honra? Los celos le confunden. Fue ella quien me *pidió* que la besara.

Instintivamente alargué mi mano izquierda y la coloqué contra el vientre de Lucine, con la intención de empujarla hacia atrás por seguridad, pero la retiré rápidamente pensando que ese roce era inadecuado.

Inspeccioné la sala con rapidez. Los demás rusos estaban de pie y formando un grupo, indiferentes y observando con ligero interés, a excepción de la que se había presentado como Sofía que me miraba con ojos ardientes. Los demás invitados habían retrocedido hasta las paredes y sus rostros estaban serios.

Kesia Cantemir se precipitó desde la puerta hacia donde se encontraba su hija que no se movía.

—¿Qué has hecho? ¿Qué es esto? —exclamó cayendo de rodillas y meciendo la cabeza de Natasha en su regazo—. ¡Despierta, querida! ¿Qué ocurre?

Con la mano detuve a Lucine, que se había recuperado de la sorpresa y se disponía a correr hacia su hermana.

—Ten cuidado, Alek.

—Quédate ahí, Toma. Me lo ha estado pidiendo toda la noche.

Stefan se limitó a reír para sus adentros. Alek sabía igual que yo que, aunque empujara la hoja de su espada y atravesara la garganta del ruso, el hombre tendría mucho tiempo para hacer lo mismo antes de que ambos se derrumbaran sobre un charco de sangre.

—¿Qué ha hecho, bestia? —gritó Kesia.

—Besé a su hija, señora. Es obvio que el placer la abrumó y se desvaneció. Le aseguro que se despertará y me suplicará que vuelva a besarla.

En la habitación se respiraba un silencio de muerte.

—Es su propio honor el que ha puesto en entredicho —dijo Stefan a Alek. Ahora, una sonrisa acompañaba a su suave voz y en mi cabeza resonaron campanas de advertencia—. Pero no hay necesidad de que nos matemos el uno al otro por una mujer que ninguno de los dos conocemos en realidad. ¿Hermana?

Sofía, que evidentemente era la hermana de Stefan, dio un paso hacia los dos hombres que estaban enzarzados debajo de la araña del techo. Dejó a sus amigos, pero podría jurar que en ningún momento apartó sus ojos de mí.

¿Podían verlo los demás? ¿Observaba Lucine cómo atravesaba mi cabeza la mirada seductora de esa mujer?

Stefan hizo un giro con la muñeca y la larga hoja voló a ciegas en dirección a Sofía. Alzó ambas manos en señal de tregua y dio un paso atrás.

Sofía agarro la espada por el mango como si se tratara de una manzana que alguien le hubiera lanzado de paso. Con un único y ligero movimiento, la envió a uno de los demás, que la agarró al vuelo.

—¿Por qué no lo intentas, Sofía? —dijo Stefan—. A ella le gustan los tipos grandes que son fuertes y guerreros.

Rara vez había visto a Alek sin palabras, pero le vi vacilante. Giró la mirada hacia Sofía que caminaba alrededor de él mientras le pasaba las uñas por los hombros.

—No tengo el más mínimo interés en ella —dijo Alek—. La mujer que usted ha atacado se encuentra en el suelo. Está bajo mi protección y usted irá al infierno antes de dejarle abandonar este lugar.

—¿Al infierno? ¿Se le ha subido algo a la cabeza?

Sofía caminaba de nuevo alrededor de Alek, pero aun entonces sus ojos seguían fijos en mí, a menos que yo hubiera perdido la cabeza. Besó la oreja de Alek.

—Por mí síguele el juego, Stefan —dijo—. A mí me interesa más el otro. El que se llama Toma.

Sofía se apartó de él y se dirigió hacia mí.

—¿Está viva? —preguntó Alek a Kesia.

—Respira, sí. El problema es el labio.

—¿El labio?

—Se lo han mordido.

—¿Le mordió usted el labio y ella se desmayó? ¿Espera que nos creamos eso? —gruñó Alek hablándole al ruso.

Stefan se encogió de hombros.

—Ella os dirá lo mismo cuando despierte.

—Sin embargo, ella está ahí, en el suelo. ¿Cómo se *atreve* a entrar en esta casa como invitado y tocar siquiera a una mujer? ¡Vuelva con sus rameras a Rusia! La gente de su calaña no es bienvenida en la finca de los Cantemir.

Sofía había llegado hasta mí y estaba a mi lado como si yo la hubiese reclamado. Lucine se encontraba a mi izquierda, y aquella seductora vestida de negro a mi derecha. Yo estaba allí, de pie, como un ciervo atrapado.

—Tenga mucho cuidado, Toma —susurró Sofía.

¿Me estaba advirtiendo?

Alek arrojó su espada sobre el suelo de mármol, donde repiqueteó hasta detenerse. Stefan arqueó las cejas.

—Se desarma. Impresionante. Un noble guerrero, sí señor.

—Voy a tomar la nobleza y se la voy a meter por la garganta. ¡Márchese! Esta es mi única advertencia.

—¿O si no qué?

—Le mataré.

—¿Me va a rebanar el cuello con las uñas?

Aquello no podía terminar bien. Sin embargo, entrometerse no haría más que debilitar la impresión del grupo acerca del juicio de Alek, de modo que mantuve mi posición.

—No me subestime.

—Lo mismo digo. Ahora ha retado mi honor acusándome de morder el labio de una mujer. ¡Estoy indignado!

—¡Márchese! —bramó Alek.

Saben, yo conozco ese tono en su voz. Alek no era la clase de hombre que jugara con su espada o sus cuchillos. Solo con sus labios y su lengua, y eso solo con las mujeres. Ese ruso torpe llamado Stefan no oía la llamada que le hacía la muerte. Casi intervengo entonces, sabiendo cómo lanzaba Alek los cuchillos.

—¿Entonces, qué me dice de defender nuestro honor de una forma que no sea tan patética y aburrida como un duelo a muerte ni ninguna de esas patrañas?

Alek no contestó.

—¿Así que me tiene usted miedo?

—Solo temo a su ignorancia. Y no tengo ningún deseo de dejar este suelo hecho un asco la noche de mi llegada.

Stefan dio unos pasos atrás, abrió los brazos de par en par y se dirigió al círculo de espectadores que estaban allí observando.

—¿A quién le interesa ver cómo mato —Alek ya se estaba moviendo, mientras los ojos del hombre estaban posados en su público— a este insolente?

Una daga que Alek había dejado caer de su manga derecha cruzó la habitación como si se hubiese lanzado desde un cañón. El hombre estaba muerto.

Pero, al acercarse el cuchillo a su garganta, Stefan se movió con una velocidad que yo no había visto jamás. Su mano derecha se levantó bruscamente y se aferró a la afiladísima hoja. Pude oír como el filo sajaba la palma de su mano.

Se oyó un grito ahogado en la habitación. Yo tenía la mano sobre la culata de la pistola que llevaba amarrada a un lado del pecho.

Stefan se quedó quieto por durante un segundo, fulminando al soldado con una mirada oscura, y en tres saltos se colocó a un lado de Alek, y presionó aquella misma daga contra el cuello de mi amigo.

Estaba a punto de seccionarle la garganta.

Di un salto hacia adelante.

—¡Ya basta, Stefan!

El agresor de Alek se quedó inmóvil al oír la voz que le llegaba desde la entrada. Una cálida bocanada de aire se arremolinó alrededor del largo abrigo negro de un hombre que estaba de pie en el hueco de la puerta. Las llamas de la chimenea se inclinaron en un intento de escapar al viento que el invitado había introducido con él en la habitación. Estaba en pie, con los brazos a lo largo del cuerpo, mirando fijamente a Stefan.

Todos los ojos se volvieron hacia ese hombre que yo no había visto antes, y que iba vestido de negro como los demás. Era más alto y se movía con un aire de absoluta autoridad. La cola de su traje llegaba bastante por debajo de sus rodillas; sus pantalones tapaban las botas negras ribeteadas en plata; sus mangas llevaban un puño de encaje rojo y acababan en unos guantes blancos; llevaba un cuello alto que le cubría la garganta y enmarcaba una cabeza de pelo negro.

La puerta se cerró de un portazo detrás de él.

—¡Apártate!

Supe sin mirar que Stefan obedecería. Yo era capaz de evaluar el poder de la mayoría de los líderes por su voz.

Durante un largo momento la habitación pareció contenida en la garra del poder de aquel hombre, como si el tiempo se hubiese ralentizado una vez más. Yo podía oír los latidos de mi corazón dentro del pecho y cómo corría la sangre por mis venas.

Un suave gemido rompió aquel momento.

—¿Natasha? —gritó Kesia.

—¿Qué...? —Natasha se sentó y miró a su alrededor, aturdida. Parpadeó—. ¿Qué diablos es esto?

—¿Estás bien, querida?

Natasha se puso en pie, recuperando rápidamente el equilibrio.

—Claro que sí, madre, estoy bien. ¿Qué ocurre aquí? ¿Dónde...?

Vio a Stefan que se había apartado de Alek y sus ojos se quedaron mirándolo durante un momento, pero fue Alek quien se adelantó y la tomó por el brazo. Seguía teniendo sangre en el labio y se lo tocaba con la lengua.

—Señora, por favor —Alek frotó suavemente su labio con un pañuelo—. ¿Está segura de encontrarse bien?

—*Bien* no es un término que podamos utilizar para interesarnos por una mujer tan hermosa —dijo el ruso recién llegado adelantándose. Primero se presentó a la madre, Kesia. Tomó su mano y la besó—. Le ruego que disculpe la intrusión en su hogar, señora. Estos hombres y mujeres le han ofrecido una terrible impresión de nuestra hacienda. Soy el amo del castillo Castile, un humilde invitado de su Moldavia. Vlad van Valerik a sus órdenes. Por favor, llámeme Vlad, ya que soy un plebeyo en su casa.

Kesia le observó indecisa y luego miro a Natasha, cuyos ojos estaban posados en Valerik.

—Natasha...

—Estoy perfectamente bien, madre. Por favor, solo nos estábamos divirtiendo un poco. ¿Acaso una mujer no puede desmayarse con todo este baile, vino y calor? Todo ha sido absolutamente inofensivo y dulce.

Pero pude ver por la forma en la que Stefan observaba a Alek que posiblemente empezara siendo algo dulce que luego se convirtió en algo amargo.

Kesia se volvió hacia Valerik.

—Entonces acepto sus disculpas. Sea bienvenido a mi hogar. No somos reacios a un poco de diversión pero, se lo ruego, mantenga a raya a los perros rabiosos.

Kesia me gustaba menos por darle la bienvenida a Valerik a su hogar pero mucho más por el crujido de su látigo verbal.

Valerik sonrió.

—¡Bien dicho!

La sala se veía más iluminada y noté que algunas de las velas que se habían apagado volvían a lucir.

—¿Desea usted que le castigue? —preguntó.

Kesia echó una mirada a Stefan, que parecía luchar entre su lealtad a Valerik y su ira por haber sido humillado por Alek, aunque había conseguido hacerle un pequeño corte en el cuello.

Entonces, ¿a qué se debía esa oscura rabia que yo veía en sus ojos?

—¿Qué tenía usted en mente?

Era evidente que Valerik no esperaba su respuesta. Dio un paso hacia Natasha, limpió el corte de su labio con el pulgar.

—¡Qué flor tan delicada! Señora, es usted una criatura exquisita que debe provocar el último deseo de cualquier moribundo y de la mitad de las mujeres de este mundo. No debe juzgar a Stefan con demasiada dureza.

—No —dijo ella.

Bajó sus brazos y, con las manos en la espalda, caminó lentamente describiendo un pequeño círculo y observando a los invitados.

—Sin embargo, algún castigo sería conveniente. No me gustaría que mis vecinos pensaran que no soy un hombre justo. En el castillo Castile no habemos más que unos cuantos aristócratas, hombres y mujeres, que hemos escapado de Rusia durante el verano, como ustedes. Esta Moldavia es una tierra hermosa y tiene que haber orden.

Quedaron prendidos de sus palabras. Y debo admitir que yo también.

—Ojo por ojo, ¿verdad? —dijo. Sus ojos dieron la vuelta por la habitación, oscura pero que brillaba bajo la luz. Se detuvieron en Lucine y parecieron bebérsela.

Cuando se dirigieron hacia mí, sentí una ira profunda, no por la forma en que me miraba, sino por haber mirado a Lucine de aquella manera.

—Stefan ha tomado algo de una de las hermanas. Invitado o no, eso ya no importa. Lo justo sería que la otra hermana tomara algo de Stefan. ¿Son ustedes gemelas?

No eran unas gemelas idénticas, pero el parecido era bastante claro y las gemelas eran muy conocidas. Pero yo no quería que este ruso hablara con Lucine bajo ningún concepto.

—Si —dijo Lucine.

—¿Le gustaría disponer de Stefan durante una noche y hacer con él lo que quiera? Podría usted golpearle u obligarle a que le haga un pastel, o utilizarle en sus talentos más naturales que no necesito describir. Eso, suponiendo que a su madre le agrade la idea.

Kesia se sonrojó, pero sonrió.

—Hasta podría convertirlo en el esclavo de su madre por una noche. Si alguien toma algo de los Cantemir, tendrá que dar algo a cambio, ¿no es así?

¡Me sentí ultrajado! Sentí odio hacia Stefan por lo que podía llegar a hacer durante ese ridículo castigo. ¿Cómo era posible que Kesia no echara a aquellos hombres a patadas?

Porque las serpientes son difíciles de echar, Toma.

—Pero no entiende usted, amable señor —dijo Lucine—, que no tengo el más mínimo interés en un matón como Stefan. Los de su clase me resultan repulsivos y creo que hablo también por mi madre. No querría ni que fregase mis suelos.

Los labios de la multitud se fueron distendiendo de deleite.

—Estoy seguro de que podrá hacerla cambiar de opinión. Tiene mucho talento.

—Ya ha oído a la dama —dijo Alek sin alterar la voz—. Vaya despidiéndose, por favor, antes de que usted mismo se convierta en Stefan.

Nada ocurrió durante unos segundos. No fue una amenaza sabia, teniendo todas las cosas en cuenta, pero yo mismo la habría formulado de no haberlo hecho Alek.

En ese momento, Stefan se movió con una velocidad desmedida para defender el honor de su amo. Pero su cuchillo estaba en el suelo y tenía que agacharse para tomarlo.

Saqué mi pistola sin pensarlo y disparé a la cabeza de Stefan cuando se dirigía hacia Alek.

El hombre se desplomó como una piedra, muerto, a los pies de Natasha. La detonación sacudió la araña del techo y el eco retumbó por toda la habitación. La sangre se derramó por la herida de la cabeza de Stefan.

Levanté mi arma de manera que la boca apuntaba al techo todavía humeante.

—O podríamos hacer esto —dijo Vlad van Valerik.

—Ningún hombre amenaza la autoridad de la emperatriz —
dije—. ¿Está claro?

—Desde luego —dijo a la multitud. Miró a la señora Kesia, que
se había quedado blanca, e inclinó la cabeza.

—Lo siento mucho, señora, pero Toma Nicolescu tenía razón.
De haber traído pistola yo mismo habría disparado a Stefan si hubiese presenciado su necedad. Lo único que lamento es esta suciedad en
su suelo.

Oí detrás de mí el susurro ronco de Sofía.

—Muy buen disparo, Toma.

Valerik miró más allá de mí y le hizo una señal con la cabeza. Ella
me rozó el codo cuando pasó junto a mí.

—Estoy impresionada —murmuró.

Uno de los otros rusos levantó el cuerpo de Stefan en sus brazos
y condujo a los demás fuera de la habitación, dejando un rastro rojo
sobre el mármol blanco.

—Me siento avergonzado, señora —dijo Valerik, llevando su
mirada desde el hilo de sangre hasta Kesia—. Mi deuda con usted es
doble ahora. Haré cualquier cosa para reconciliar la indiscreción de
este indisciplinado necio en su hogar.

Se inclinó, abrió los brazos con un pie delante del otro.

—Ahora debo marcharme y enseñar algunas lecciones.

Caminó hacia la puerta y se volvió para mirar a Lucine.

—Es un matón. Un apuesto matón, quizás, pero un monstruo de
la cabeza a los pies.

Luego, Vlad van Valerik y su clan se marcharon.

CUATRO

Habían pasado dos días desde el baile de madre y seguía siendo la comidilla de la aristocracia. El que el Baile Estival de las Delicias acabara patas arriba por la muerte de un hombre en defensa del honor había inmortalizado esa celebración.

El nombre de Vlad van Valerik estaba en boca de todos ellos. Más aún, también lo estaba el nombre de aquel que había sacado inesperadamente una pistola y había disparado a la cabeza del agresor dejándolo muerto, y desde una distancia de veinte pasos o más. Toma Nicolescu. El tranquilo y alto héroe de guerra que había matado a mil hombres en batalla, Lucine ya no tenía la más mínima duda de ello.

—Apenas puedo mantenerlo alejado de mi mente —dijo Natasha, balanceándose en el muro de la fuente con sus blancos zapatos mojados. Metió el pie izquierdo en el agua y luego también el derecho, salpicando. Caminó a lo largo del muro de piedra con los pies empapados, dejando unas manchas oscuras perfectas.

Lucine dio un salto y la siguió, con ambos brazos extendidos para mantener el equilibrio. No quería mojarse los pies.

—¿A cuál de los dos no puedes alejar de tu mente?

—Al ruso, naturalmente.

Lucine se acercó, balanceándose peligrosamente antes de recuperar el control.

—¿El ruso? ¿El duque?

—No, tonta. Aunque solo puedo imaginarme cómo es.

—¿Entonces, quién? Seguro que no hablas del muerto.

Natasha le lanzó una penetrante mirada caprichosa mientras rodeaba el lado más alejado.

—¡No puedes estar hablando en serio! ¡Está muerto!

—Así es.

—Te atacó.

—No, Lucine —Natasha se dio la vuelta para quedar frente a ella y estuvo a punto de caerse—. Me mordió el labio. Eso no es un ataque.

—Era un monstruo presumido dando a entender que tú te lo habías buscado.

—Y quizás fue así —dijo, y sus ojos brillaron. Bajó del muro de un salto, se subió a un banco de piedra y corrió de un extremo al otro del mismo mirándose los pies—. Yo lo pedí, ¿no es así?

—No pedirías que *te mordiera*.

Volvió a aterrizar en el suelo y examinó a Lucine, torciendo la boca como insinuando que se trataba de un secreto indecoroso.

—¿Y qué si lo hice, Lucine? ¿Qué pasa si me susurró una invitación y yo le dije que sí?

—Por favor, Natasha. Esto no es divertido. No puedes ser tan estúpida.

Lucine se sorprendió al ver la cara sonrojada de su hermana. Se bajó de allí, confundida por esa conducta, aunque probablemente no tenía derecho a estarlo. Natasha había sido siempre muy impetuosa. Pero aun así...

—Quizás un beso, ¿pero invitar a un hombre, por muy atractivo que sea, a atravesarte el labio de un mordisco? ¡Es absurdo!

Natasha se precipitó hacia delante y agarró su brazo, mirando a su alrededor para asegurarse de que nadie pudiera oírla.

—¡Pero tú no estabas allí! No estabas en sus brazos. Yo sí, Lucine. Me preguntó si me podía morder y yo le dije que sí. Ya sé que no estuvo bien, pero apenas pude...

—¿Te dijo eso? «¿Puedo morderle el labio?»

—Por supuesto que no, así no.

—¿Entonces, cómo?

Natasha dudó por un momento.

—No lo recuerdo con exactitud. Creo que se limitó a decir: «¿Puedo?» y yo le dije que sí. Pero yo sabía que quería morderme, porque ya me había mordisqueado el labio antes.

—Estás jugando con el diablo.

—¡Entonces es que el diablo vive en el cielo! Me mordió el labio y yo me desmayé, hermana. Me desvanecí. Nunca me había sentido tan embelesada.

El pinchazo ya se había curado y era verdad, su hermana parecía cualquier cosa menos herida.

—¡Me siento absolutamente vibrante! —inspiró profundamente por la nariz, dio unas vueltas sobre sí misma, la cabeza ladeada hacia atrás y los brazos abiertos de par en par—. El aire está lleno de flores, ¿puedes olerlas? El sol es cálido, el cielo está tan azul como un océano, mi noche...

—Es una completa tortura, a juzgar por el caos que encontré esta mañana. Tus almohadas estaban por toda la habitación y la ropa de cama estaba en el suelo. Estás claramente incómoda.

—Entonces, incomódame otra vez, hermana. Si la ropa de mi cama está tirada por el suelo es porque bailo en mis sueños. ¿Ves lo que ocurre cuando lanzas tus preocupaciones al viento y abrazas el amor? Hasta la noche te llama.

—Es posible que tú no hayas salido mal parada, pero él está muerto —dijo Lucine soltando una risita.

Los ojos claros de Natasha se nublaron por un momento.

—Sí, es verdad. Todo por culpa de tu machote.

—Por favor... —dijo dándose la vuelta.

—No creas que no me he dado cuenta de cómo lo miras —bromeó Natasha—. Y no te culpo. El héroe dio un paso al frente y nos salvó de los lobos malvados. Es un hombre bello. No te culpo en absoluto —dijo y dirigió la mirada al jardín detrás de Lucine—. Hablando del rey de Roma...

Lucine miró por encima de su hombro. Toma y Alek caminaban el uno al lado del otro más allá del seto, inmersos en una profunda discusión. No dieron muestras de haber visto a las hermanas.

—Vamos a ver qué descubrimos —dijo Natasha. Se dirigió a toda prisa hacia la pareja, rozando a Lucine al pasar.

—¿Descubrir qué?

—Quién ama a quién, naturalmente.

—Natasha...

Toma debió de escuchar algo, porque se dio la vuelta y las vio. Alek se asomó por detrás de su compañero y observó cómo Natasha se deslizaba hacia ellos como una serpiente.

Toma iba vestido con pantalones, botas hasta las rodillas y una camisa blanca con el cuello desabrochado. Su pelo oscuro y ondulado le caía hasta los hombros, enmarcando una mandíbula firme y tersa.

El oficial de caballería había estado bastante ocupado durante los dos últimos días, retirándose temprano y sin dejarse ver excepto a la hora de la cena. Se ocupaba de sus asuntos, cabalgaba por el perímetro y apostaba varios centinelas. Solo el cielo conocía el propósito de todo aquello.

Su conducta general no encajaba con la imagen de un despiadado guerrero. En ese sentido, la de Alek tampoco. Sin el uniforme, eran dos especímenes atractivos, pulcros y recién salidos de la corte de Su Majestad.

Su ferocidad debía esconderse detrás de aquellos ojos, pensó.

—Vaya, si son nuestros dos elegantes héroes haciendo guardia —dijo Natasha lentamente, mientras se acercaba.

Ambos inclinaron la cabeza.

—Señoras —dijo Toma.

—Nuestro día se acaba de alegrar —dijo Alek.

Lucine los saludó.

—Alek. Toma.

—Lucine se preguntaba a cuál de nosotras ama cada uno de ustedes —dijo Natasha sin la más ligera pausa.

Lucine sintió que empezaba a ruborizarse. Cualquier negativa daría el mismo crédito a la pregunta. De modo que lo permitió.

Toma las miró a ambas, sin ninguna expresión en la cara.

Por otra parte, Alek parecía encantado.

—Bueno, es bastante fácil. Las amo a ambas.

—Eso es una estupidez —dijo Natasha—. Bueno, está bien; que así sea —Caminó detrás de Alek, le quitó una pelusa del hombro y le alisó la chaqueta—. Así que nos ama usted a las dos. ¿Y quién no querría ser amada por dos robustos héroes de guerra? ¿Se siente usted así, Toma? ¿Nos ama usted a las dos del mismo modo?

El pobre hombre se vio tomado por sorpresa por la depredadora Natasha. Sin embargo, ahora que había arrojado el guante de una forma tan descarada, Lucine quiso conocer su respuesta.

—¿Cómo podría no estar de acuerdo con Alek? No es precisamente un manco en estos temas.

—¿Por eso se ruboriza usted? ¿Por qué es *usted* manco? Quiero decir en estos *temas*.

Si antes no se había ruborizado, ahora sí.

—No, no era...

—Es que yo le estaba comentando a Lucine que me había dado cuenta de que usted había puesto sus ojos en ella, y ella dijo que eso era una tontería.

Lucine quería que se la tragara la tierra. Ella no había dicho nada de eso, en realidad no lo hizo, o al menos no había querido decir eso. Claro que le gustaba Toma, ¿y a quién no? Pero eso no significaba que estuviera encaprichada con ese hombre. Con Natasha era siempre todo o nada. Amor con abandono, o una estupidez.

—Mire, esto es lo que me gusta —dijo Alek con una sonrisa radiante—. No hay nada tan seductor como una mujer que no teme a nada.

—Ni siquiera que la muerdan, quieres decir —dijo Toma. Lucine deseó inmediatamente que no hubiera dicho eso, porque no podía salir nada bueno de enfrentarse a Natasha de una forma tan directa. Solo conseguiría que le humillara y se ponía enferma solo de pensarlo.

—¿Lo ha probado alguna vez, Toma? —dijo Natasha— ¿Le ha mordisqueado alguna vez los labios una mujer cariñosa?

—¡Ajá! —gritó Alek—. ¿Lo ves, Toma? ¿Qué te dije? No tiene precio —comentó sin apartar los ojos de Natasha—. Le diré, querida, que puede usted probarme cuando guste.

—Si tiene tanta suerte —respondió con un guiño—. ¿Qué dice usted, Toma? ¿Le parece una estupidez?

La frente le empezaba a brillar de sudor. Se pasó los dedos por los rizos en un ademán nervioso.

—¿Una estupidez?

—¿Tiene usted algún interés en ella?

De repente, Lucine quería que se quedara callado. No había una buena respuesta. Si decía que sí, sería tan provocador como si fuera verdad. Si decía que no, solo sería para protegerla. De una forma u otra ella se sentiría incómoda con la respuesta, sin saber por qué decía lo que decía.

Pero al juego de Natasha podían jugar dos.

Dio un paso en dirección a Toma, con una sonrisa atrevida.

—No seas tonta, Natasha. Por supuesto que tiene interés en mí, ¿no es así, Toma? Yo misma he expresado mi propio interés con suficiente claridad.

Se acercó a él, colocó la palma de su mano sobre el pecho de él y luego se dio la vuelta retirando la mano.

—Pero solo porque encuentres a alguien atractivo no significa que se deba perder la compostura. Toma lo ha demostrado y me parece encantador.

Todos la miraron como si hubiera perdido la razón. No era su forma habitual de comportarse. Ella disfrutó con aquella reacción.

Natasha fue la primera que rompió a reír. Se sentía encantada y lo demostró abrazando a Lucine que sintió cómo se ruborizaba.

—¿No crees que estoy hablando totalmente en serio?

Alek no pudo resistirse y se unió a la risa de Natasha.

—No tan seria como el hombre al que echaron de aquí —dijo Toma, claramente agradecido por la oportunidad de cambiar de tema. Los tres pensaron que aquel comentario era divertidísimo por su insolencia. Lucine también, pero no podía parar de reír. A madre le encantaría.

—Bueno, ahí tiene usted, Natasha —dijo Alek riendo todavía como un niño—. Ya está todo arreglado.

—¿Qué está arreglado?

—Esto. Usted y yo. Él y ella. Está prácticamente escrito en las estrellas.

—¿De verdad?

Lucine echó una mirada furtiva a Toma, sabiendo que Alek tendría que aguantar que le diera una charla más tarde.

—¿Acaso soy tan fácil? —preguntó Natasha con un toque de osadía en su voz.

Los ojos de Toma atraparon la mirada de Lucine y no pudo esconder una sonrisa avergonzada.

—Esperemos que no —dijo Alek—. Detesto a las mujeres fáciles.

En aquel momento, Lucine vio verdad en los ojos de Toma. La chispa, el intento desesperado de esconder un secreto, el rápido cambio. Sentía algo por ella ¿no era así?

—Vamos a dar un paseo, querido —dijo Natasha, dándole la mano a Alek.

Él miró a su superior.

—¿Toma? ¿Hemos acabado aquí?

—Sí.

Alek tomó la mano de Natasha y se marcharon, revoloteando como dos pájaros. El resultado fue algo previsible.

Viéndoles marchar, Toma parecía perdido sin su compañero.

—¿Le gustaría dar un paseo? —preguntó Lucine.

Me sentí como un tazón de gelatina. Mis piernas eran como de agua.

Yo era un hombre fuerte. Podía levantar fácilmente a un hombre del tamaño de Alek y arrojarlo de un extremo a otro de una habitación, estrellándolo contra la pared; de hecho lo había hecho más de una vez antes de llegar a ser amigos. Yo había perseguido a más de un enemigo a pie, había saltado sobre él y le había rebanado la garganta. Me sentía tan cómodo con una espada en mitad de un campo de batalla, conduciendo a mil hombres en pleno ataque contra los infieles, como bebiendo té en las tiendas de esos hombres.

En la corte de Su Majestad me conocían como «el león».

Pero allí, en el jardín, a poco más de un metro de Lucine que acababa de ponerme la mano en el pecho, yo era tan débil como un cordero.

La confusión que había sufrido durante los últimos días cruzó por mi mente. Saben, la noche que siguió a aquella en la que maté a Stefan, me acosté sobre aquellas lujosas almohadas, incapaz de dormir, convenciéndome de que los rusos habían traído consigo un maleficio que me había infectado. Pero los únicos hechizos en los que yo creía eran aquellos que se transmitían con una hoja rápida de cuchillo o con un mosquete de verdad. No había diablo, ni Dios, ni poder alguno más allá del que tiene el hombre.

¿Qué había en unos ojos, una boca, dos pechos, unas caderas, unos pies y una cabeza que pudieran crear cualquier tipo de anhelo? ¿Por qué una esencia evocaba el deseo y el sabor de unos labios exigían obsesión? ¿Qué había en las palabras habladas que pudieran encender un fuego? No era más que carne que pronto se desangraría y se pudriría en la tierra.

Mi atracción anormal hacia ella no podía tener nada que ver con la suma de las partes de su cuerpo, razoné mientras daba vueltas y vueltas en aquella cama obscenamente suave y esponjosa. Tampoco con ella. No estaba cayendo sobre mí, ofreciéndose a mí. No estaba besando mis orejas ni mordisqueándome el cuello. Sus manos no corrían por mis caderas; sus labios no me susurraban amor eterno; su lengua no era...

Me senté en la cama, aterrorizado por mi propia debilidad. El dolor había comenzado entonces, cuando llegué a la conclusión de que las emociones que yo sentía eran simplemente mías y estaban en mi corazón y en mi mente. Una nueva debilidad se había presentado ante mí, como un nuevo tipo de plaga.

Pero la plaga podía ser controlada. El enfermo podía ser aislado y los cuerpos quemados hasta que la enfermedad quedase erradicada.

Mi propio asombro ante el dolor de mi corazón me mantuvo con los ojos abiertos de par en par, mirando fijamente a los ángeles cuidadosamente tallados en el techo por encima de mí.

Dormí poco aquella noche y me desperté temprano para arrastrar a Alek fuera de su cama. Debíamos ponernos de inmediato a la tarea de asegurar todos los rincones de la hacienda, anuncié, negándome a prestar oído a sus protestas.

Los dos días siguientes hice todo lo posible por no acercarme a Lucine. Llené mi mente con los retos que tenía a mano a pesar de que eran de lo más simples porque no había ningún enemigo real a la vista que tuviéramos que matar. Le ordené a Alek que me ayudara a extender una muralla en la entrada principal.

—¿Para qué?

—Porque hace falta.

—No veo la necesidad, pero, si insistes, daré la orden a los sirvientes...

—Deberíamos hacerla tú y yo.

—¿Qué? Debes estar bromeando.

—Tú me conoces mejor que nadie.

—Ya tenemos esta barricada. No necesitamos una extensión y, desde luego, no una construida por nosotros.

—¡Mira aquí! —exclamé, apuntando con el dedo en dirección al bosque que se encontraba a nuestra derecha—. ¿Qué tipo de protección tendremos si ellos salen de los árboles abriendo fuego con sus mosquetes?

—¿Ellos? ¡Nuestro enemigo no es un ejército, Toma! Si nos encontrásemos en medio de una guerra, no te digo que no. E incluso en un caso así, con una o dos rocas tendríamos suficiente para protegernos bien, sin necesidad de todo esto.

—¿Estás cuestionando mi autoridad? —le dije bruscamente.

—¡Toma, soy yo! —gritó Alek—. Deberíamos estar con nuestros invitados, bebiéndonos un té a sorbos mientras flirteamos y no ensuciándonos las manos de barro para construir un muro que no necesitamos.

—La holgazanería no será una buena ayuda —rugí.

Creo que Alek sabía que me pasaba algo, porque después de un largo y duro análisis se suavizó y me lanzó una mirada inquisidora, algo así como una mirada de complicidad. Pero también pudo ser imaginación mía, porque la mitad de mi mente se había alejado y sobrevolaba alrededor del castillo, esperando una mirada, solo echar un vistazo a hurtadillas a Lucine.

Fue horrible, créanme. Con cada hora que pasaba, mi condición parecía empeorar. Las cenas eran lo peor, naturalmente. Procuraba acortarlas lo más posible y me las arreglaba para que se me viera absolutamente normal. La miraba a los ojos cuando le hablaba y me comportaba como un invitado perfectamente cortés.

Pero en lo más secreto, cada palabra y cada mirada me agitaban. Me aferraba a cada risa suya, a cada movimiento de su barbilla, cada bocado y cada sorbo, preguntándome todo el tiempo cómo era posible.

Lentamente, la idea de confesar mi amor se convirtió en una orden a la que yo no me podía negar. Con toda seguridad, el deber era más delgado que el amor.

Ahora, en el jardín, me sentía como aquel tazón de gelatina. Tenía que decírselo. ¡Tenía que confesarle mi amor antes de volverme loco, incapaz de llevar a cabo ningún tipo de deber!

—Sí, podemos dar un paseo —dije—. Pero se me olvidó lo que tenía que hacer a continuación.

Por fin alargó su mano y yo doblé el codo rápidamente para que ella se agarrase. La conduje por aquel sendero, camino a... Sinceramente, no tenía ni idea de dónde íbamos. En aquel momento yo no era más que el cachorro que ella llevaba al final de su correa, aunque habría preferido que me condenaran o que me echaran a las llamas antes que permitir que ella pudiera tener el más ligero indicio de mis pensamientos.

—Es un jardín hermoso, ¿no le parece? —preguntó—. Madre dice que las rosas rojas son el sonrojo de Dios.

Se acercó a un lecho de rosas que había a nuestra derecha. El jardín tenía bancales de rosas y tulipanes que conducían a los altos setos que formaban una pequeña masa antes de convertirse en la parte trasera de un bosque. Nos dirigimos hacia el otro lado, en dirección a la casa.

—¿Por qué se iba a sonrojar Dios? —pregunté sin que me importara lo más mínimo. Mi mente estaba en su mano que apretujaba mi codo.

No podía sentirme tan reducido por una mujer a la que apenas conocía. Después de todo, yo no era un advenedizo pubescente. Era Toma Nicolescu, el león, el que dirigía la vida y la muerte de miles de hombres.

—Ella dice que Dios se sonroja cuando le damos las gracias. Y en Moldavia estamos constantemente dándole las gracias porque estamos rodeados de lo mejor que Él ha hecho.

—¡Oh!

—Sí, oh —dijo y me miró de soslayo mientras ascendíamos los escalones de piedra que llevaban a la fuente—. Espero que lo que he dicho allá no le haya parecido mal.

—No.

—No pretendía incomodarle, por supuesto.

—¿Ah, no? —repliqué, pero yo sabía que me había mostrado ese interés para evitarme el mal momento que estaba pasando. ¿Pero qué estaba preguntando?

—¿Debería haberlo pretendido?

—Yo... bueno, no. ¿Qué parte exactamente?

—La parte de que está interesado en mí.

—¡Cielos, no! ¿Qué le hace pensar eso?

—Es curioso. Yo juraría que usted...

—No —insistí—. No tengo interés en usted, señora.

Rodeamos la fuente y caminamos hacia la puerta principal que conducía a lo que había sido el salón de baile unas cuantas noches atrás y que ahora estaba lleno de mullidas sillas, mesas de recargados tallados y candelabros de oro, un salón lujosamente amueblado.

Me sentía muy avergonzado, aunque debería estar eufórico de que me diera la oportunidad de apartarme para siempre de su afecto.

Me atreví a mirarla a la cara y, a menos que mi imaginación me la estuviera jugando de nuevo, se sonrojó.

—No sería adecuado —dije.

—No. Pero parece ser adecuado para su hombre.

Estaba mirando más allá de mí a un punto del jardín donde Alek murmuraba algo en el oído de Natasha. La hermana echó la cabeza hacia atrás y se rió.

—Si, por supuesto —dije—. Alek es así.

—Y Natasha.

—Sí, y Natasha —dijo—. El tono que empleó volvió a tocarme en lo más hondo. Era un tono de tristeza. Una sirena que hacía un llamamiento a mi propia soledad.

Cuando una persona solitaria se encuentra con otra, hay una complicidad entre ellos y, en ese momento, supe que Lucine anhelaba el amor, pero uno más profundo que el que su hermana buscaba. Supe que su corazón lloraba por el cálido abrazo de otra alma.

Sabía que me estaba pidiendo que yo fuese esa alma.

Y en el instante que lo supe, sentí que le confesaría todo. Aquella misma noche, bajo la pálida luna, besaría su mano y ganaría su corazón.

—Pero yo también podría, quizás —dije. O quizás simplemente lo solté, no lo recuerdo ahora.

—¿Podría, qué?

—Bueno... no está prohibido.

—¿Qué es lo que no está prohibido?

—Pues... Debe entender que Alek y yo hemos estado combatiendo el uno al lado del otro durante años. Yo confío en él y él en mí —yo balbuceaba como un loco—. Fue un baile espléndido —dije.

Lucine zafó sus brazos del mío y puso las manos detrás de la espalda.

—Disfrutó de ello, ¿verdad? Me refiero a matar a aquel hombre.

—En absoluto, no era lo que yo pretendía. Toda la velada fue realmente agradable. Gracias por enseñarme todo el castillo.

—Vaya, debí de beber mucho. No recuerdo haberle enseñado nada.

Tuve que reírme aunque solo fuera para no ruborizarme. Así lo hice, a carcajadas, sujetándome el pecho. Creo que fue demasiado. Noté su mirada extraña y su sonrisa tímida.

Habíamos llegado a la puerta que conducía al salón principal y me lancé sobre el pomo, ansioso por correr a mi habitación o al muro que Alek y yo habíamos terminado de edificar. Empujé la puerta y la abrí.

—Señora.

Ella la cruzó, se giró y me miró fijamente con cierta fascinación.

—Vaya, vaya, Toma. Está usted lleno de sorpresas, ¿no es así? Tan fuerte y tan rápido para disparar a un hombre a la cabeza al primer indicio de problema, pero a pesar de ello... —se calló.

—Era una amenaza, señora. De no haberle matado, Alek podría estar muerto.

—Comprendo.

—Por favor, quiero que sepa que no me gustó la forma en la que actuó ese tal Vlad van Valerik. La miraba a usted como un buitre mira a un caballo muerto.

—¿Uno muerto?

—Debo insistir en que no se le permita volver a esta propiedad bajo ningún concepto. Lo prohíbo expresamente.

—Por supuesto. Se lo diré a madre.

—¿Decirme qué? —Kesia se apresuró dándose aire en el rostro con un abanico de bambú, para refrescarse de la cocina, me imagino.

—Hola, madre. Debo decirte que estamos prohibiendo los buitres porque parecemos caballos muertos.

—¿De verdad? —preguntó y recorrió mi brazo con su dedo dejando que sus ojos se pasearan sobre mí—. Y a pesar de todo, este magnífico corcel me da la sensación de estar muy vivo.

—¡Madre, por favor!

Kesia suspiró.

—Está bien, nada de buitres. Mientras tanto, busca a Natasha y dile que cancele sus planes para mañana por la noche. Tenemos invitados.

—¿Invitados?

—Sí.

Antes de que Kesia hablara, vi cómo salían dos jinetes vestidos de negro por la verja principal.

—Vlad van Valerik y dos de su clan han solicitado traernos la cena. Dijeron que es lo menos que pueden hacer. Creo que será maravilloso.

Yo debí haberme impuesto en ese momento, pero me sentía demasiado descentrado, todavía demasiado distraído por mis propias emociones como para dar órdenes.

Lucine me lanzó una mirada.

—Toma lo ha prohibido.

—Bobadas —dijo Kesia—. Insisto. Y si ellos no pueden venir aquí, entonces iremos nosotros allá. Sería muy bonito volver a ver el castillo Castile. ¿Preferiría usted eso, querido guardián?

Estaba a punto de protestar utilizando las palabras más firmes cuando, de repente, emitió un gritito ahogado y se sacó un sobre sellado del bolsillo.

—Oh, un mensajero trajo esto para usted hace un momento —me dijo tendiéndome el mensaje lacrado con el sello de Su Majestad—. Al parecer es de la emperatriz —dijo Kesia—. Sin duda un aviso de lo más urgente acerca de cómo detener a todos los malhechores. Ven, Lucine, dejémosle con asuntos más importantes.

Lucine siguió a Kesia dentro de la casa, dejándome solo con el mensaje. Lo rasgué y salí. Era la letra del escriba de Su Majestad, la reconocí de inmediato.

A Toma Nicolescu, siervo de Su Majestad,

Te escribo con respecto al urgentísimo asunto de la familia Cantemir, que he puesto bajo tu cuidado. Desde tu partida se ha decidido que la lealtad de Moldavia a Rusia se puede asegurar mejor por medio de la unión de los Cantemir con la realeza rusa. Se ha demostrado interés en este sentido.

Así pues, te encargo de proteger la vida y el corazón de Lucine Cantemir a toda costa. Nadie que no sea de la realeza rusa podrá cortejarla bajo ningún concepto. Nuestros enemigos podrían tener motivos de pretender su mano. A este mensaje le seguirán en breve detalles adicionales para Mikahil Ivanov y Kesia Cantemir, una vez asegurados por mí los compromisos necesarios.

Mientras tanto, debes saber que el quebrantamiento de este acuerdo podría causar una gran ofensa y romper lazos muy delicados. El resultado podría ser devastador para nosotros si entramos en esta guerra.

Catalina

Emperatriz de Rusia

CINCO

Lucine cruzó aprisa la finca, vestida solo con el salto de cama que se había echado por encima en su precipitación, levantándoselo para que no arrastrara por las losas de piedra. Era temprano, aun no era la hora del desayuno y solo había movimiento en la cocina. Probablemente madre estaría despierta, y su doncella la estaría atendiendo. Seguramente Toma estaría ya levantado, rogó para que no hubiese abandonado la torre oeste para dar un paseo a caballo o supervisar a los centinelas.

Natasha tenía problemas. Lucine debía conseguir ayuda y su nombre fue el único que le vino a la mente para una cosa así.

El servicio de la cena había sido bastante interesante la noche anterior, como solían ser muchos de los de madre. Natasha se comía a Alek con los ojos y Kesia no hacía nada para frenarla. Todos se habían reído muchísimo entre frases osadas.

Se habían retirado a la sala y habían estado jugando a las cartas mientras Toma, sentado en una silla, cumplía su función de lobo guardián. Evidentemente, le había dado la noche libre a Alek porque a este no le preocupaba lo más mínimo qué asesino escalara y entrara por la ventana para matarlos a todos. De hecho, solo tenía ojos para Natasha que obviamente había superado la pérdida del ruso muerto.

Toma se había disculpado poco después y con él se fueron también las ganas de Lucine de quedarse levantada hasta tarde, de modo que también se retiró temprano.

Toma. No podía evitar pensar en él, porque no podía sacudirse la sensación de que quizás Natasha estuviera en lo cierto. Quizás ese garañón tenía ojos para ella pero la evitaba por corrección.

De ser así, podría sentirse halagada, pero tampoco significaría que cayera rendida a sus pies, desde luego no de la manera en que Natasha se enamoraba de sus hombres.

Algo en el silencio de la noche despertó a Lucine, cuyo dormitorio estaba en el pasillo, justo un poco más abajo que el de Natasha. Se sentó en la cama. Pero todo estaba en silencio, o al menos eso fue lo que se dijo a sí misma asegurándose que el ruido solo estaba en su sueño. Se dejó caer de nuevo en la almohada y se quedó dormida.

Pero se había equivocado.

—¡Toma!

Corrió por el pasillo que conducía a la segunda habitación de invitados, vaciló solo un momento con la mano sobre el pomo de la puerta y luego la abrió de un empujón sin llamar.

Él estaba en el balcón, mirando a la pradera. Tenía las manos en las caderas y el pelo suelto y enredado alrededor del cuello.

Solo llevaba pantalones negros. Sin camisa. Sin zapatos ni calcetines.

Toma era alto, incluso sin botas, pero nunca habría imaginado la fuerza del hombre que tenía frente a ella. Los músculos de la espalda le envolvían los costados, divididos por el canal de su espina dorsal. Sus hombros estaban contraídos como los de un caballo a pleno galope; sus largos brazos, aunque ahora estaban sueltos, podrían seguramente derribar a ese mismo caballo. Había visto torsos desnudos, pero ninguno con tanta definición.

Tampoco había visto a nadie con una cicatriz tan pronunciada como la suya que recorría toda la parte baja de la espalda.

Lucine lo vio todo a la vez en el tiempo que duró su grito ahogado cuando Toma se giró. Se miraron fijamente. Luego, él se dio completamente la vuelta mirándola con preocupación.

—¿Qué ocurre?

Su pecho estaba tan bien definido como su espalda y su vientre se rizaba como la superficie de un lago agitado por una piedra.

—¿Qué ocurre? —preguntó de nuevo, cruzando la habitación para acercarse a ella.

—Se trata de Natasha —dijo, fatigada por la carrera.

—¿Qué le pasa?

—¡No lo sé! Hay sangre y...

Él ya estaba en movimiento, agarrando su pistola, asiendo su mano al vuelo y tirando de ella en dirección al pasillo.

—¿Dónde? ¡Muéstreme!

—En su dormitorio. Todavía sigue allí.

Toma aflojó su mano, gritando al pasar la entrada de su habitación.

—¡Alek, vamos! —gritó girándose hacia ella—. Disculpe. ¿Puede coger mi camisa de ahí?

—Sí. Sí, desde luego.

Agarró la túnica blanca que colgaba del poste de la cama y se precipitó con él por el pasillo.

—Ahora dígame lo que vio.

Oyó cómo se abría la puerta de la habitación de Alek detrás de ellos.

—Ya le he dicho que no lo sé.

—¿Se le ha olvidado? No me diga qué *era*, sino qué *vio*. ¿Está viva? ¿Se encuentra sola?

Corrieron, revolvieron dos esquinas y siguieron por un tercer pasillo.

—¡Lucine! —dijo bruscamente— ¿Está viva?

—Sí, creo que sí. Y hasta donde pude ver, estaba sola.

Estaban a varios pasos de la puerta blanca que conducía a la habitación de Natasha. Toma se detuvo.

—¿Así que no vio ningún peligro?

—No lo sé.

La agarró por los hombros con ambas manos y la sacudió.

—¡Necesito más que eso!

—¡No lo sé, patán!

Él abrió los ojos de par en par y luego los dejó caer sobre sus manos que se aferraban a los delgados hombros de Lucine. Las retiró.

—¡Perdóneme! He... he perdido el control.

—No. No es usted un patán. Estoy demasiado frenética para pensar con claridad.

Alek les dio alcance, mientras se ponía la camisa.

—¿Qué ocurre?

—Estamos a punto de saberlo —dijo Toma, arrancó su túnica de manos de Lucine y se la puso mientras iba hacia la puerta de Natasha.

Amartilló la pistola, abrió la puerta de un empujón y, cuando vio que no ocurría nada, entró con Lucine pegada a los talones.

Las cortinas de encaje flotaban en la brisa que entraba suavemente por el balcón abierto. Había un decantador de vino tinto volcado y una gran mancha en la mesa cubierta de seda junto a la cama de Natasha. La cubierta de la cama estaba en el suelo.

Natasha estaba tumbada en la misma postura en que Lucine la había encontrado, con las piernas extendidas y ambos brazos por encima de la cabeza, el pelo hecho un abanico sobre la almohada. Una suave sonrisa curvaba su boca. Su pecho subía y descendía lentamente. Era un dulce sueño.

Todo el lado derecho de su camisón de algodón estaba empapado en sangre.

—No conseguí despertarla —dijo Lucine en voz baja.

—¡Natasha! —Alek se precipitó hacia ella—. Querida, querida, ¿qué has hecho?

Toma fue rápidamente al otro lado de la cama, comprobando el cerrojo de las puertas del balcón al pasar por delante de las mismas.

—¿Cómo se encuentra?

—¡Natasha! —gritó. Parecía que Alek hubiera perdido a su madre—. Mi querida Natasha, ¿qué te ha ocurrido?

Ella protestó suavemente, sonriendo por el sueño que la había arrastrado.

—¡Está viva! ¡Despierta! —Alek le dio unas palmaditas en la mejilla pálida como la de un fantasma—. ¡Despierta, querida...!

Pero Natasha no se despertó. Su sonrisa era cada vez más grande, se convirtió en una risita tonta para pasar a ser risotada. Alek no cesaba de mirarle en impresionante silencio. Ella suspiró, se puso de lado, abrazó su almohada y volvió a dormir.

Lucine apartó a Alek empujándole y agarró el hombro de Natasha, sacudiéndola.

—¡Basta ya, Natasha! ¡Despierta!

Los ojos de la gemela se abrieron de par en par, tomó aire y se dio la vuelta mirando al techo. Luego se sentó de golpe.

—¿Qué ocurre? —dijo Natasha con un grito ahogado.

Estaba pálida de miedo, los ojos redondos como platos de china. La brisa que entraba por la puerta abierta levantaba su pelo rubio y mostraba su terso cuello. No tenía sangre en la cara ni en la piel, no tenía golpe ni corte, ni ningún otro tipo de herida. Nada que pudiera justificar que su camisón estuviese empapado en sangre.

—¿Está usted herida? —preguntó Toma.

Se volvió hacia él.

—¿Qué está haciendo usted en mi habitación?

Los ojos de él se posaron en su camisón y ella siguió la mirada.

—¿Pero qué es esto...? —preguntó al ver las brillantes manchas rojas y le gritó a Alek.

—¿Derramaste vino sobre mí?

—¿Vino?

—Lo has estropeado.

Pero... aquello no era vino, ¿verdad? Lucine miró hacia el decantador volcado y consideró la posibilidad. Podría ser tan simple como eso. Y la sábana también estaba manchada por el lado derecho, dando sentido a que se hubiera derramado. ¡Qué dulce alivio, si esa fuera la explicación!

—¿No estás herida? —le preguntó.

Una tímida sonrisa jugó con los labios de Natasha. Levantó los ojos hacia Alek.

—Bien, bien. ¿Qué fue lo que hicimos? ¿Hmm? Muchacho travieso.

—Desde luego, esto no. Lo juro.

Toma tocó la mancha húmeda. Se frotó los dedos.

Natasha le apartó la mano de una palmada.

—No sea usted tan fresco, querido. ¡Están mirando!

—¿Quién está mirando? —exigió Alek.

—Tú, querido. Se supone que algunas cosas se hacen en privado, ¿no te parece?

Lo que decía no tenía sentido. Toma se olió los dedos.

—Es sangre, no es vino. Tiene usted un corte y no lo sabe. Y dejó la puerta sin cerrar por dentro.

—No sea ridículo. No ha habido nadie en esta habitación a excepción de Alek —dijo y sacó las piernas de la cama—. Díselo, querido. Yo no me acuerdo de nada. De haber aquí un intruso después de que me durmiera, serías tú.

Miró alrededor tímidamente.

Lucine insistió con Alek.

—¿Y bien?

—Bueno, yo no me acuerdo de todo. Bebí más de lo normal. Pero esto es sangre —dijo volviéndose hacia Natasha—. ¡Estás herida!

—¿Sí? —dijo Natasha, poniéndose en pie y mirándose. Presionó a través de su ropa manchada, tocando la piel que había debajo—. Entonces muéstrame dónde.

—Quizás alguien vertiera sangre sobre usted —sugirió Toma.

—¿Y para qué? —Natasha caminó hacia la puerta del balcón y se puso de cara a la brisa, con la espalda vuelta hacia ellos—. ¡Hace un día tan hermoso! —exclamó y se abrazó a sí misma, echando la cabeza hacia atrás y respirando el aire—. El aroma a vino y rosas, ¿podéis olerlo? El amor está en el aire —dijo dando vueltas sobre sí misma—. ¡Esto es enloquecedor!

—¿Qué es enloquecedor?

Alek reía con ella, cada vez más. La tomó de la mano.

—La belleza —dijo—. Una belleza como esta siempre es absolutamente enloquecedora.

Luego la besó en la mejilla y volvió a girar con los brazos abiertos.

—Ahora dejemos a esta mujer que se ponga más hermosa todavía por muy imposible que pueda ser.

—Esto no me gusta —dijo Toma.

—Si te sientes mejor, yo mismo dormiré aquí esta noche para protegerla de cualquier intruso.

Natasha se rió y lanzó sus brazos alrededor de él, besándole la cara y el cuello.

—Será mi héroe. Cenaremos aquí... —se detuvo a mitad de la frase—. ¡La cena! ¡Esta noche tenemos cena! ¡Con los rusos!

Con todo el alboroto, Lucine lo había olvidado. Su mente voló rápidamente a una imagen de Vlad van Valerik y sus aristócratas, preguntándose quienes serían los dos que le acompañarían.

—¡Tengo que prepararme! —gritó Natasha, corriendo hacia su ropero.

El rostro de Alek se tornó sombrío.

—¿Prepararte? Ni siquiera es la hora del desayuno.

—¡Oh! —exclamó deteniéndose. Luego se dio la vuelta lentamente—. Está bien. Entonces no hay prisa. Ahora, si me lo permiten. Me apetece un baño.

SEIS

P asé aquel día con miedo en el estómago. No era el temor que precede a una batalla contra un enemigo que te supera en número, la escalofriante idea de que hoy puede ser tu último día, sino la sensación de un profundo malestar, como cuando uno entra a un espacio oscuro y desconocido.

No se trataba de que los rusos viniesen a cenar. Yo podía encargarme de ellos si se descontrolaban. Mi oscura incógnita era Lucine.

Cuando me había decidido a confesarle mi amor por ella, la carta de mi emperatriz me cortó en seco. Ahora mi deber estaba claramente dibujado y las consecuencias de poner mi amor por encima del mismo serían devastadoras.

He de decir que seguí considerando confesarlo todo. Mi confusión era ahora mayor que antes. La carta había hecho que me diera cuenta de la magnitud de mi amor.

Esta era mi postura mientras suplicaba que las horas pasasen rápido. Me ocupé cuanto pude, aunque no quedaba nada por hacer sino estar allí y observar la habilidad de Alek que buscaba cualquier excusa para estar con Natasha.

Se me ocurrió que si escribía mis pensamientos en mi diario las palabras me liberarían de esa prisión.

Me retiré a mi habitación a primera hora de la tarde. Atranqué la puerta, me senté en mi escritorio y comencé a escribir una nueva página hacia la mitad del diario, donde me podía esconder.

La pluma arañó el papel mientras yo iba plasmando las palabras.

Mi querida Lucine...

Miré fijamente aquellas tres palabras y sentí la tentación de tacharlas. Me temblaban los dedos. Mojé la pluma en el tintero y dejé libertad a mi mente para que se abriera allí, en el mundo público.

He permitido que mi mente gobierne a mi corazón,
pero esta se ha alejado de mi cuerpo y ha quedado esclavizada por
*   usted.*
He deambulado por la noche y gritado a la luna,
Pero no he hallado más que un dolor que no me deja descansar.
Estoy enfermo, y anhelo que mi corazón vuelva a mí,
o unirme a él allí, en su tierno abrazo.
Luego, besaría sus labios, y...

Alcé la pluma y miré fijamente las palabras que había escrito. No podía abandonarme como un niño, ni siquiera aquí en mi escondite secreto.

Cerré de golpe el diario, lo até bien apretado con la gastada correa que aseguraba la cubierta de cuero y lo deslicé bajo mi colchón. El resto de la tarde pasó a la misma velocidad de un caracol que navega por el borde de un gran estanque.

Los rusos llegaron al caer el sol. No pensé en ellos hasta verlos entrar por la puerta.

El comedor era, quizás, la habitación más espectacular de la mansión. Estaba tan lleno de cristal que a los invitados les parecía estar rodeados de diamantes. La larga mesa de madera tallada estaba dispuesta para veinte personas, nueve a cada lado y una en cada extremo. La porcelana blanca, con la hoja dorada del escudo de los Cantemir en relieve y las copas de cristal centelleaban bajo un centenar de velas. Las paredes estaban forradas de estantes, algunos de los cuales estaban llenos de libros antiguos y otros de platos de plata, más copas y lo mejor de la plata.

Kesia Cantemir se tomaba muy en serio su papel de anfitriona y no había mejor lugar para recibir a los invitados que alrededor de una mesa llena de comida y bebida. Esa noche se había superado a sí misma, pensé.

Un cerdo asado del castillo Castile había llegado tres horas antes que los invitados. La cabeza de ese verraco se encontraba ahora en una posición privilegiada sobre una bandeja de plata, a modo de motivo central, rodeada de manzanas y peras decorativas. Habían sustituido los ojos del cerdo por cerezas confitadas.

Yo no veía el atractivo de aquellos ojos rojos, pero fueron la delicia de Kesia y de Natacha. Y cuando Lucine dijo que los encontraba absolutamente encantadores, me gustaron de inmediato.

Lucine llevaba un vestido de noche largo de color rojo con una ligera enagua que redondeaba su figura. Con su negro cabello que salía de un gorro azul de plumas y caía sobre sus blancos hombros, Lucine parecía la diosa perfecta y ponía el listón por el que todas las demás criaturas debían ser juzgadas.

Yo vestía un traje azul oscuro. Kesia había insistido en que su sastre lo arreglara para mí. En la hacienda Cantemir, todos los hombres deben tener al menos seis trajes para todas las ocasiones, según dijo ella. Este me queda bien y hace que me sienta a gusto en compañía de invitados de atuendos tan impresionantes, sobre todo de Kesia. Llevaba un vestido de noche con bordados de esmeraldas que formaban como una campana en su cintura.

Con los tres rusos seríamos ocho, cuatro a cada lado de la mesa y los dos extremos vacíos. Me sentaron cerca de Lucine, y nuestros invitados estarían frente a nosotros, según explicó Kesia. Ella era muy maniática y quería que estuviésemos sentados cuando llegaran para mostrar que no esperábamos a nadie.

—Un brindis antes de que nuestros invitados se unan a nosotros —anunció Kesia. Levantó su copa de cristal rebosante de burdeos—. A la salud de los Cantemir. Que nadie diga que no vivimos.

—Por los Cantemir.

Todavía estaban nuestras copas en alto cuando se abrieron las puertas y Godrik, el mayordomo, se presentó ante nosotros, inclinándose.

—Señor, sus invitados han llegado.

Entraron dos vestidos de negro como en su última visita. La primera era Sofía, con un vestido que mostraba la forma de su cuerpo, sin enagua; lo llevaba recogido y dejaba ver botas negras más altas que el dobladillo. Con ella había otro caballero de pelo largo y negro que caía sobre un cuello alto azul. Los ojos de Sofía estaban fijos en los míos. Los del hombre miraban a Natasha.

Antes de que pudiésemos bajar nuestras copas o decir algo, Vlad van Valerik hizo su entrada, inspeccionándonos a todos con su mirada. Su mirada era seductora e imponente a la vez, como si viera qué era lo deseado y pudiera ofrecerlo sin reserva.

Llevaba pantalones de un negro muy oscuro que cubrían unas botas altas y el mismo traje que llevaba el día del baile con su larga cola, un pañuelo rojo y puños rojos de seda. Un cuello blanco subía hasta su nuca.

Nos pusimos en pie.

—Buenas noches, amable señor —dijo Kesia inclinando la cabeza—, su presencia es un placer para nosotros.

—¿Un brindis? —dijo Valerik cruzando hasta la mesa y, aunque Kesia señaló el asiento frente a ella, él levantó el decantador y llenó la copa que estaba junto al plato a la cabecera de la mesa, ignorándola por completo.

—Entonces, unámonos a su brindis. Sofía, Simion.

Sofía se dirigió al asiento frente al mío; Simion frente a Natasha. Alzaron sus copas llenas y nos miraron fijamente.

—Por los Cantemir —dijo Valerik—, que nadie diga que no vivieron ustedes.

¿Había estado escuchando detrás de la puerta? No obstante, brindamos.

Le miramos todos a una esperando más de un hombre tan atrevido. Nos lo dio.

—Bebamos, comamos, riamos y encontremos los placeres más profundos esta noche antes de que muramos mañana.

Juro que debería haberle matado de un disparo pero, sinceramente, no vi el peligro en aquel momento.

Se sentó a la cabecera de la mesa, con Kesia al alcance de su mano. Se trinchó el cerdo y se sirvió sin que se dijera una palabra y todos comenzamos a comer. De haberme encontrado en otro estado de ánimo, me habría resultado extraño, pero estaba sentado junto a Lucine.

Su esencia era de rosas, ligeramente almizclada pero, a pesar de ello, muy floral. Su mano penetraba en mi campo de visión cada vez que la alargaba hacia su copa. ¡Qué dedos tan delicados, con las uñas tan cuidadas y pintadas de rojo! Su respiración... Como pueden ver, hasta su respirar distraía mi atención.

—... solo durante el verano —decía nuestro invitado—, pero quizás le gustaría que me quedase más tiempo. No puedo imaginar mejor compañía —su voz era suave, como el ronroneo de un gato.

—Tampoco creo que encontrara otra —dijo Kesia—, pero quizás sus amigos necesitan aprender a apreciar la compañía sin saltar sobre ella de buenas a primeras.

Él se rió.

—La discreción no es su fuerte, pero tienen otras muchas cualidades.

El tintineo de la plata sobre la cara porcelana era lo único que alteraba el ambiente silencioso. El sonido al beber, al cortar la carne... Me aventuré a echar una mirada a Lucine y vi el rubor de su cara y su mirada caída. Clavaba sus ojos en mí y los apartaba con nerviosismo.

Luego, miré más allá de ella hacia la cabecera de la mesa, donde Vlad van Valerik comía mirándola fijamente. Mirándome a mí. Y sus ojos oscuros lanzaron un dardo de temor que me traspasó el corazón. Había una línea blanca alrededor del centro oscuro de aquellos ojos que cautivaban mi mirada como si se tratara de un lobo observando.

Sofía también me miraba. Sus ojos eran oscuros, ribeteados del mismo color plata. Profundicé en ellos con la seguridad de que me estaba hablando.

Te encuentro atractivo, Toma.

Mis dientes se helaron sobre el trozo de cerdo que me acababa de meter en la boca. Sus labios no se habían movido. Tuvo que haber sido mi imaginación. Pero podría jurar que la oí.

Bajé la vista a mi plato. La mesa había quedado en silencio. Solo en ese momento me pareció extraño. No era habitual que la mesa Cantemir quedara tan apresada en el silencio.

Fue Alek quien lo rompió.

—Bueno, bueno, ¡qué ambiente tan silencioso!

—Es una hermosa velada —dijo Sofía, y sus ojos seguían fijos en mí.

—Quizás deberíamos apreciar nuestra *propia* belleza —dijo Alek.

—Es lo que estamos haciendo —dijo Simion, que hablaba por primera vez. Sus ojos estaban sobre Natasha, que permanecía extrañamente silenciosa—. Es así, ¿saben? —prosiguió—. Los sabores, las esencias, la carne, los colores... Si se lo permites, te roban la mente. ¿No le parece, señora?

Su voz flotó con un toque de seducción.

Natasha le devolvió la mirada.

—Sí.

—¡Ya es suficiente! —Alek soltó el cuchillo dando un golpe sobre la mesa.

—No —dijo Simion—, nunca es suficiente.

—¡Ella no es un trozo de carne para que usted la devore con los ojos!

—¡Alek! —Kesia fulminó a mi amigo con la mirada—. Compórtese en mi mesa.

Lucine colocó su mano sobre la mía. El peso de su palma contra mi mano me encendió la sangre. ¡La protegería a cualquier precio!

Pero no veía ningún peligro inmediato, solo aquel flirteo. De modo que permanecí quieto.

—Perdone a mis amigos —dijo Valerik—. Simion, Sofía, un poco de discreción, por favor. Soy consciente de que son hermosas —concedió, luego tomó un sorbo de vino y se secó los labios ligeramente con la servilleta blanca—, pero somos sus invitados. Estamos aquí para honrarles.

Yo no sabía qué región de Rusia alentaba ese tipo de conducta, pero no era forma de comportarse en público.

Esto no afectó en absoluto a Natasha.

—En efecto, nos honran ustedes —dijo—. Me parece muy halagador.

—En ese caso, la está halagando una bestia —dijo Alek.

—No se ponga usted celoso, Alek —dijo ella—. ¿A qué hombre solitario no le resultarían atractivas las gemelas Cantemir?

Ese juego de palabras era más de lo que yo podía soportar.

—No obstante, esto se pasa de la raya —dije soltando el tenedor. Lucine retiró su mano de la mía. Intenté no mirar a Sofía a los ojos—. Si no son capaces de mostrarse comedidos, quizás sería mejor que se marcharan.

—¡Toma!

Hice un gesto con la mano a la señora Kesia.

—No, señora. Es mi responsabilidad ver el peligro.

—¿Peligro? —interrumpió Simion. Rió suavemente—. Pero si solo veo hombres y mujeres ocupados en comer una comida excelente y haciendo alusiones al amor. ¿Dónde está el peligro... Toma?

—Después de la guerra, solo el amor mata a más hombres —dije.

—Se refiere a los celos, que son una forma de odio —replicó. Luego, dirigiéndose con delicadeza a Lucine y mirándola intensamente, dijo—. ¿Qué me dice usted, señora? ¿Se opone usted al amor, ese que se siente como una cascada sobre la cabeza?

—Tengo un problema con cualquier emoción que desconecta la mente y que alienta una conducta estúpida —dijo ella con calma.

—¿Es eso lo que siente usted ahora?

Natasha parecía a punto de deshacerse de placer.

—Sí, hermana, ¿qué dices de un tipo de amor semejante?

—Digo que no es amor en absoluto.

—Oh, Lucine, no seas mojigata —dijo Kesia—. Todos anhelamos el amor. Pero hay formas y formas.

—Tiene razón, señora mía —dijo Valerik, alzando su mano enguantada de blanco—. Me temo que he sobrepasado esas formas —Se puso en pie—. Vinimos como invitados y las hemos ofendido antes incluso de haber comido la mitad del cerdo. Deberíamos marcharnos. Sofía, Simion, por favor.

Hicieron el ademán de ponerse en pie.

—¡No sea ridículo! —dijo Kesia—. ¡Siéntese! Nadie deja mi mesa sin mi consentimiento.

Valerik se dejó caer de nuevo en su asiento.

—Entonces, suplico que nos disculpe.

—Oh, basta ya —Tomó un sorbo de vino—. Y deje de hacer cosas que requieran una disculpa, por amor de Dios. No desperdiciemos una comida tan deliciosa y una compañía tan buena. ¡Coman! ¡Todos! Disfruten, conversen y estén alegres.

Comimos. Y conversamos poco: el tiempo en Rusia, el progreso de la guerra con los turcos, la política moldava, la peste negra. Pero nada de esto pareció interesar demasiado a nuestros invitados, en particular a Sofía y a Simion, a quienes les resultó difícil no mirar fijamente a donde querían sus ojos.

Mi pensamiento volvió rápidamente a Lucine y, de forma más directa al hecho de que me hubiese tomado de la mano. Yo deseaba inclinarme hacia ella y preguntarle si se sentía bien.

Quería susurrarle al oído y decirle que la quería.

Quería ponerme de pie y proponer un brindis por su belleza.

Quería hacer muchas locuras que no tenían nada que ver con la lógica. El solo pensamiento de que cualquier hombre de fuera, de sangre real, pudiera casarse con Lucine por conveniencia o por cualquier otra razón me enfurecía. Intentaba imaginar quién podría ser ese hombre y pensaba que sería alguien que conociera a Lucine por su reputación o que no supiera nada de ella en absoluto, como solían arreglarse estas cosas. ¿Qué realeza rusa vivía por estos lares?

La mesa había vuelto a quedar en silencio. Levanté la mirada y vi que Sofía me miraba fijamente y que Simion, con una sonrisa tentadora, observaba a Natasha. Se pasaba la lengua lentamente por el labio inferior.

—¡Ya basta! —soltó bruscamente Alek. Tiró la servilleta y se levantó—. ¡No seguiré aquí sentado para esto!

—¿Debería coserme los ojos para que esté usted a gusto? —dijo Simion.

—¡Quizás deba permitir que yo mismo se los saque!

—¡Basta ya! —gritó Natasha—. Alek, sus celos son indecorosos. ¡Deje que me mire, por el amor de Dios! Es inofensivo y lo encuentro encantador.

—¡Te está desnudando con los ojos! No me quedaré mirando mientras te viola con los ojos.

—Alek...

—Mantente al margen, Toma —me dijo bruscamente.

—Se está confundiendo —dijo Simion—. Es cierto que nos gusta la belleza y las mujeres Cantemir son reputadas por ello...

—No me importa. ¡Aparte sus ojos de esta o tendrá que vérselas conmigo aquí y ahora!

—Así que es verdad.

—¡Ni una palabra más!

—Tiene miedo. ¿Acaso ama una mujer a un hombre que siente miedo?

Yo esperaba que Vlad van Valerik volviese a calmar a su hombre, pero no lo hizo. Estaba reclinado en su silla, la copa en su mano y los ojos sobre Lucine. No tengo ni idea de cuánto tiempo la había estado mirando fijamente, pero su mirada volvió a alarmarme.

—¿Miedo de un hombre como usted? ¿No se da cuenta de que he matado a cientos de hombres como usted?

—¿Del mismo modo que Toma mató a Stefan? ¿Sin una lucha justa?

—¡Escoja su arma ahora y acabemos con esto! —tronó Alek.

El reto sonó en todo el comedor. Nadie se movió. Simion parecía sentirse totalmente a gusto.

Mírame, Toma. Te enseñaré placeres que nunca conocerás con ella.

La voz de Sofía susurraba en mi cabeza y esta vez sin que la mirara a los ojos. Estaba perdiendo la cabeza de verdad.

—Ya es suficiente, Simion —la voz de Valerik retumbó desde el extremo de la mesa—. Creo que aquí hemos hecho las cosas al revés. No es correcto que impongamos nuestras propias pasiones sobre ustedes en su propia casa. Perdóneme, señora Cantemir.

Bobadas. Soy yo quien debería suplicar su perdón. Por favor, Alek, siéntese.

—Pero ahora debemos marcharnos —Valerik se puso de pie y se inclinó—. Ha sido una comida deliciosa.

—Pero...

—No, señora. Nos marchamos.

Echó una mirada a Simion y Sofía y ellos se levantaron.

Toma... hermoso Toma...

Sentí cómo se me alteraba el pulso.

Kesia se puso en pie como todos nosotros.

—Señor, le presento mis disculpas. Me siento avergonzada.

—Tonterías. Ha sido absolutamente delicioso.

—Si hay algo que yo pueda hacer.

—Sí, lo hay —dijo.

Ella parpadeó.

—¿De veras?

—Mañana por la noche tendremos un baile. Es un asunto privado, pero serán ustedes bienvenidos. Todos ustedes. A la caída del sol.

—Eso no va a ser posible —dije. Y luego, pensando en Kesia—: Pero muchas gracias por la invitación.

—Es una idea espléndida —dijo Natasha— ¿Por qué no?

—Estoy aquí por vuestra seguridad, señora —dije—. Considero que no es inteligente salir de esta hacienda.

—Pero eso es...

—Por favor, Natasha, no hagas una escena —susurró Lucine con severidad.

Vlad van Valerik tomó la mano de Kesia y la besó ligeramente.

—Espero que lo reconsidere, querida. Buenas noches.

Se fueron. Vlad iba delante. Simion y Sofía aflojaron el paso cuando llegaron a la puerta del comedor y ambos giraron la cabeza para echar una última mirada.

Ten cuidado, querido mío...

Luego se marcharon.

SIETE

La cena con los rusos atormentó el sueño de Lucine aquella noche. No fue la cena en sí, sino los ojos.

Más concretamente, se trataba de los ojos de Vlad van Valerik, observándola, exigiéndole y desnudándola.

En un momento dado, la mirada de aquel hombre le resultó tan desconcertante que alargó la mano y asió la de Toma. Sintió la firmeza de aquella mano cálida bajo sus dedos. De hecho, era la misma mano que no había vacilado a la hora de sacar un arma y disparar a uno de los rusos y matarlo solo tres noches antes.

Tocar a Toma ahuyentó sus temores. No sentía el más mínimo interés por el amo del castillo Castile ni por ninguno de sus camaradas. Sin embargo, tenía que admitir que aquellos ojos eran seductores. Eran oscuros con un círculo gris ribeteando su negro iris. Como un eclipse lunar. La había asustado y de no ser por la mano tranquilizadora de Toma se habría ido de la mesa.

Lucine pasó la noche agitada. Imágenes que luego no pudo recordar hacían círculos alrededor de su sueño. Casi se levanta en mitad de la noche para ir en busca de Toma porque se sentía insegura. Pero la idea de correr hacia él de nuevo y encontrarle en su habitación sin camisa la hacía sentir incómoda. No quería que él sacara una conclusión errónea.

Le gustaba ese hombre, ¿a quién no? Pero no quería enviarle señales confusas. Era todo un ejemplar. Un león entre los lobos. Pero a pesar de todo era un guerrero que mataba a hombres para vivir, no un amante que pudiera ser el padre de sus hijos.

Natasha y su madre dijeron que estaba enamorado de ella, y era posible que así fuese. Aunque, en realidad, Natasha y su madre veían el amor en el más ligero de los movimientos. No era de sorprender que las mujeres Cantemir tuvieran la reputación que tenían por toda Europa.

De modo que había más que razones para ser precavida. No quería alentar a Toma ni tampoco hacerle daño.

Lucine se despertó tarde a la mañana siguiente. Demasiado tarde, pensó cuando vio que había pasado con creces la hora del desayuno. Natasha había echado la llave y no respondió por mucho que llamara a su puerta.

Fue en busca de Toma, pero este ya había salido probablemente a montar durante un rato. Se apresuró para ver dónde estaba Alek, que seguía grogui en su habitación. Cuando volvieron a la habitación de Natasha, la puerta no estaba echada con llave. La cama estaba deshecha y su hermana estaba en el baño.

Era un baño de espuma rojo.

—¿Más sangre?

—¡Por favor, Lucine! Deja ya de inquietarte con la sangre. Me siento absolutamente divina. ¿Quieres ver si encuentras algún corte? No hay ninguno.

El jabón apenas cubría su desnudez y se bañó sin ningún pudor mientras Alek observaba desde la puerta.

—Ven, querido, dame un beso y dime que tuvimos una noche maravillosa, porque no recuerdo ni un momento de la misma.

Él entró, se inclinó sobre la bañera y la besó.

—Eso que te pierdes, entonces.

—¿Lo fue? Quiero decir, ¿fue maravillosa?

—Ahora te vas a quedar con las ganas de saberlo ¿verdad?

Le lanzó burbujas y se rió.

—Muchacho travieso.

Alek guiñó.

—Traviesa, niña traviesa. ¿Lo dijiste en serio?

—¿Decir qué?

—Tu proposición de anoche.

—¿De casarnos? —emitió un gritito ahogado y se tapó la boca con una mano llena de jabón—. ¡No!

—Está bien, no —dijo sonriendo y volvió a guiñar—. Pero eso no significa que no podamos mostrar al mundo entero cómo se ama.

Lucine puso los ojos en blanco y se dio la vuelta para marcharse.

—Por favor, me vais a hacer vomitar.

Alek y Natasha pasaron la mayor parte del día planeando y luego haciendo un picnic en la parte norte de la propiedad. Mientras permaneciera con Alek no necesitaría mayor protección. Esos dos eran un espectáculo. Paseaban con tanta elegancia como podían, pero en realidad eran dos tórtolos que se perseguían el uno al otro revoloteando y riéndose.

A Lucine le dolía el corazón de verlo. Ser amada y amar así...
¿Por qué no podía ella abandonarse al amor como hacía Natasha?
No importaba que Natasha pudiera morir dentro de diez años a causa de sus extravagantes pasiones; que nunca llegara a ser la madre
adecuada de muchos hijos; que lo más probable fuera que estuviera
destinada a ir a parar al infierno.

Natasha arrancaba el placer de cada nota, de cada fibra, de cada
hombre y de cada momento, por lo que, si moría dentro de diez años
con el corazón partido, sería enterrada con patas de gallo grabadas
alrededor de los ojos de tanto reír.

Sin embargo, nada de eso tenía sentido, pensó Lucine; era la tentación de la maldad. A pesar de todo, ella anhelaba amar de ese modo.

Toma había ido a la que se consideraba la ciudad más cercana,
Crysk, para encontrarse con la iglesia: ese obispo ortodoxo ruso llamado Julian Petrov. El ejército ruso tenía acuerdos con la iglesia para
que esta proporcionara información cuando fuese necesario y la verdad era que debía haberse presentado mucho antes. Quizás Toma
quería saber más acerca de los residentes del castillo Castile.

—Pero el obispo no sabrá nada acerca de ellos —explicó Lucina
en la cocina mientras Alek y Natasha colocaban fruta y panes en una
pequeña bolsa—. Los rusos son demasiado reservados.

Alek arqueó la ceja.

—¿Qué rusos? ¿Toma y yo? ¿Los curas? ¿O esas hienas de Castile?

—Los últimos. Llevan poco tiempo aquí. Nadie parece saber
demasiado acerca de ellos.

Natasha miró por la ventana, en dirección al oeste.

—Si el pope Petrov supiera, ya se habría dispuesto a quemar a las
brujas. Hace la vista gorda a los hechos de madre únicamente bajo
amenaza de un nuevo nombramiento.

Toma regresó y se unió a ellos en una deliciosa cena, solo ellos cinco con madre a la cabeza, Alek y Toma a un lado y las gemelas al otro. Rieron las bromas que Natasha hizo con respecto a la cabeza del cerdo que Kesia había puesto sobre sal al otro extremo de la mesa.

—Aquí está, el cerdo muerto que seduce a los muertos.

Por qué era aquello tan divertido, Lucine no estaba muy segura, pero después de eso ya no podían dejar de reír.

Se alegraba de que Toma hubiese vuelto. No había conseguido información en la iglesia, según dijo. El hombre con el que se había encontrado era un pavo relleno. Esta ocurrencia de Toma también provocó muchas risas. Era un atardecer perfecto y habría sido una noche perfecta si Alek no hubiese sido como era.

Irrumpió en su habitación una hora después de que se hubiese retirado.

—¡Lucine! ¡Se ha ido! ¡Tenemos que encontrarla!

Lucine se irguió en la cama, totalmente despierta de cuerpo, pero con la mente todavía muerta.

—¿Qué?

—¡Natasha! —Se precipitó hacia el lateral de su cama—. ¿La has visto? He mirado por todas partes. Su cama está revuelta y las puertas de su balcón abiertas.

—¿Qué?

Lucine apartó la ropa de cama y salió corriendo por el pasillo hasta el dormitorio de Natasha.

Las sábanas estaban en el suelo con la colcha. Las puertas que conducían al balcón estaban abiertas al viento que levantaba e hinchaba las cortinas.

—¡Se ha ido!

—¿No estaba usted aquí?

—No. Me separé de ella hace dos horas.

—¿Entonces cómo descubrió que no estaba?

—No podía dormir. ¿Y eso qué importa? —Paseaba de un lado al otro, frenético—. Dios, ayúdanos, si ha ido allá arriba...

—¿Qué?

Se puso la mano en la frente.

—Lo dijo. Dijo que iría, pero estaba borracha, nos estábamos riendo y pensé que estaba bromeando.

—¿Arriba, dónde?

—Al castillo Castile. ¡A ese maldito baile!

Lucine estaba demasiado impresionada para responder. ¿Ella sola? ¿De noche?

—Debemos decírselo a Toma.

—¡No! Este lío no es cosa suya. Yo iré.

—¡No sabemos con certeza que se haya ido!

—Yo lo descubriré. Las cuadras, las huellas... lo sabré. Y me ocuparé de ello —La rozó al pasar, ahora concentrado en su recorrido—. Ya se lo contaremos a Toma por la mañana.

—Pero...

—Si no he vuelto para entonces, dile que venga a buscarnos.

Y se marchó dejando a Lucine de pie en el cuarto de Natasha con la boca abierta y el corazón latiéndole fuertemente.

Paseó de arriba abajo y finalmente volvió a su habitación. Luego, sin oír nada más que el ruido del viento y el que ella misma hizo al darse la vuelta debajo de las sábanas, consiguió dormir un poco.

Lucine se despertó con el sol en los ojos, de nuevo tarde por segundo día consecutivo. Se obligó a salir de la cama y a mitad de camino recordó el temor de la noche.

—¡Natasha!

Salió disparada de su cuarto, con el camisón volando detrás de ella.

La habitación de Natasha estaba vacía. La cama estaba como ella la recordaba, deshecha y con la sábana en el suelo. ¡Su hermana no había regresado!

—¡Natasha!

Entró volando al salón y se detuvo bruscamente.

Estaban todos allí: Natasha, Alek, madre y Toma. Lucine se precipitó sobre Natasha, que estaba sentada, sonriendo, con los labios pálidos, el cabello revuelto como un nido de arañas y los ojos oscuros por la falta de sueño.

—¡Gracias a Dios que has vuelto! —Abrazó a su hermana—. ¿Qué ha ocurrido?

Natasha soltó una risita y se encogió de hombros.

Lucine se volvió hacia Alek.

—¿Y bien?

—Se fue. Hizo todo el camino hasta allá, ¿puede usted creerlo?

—¿Y? —preguntó madre.

—Como le dije —respondió Alek—, nada. Es un lugar amplio y me dieron la bienvenida en la puerta. Me mostraron donde estaba y nos marchamos.

—¿Así sin más?

—Así sin más.

—¿Nada más? —preguntó Toma—. ¿Ella vino de buen grado?

—Estoy aquí, ¿no? —dijo ella.

—¿Y por qué fue, Natasha, si yo lo había prohibido?

—No sabía que usted gobernara mi vida —dijo esto sin que la sonrisa de satisfacción se borrara de su rostro, pero parecía no haber pegado un ojo.

—Y no lo hago, pero creí que habíamos llegado a un acuerdo.

—Sí, lo hicimos, pero cambié de opinión. ¿Acaso no se trata de una elección de mujer? ¿Madre?

La madre suspiró.

—Solo si me cuentas tu deliciosa experiencia. Y ha sido una locura ir sola. Te podía haber ocurrido algo.

—Por favor, puedo montar tan bien como la mayoría de los hombres y, para ser sincera, no sé realmente qué ocurrió. Solo estuve allí durante una hora antes de que me *rescataran*. —Su voz rezumaba sarcasmo.

—¿No viste peligro alguno, Alek? —insistió Toma.

Pensó durante un momento.

—No, no vi nada.

Natasha se levantó lentamente.

—Ahora, si no os importa, estoy cansada. ¿Me ayudas, Lucine?

—Por supuesto.

Se marcharon mientras los demás las observaban. En el momento en que Natasha cerró la puerta de su dormitorio, empezó a girar sobre sí misma.

—¡Oh, Lucine! ¡Ha sido tan maravilloso, tan fabuloso!

Abrió los brazos de par en par sin dejar de dar vueltas como un torbellino; era la viva estampa de la dicha más absoluta.

—¿Qué demonios quieres decir?

Natasha le agarró la mano y tiró de ella hacia la cama con los ojos encendidos. Estaba radiante y ruborizada.

—Me refiero al castillo Castile. A los rusos.

Lucine parpadeó al oír esto.

—Pensé que...

—Porque... —iba a decir, y echó una mirada a la puerta—. Claro, *pensaste*, pero no es verdad. Ha sido el momento más embriagador de mi vida.

—¿Pero cómo es posible? Apenas has estado allí.

Natasha dio un salto y caminó alrededor de la cama y fue hacia las puertas del balcón, que estaban abiertas, dejando que la brisa soplara en su cara.

—Podría jurar que estuve allí durante una eternidad, hermana —replicó y se volvió hacia atrás—. Y déjame decirte, ese Simion... Es todo un hombre.

—¡No puede ser! ¿No habrás...?

—No tengo la más remota idea. No, no, no debo de haberlo hecho, pero lo haría, Lucine.

—¿Y qué me dices de Alek?

—¿Qué pasa con él? Él ya es mi amante. ¿Acaso no puedo tener más que uno?

Lucine se puso de pie sin saber muy bien qué hacer.

—Eso es... ¡Natasha, eso no es correcto!

—¿Qué es lo que no es correcto? ¿Hmm, hermana? ¿Por qué no me lo dices?

—Es peligroso.

—¿Y por qué?

Y aquí Lucine se quedó sin argumentos, porque, en realidad, no había nada peligroso, al menos no según los principios de los Cantemir. Se sentó y dejó escapar un profundo suspiro.

—Háblame de ello.

Y Natasha lo hizo con todo lujo de detalles: el gran salón de baile, los hombres y las mujeres vestidos de negro, el vino, la música. Pero todo conducía a Simion, ese hombre que la había embriagado.

Todo esto resultaba extrañamente turbador para Lucine. Algo no parecía encajar y nada que conllevara ese tipo de poder seductor podía traer algo bueno. ¿O sí?

—No me digas que te mordió el labio —dijo Lucine.

Natasha se rió.

—No lo sé, pero déjame decirte que se lo hubiese permitido.

En ese mismo instante, Lucine lo vio: cuando su hermana echó el labio hacia delante haciendo una mueca, vio la marca que llevaba en la parte interna. Lucine le agarró el labio y tiró suavemente hacia fuera.

—¿Qué estás haciendo?

—¡Te han mordido!

Natasha se zafó de una sacudida y dio una palmada en la mano de su hermana.

—Deja de tirarme del labio. No es más que una llaga, tonta.

Pero a Lucine le parecía un tajo profundo y se preguntó si tenía algo que ver con las sábanas ensangrentadas.

—Prométeme una cosa, Natasha.

—Y luego tengo que dormir.

—Prométeme que no volverás allí tú sola.

Natasha fijó sus ojos en los de Lucine pensativa.

—Pues claro, Lucine. Ya me he divertido. No puedo hacer esto yo sola.

—No es eso lo que he querido decir. Estoy hablando de tu seguridad.

Natasha suspiró y se dejó caer en la cama.

—Sí, querida hermana. Sí. Ahora sé buena y quítame las botas, ¿quieres?

Ese fue el principio.

OCHO

—¿Dónde está? —exigí. Pero ya lo sabía. La llama de la vela que llevaba en mi mano se inclinó con el viento mientras me moví por el dormitorio de Natasha Cantemir.

Era media noche.

Kesia y Lucine estaban en pie detrás de mí, cerca de la puerta, en silencio.

—¿Es que no tiene usted *ningún* control sobre su hija, señora?

—No es una niña —dijo Kesia.

—¿Pero es que no tiene unas normas de vida? ¿Qué le pasa a esta familia que tira el orden por los rincones?

Ni una palabra.

—Si usted no lo dejó claro, yo sí lo hice —dije volviéndome hacia ella—. Ahora tenemos un modelo y es el principio de la anarquía.

—¿Qué pretende usted, poniendo orden en mi casa?

Estoy aquí para darle órdenes a usted, señora —me apetecía decirle—. *Y ahora está usted peleando conmigo ¡y eso la va a convertir en mi enemiga!* Pero no podía decirle eso, claro está.

Me inclinaría ante su autoridad. Lo último que podía permitirme aquí era un enemigo y menos aún la madre de Lucine.

—En ese caso, perdóneme. Pero creo que debería tomárselo en serio.

Eché un último vistazo a la habitación: las sábanas esparcidas, las almohadas en el suelo, las botellas vacías de vino. Y, dejando a las mujeres atrás, me dirigí al pasillo a grandes zancadas.

—¿Y ahora qué? —preguntó Lucine, siguiéndome hacia el salón.

—Ahora enviaré a Alek en su búsqueda. Otra vez.

—¿Alek? ¿Pero no se ha ido él también?

No se me había ocurrido pensarlo. Me detuve tan bruscamente que ella se chocó contra mí.

—Discúlpeme, lo siento.

—No —dije dándome la vuelta—. ¿En qué se basa para decir eso?

—En mi intuición —dijo.

—Espéreme en la sala principal, por favor.

Corrí por toda la casa hasta la torre occidental y a cada paso me fui maldiciendo por no haberlo visto antes. Ella estaba en lo cierto, por supuesto. El afecto de Alek por Natasha, no el sentido del deber, era lo que le guiaba. Prácticamente llevaba la marca de su lealtad hacia ella pintada en la cara.

No había estado muy comunicativo sobre su rescate de Natasha y yo había permitido su reticencia, atrapado como estaba por mis propias distracciones. Sin embargo, debí haberle dejado las cosas claras. ¡Tenía que haber intervenido!

—¡Alek!

El pasillo que conducía a nuestras habitaciones se movía bajo la luz de las velas. Entré precipitadamente en su habitación.

—¡Alek!

Su cama seguía hecha. ¡No la había tocado! ¿Qué otra cosa había esperado encontrar?

Lucine estaba sola en el salón cuando entré. Ni un solo sirviente, ni Kesia. Solo Lucine con su camisón blanco, cayendo sobre sus caderas como las alas de un ángel. Se mordisqueaba las uñas, nerviosa como un gato.

Hice una pausa pensando si debía pedir disculpas.

—¿Entonces? —dijo aproximándose rápidamente.

—Entonces, tenía usted razón.

—Se ha ido —dijo y fue rápidamente hacia la puerta que conducía al jardín, la abrió y salió a la parte trasera—. ¡Natasha! —gritando el nombre de su hermana corrió al patio—. ¡Natasha!

—¡Lucine! —la llamé, apresurándome para detenerla, o para ayudarla, no sé muy bien cuál de las dos cosas. Cuando llegué a las losas de piedra ella ya bajaba los escalones que llevaban a los jardines de rosas y al laberinto de seto—. ¡Lucine!

—¡Natasha! —gritaba ella. Una codorniz levantó el vuelo desde la hierba a su derecha, revoloteando en la noche. Se detuvo al llegar abajo, cerca de la segunda fuente, y volvió a llamar. Solo una lechuza lejana contestó.

—Lucine, por favor, debería entrar —dije alcanzando su hombro. Temí que mi inquietud por la indiscreción de su hermana al volver a marcharse la hubiese asustado—. Por favor, si está con Alek estará a salvo. Puedo responder de ello.

—Ni siquiera sabemos si volvieron al castillo —gritó—. Conociendo a esos dos, estarán aquí escondidos.

—En ese caso no querrán ser descubiertos. Además, Alek...

—¡Su hombre no es mejor que ella!

—Se lo ruego...

—Ambos tienen esa mirada. Es una absoluta inconsciencia, una completa entrega al vicio. ¡Por Dios que cualquier hombre que se permita tales indulgencias debería ser enjaulado!

Sus palabras pasaron sobre mí como un cubo de agua del arroyo en invierno. Me quedé allí gravitando sobre su hombro, y todo mi cuerpo pareció helarse.

¿Hablaba de mí? ¿Lo sabía? ¡Me invitaba a irme! Con toda seguridad, en su frustración contra Alek me estaba dando a conocer su voluntad.

No sientas ninguna emoción hacia mí, Toma. El hombre que antepusiese su emoción a su honor es un loco al que yo castigaría.

—Ese es el problema de esta loca familia Cantemir —dijo, mirando fijamente a las montañas del oeste—. No paran de hablar de esta ridícula obsesión del placer y del amor.

Los Cárpatos se alzaban sombríos contra un cielo en el que brillaba la luna llena, imponentes, como gigantescos martillos bajados por los dioses y con suficiente fuerza para permanecer inamovibles por toda la eternidad. El inminente obstáculo era como el que se encontraba en mi propio corazón.

—No debe preocuparse, señora. He visto a Alek perdido de amor en muchas ocasiones y nunca deja que interfiera con su mejor juicio.

—¿Cómo puede usted decir eso? Se ha ido *con* ella.

—Eso es porque no ve ningún peligro real. Esos rusos son un grupo raro, pero no han sido los primeros en provocar. Aunque ella haya vuelto allá, estará a salvo mientras Alek esté con ella.

Cerró los ojos y soltó el aire, muy emocionada, pensé. Estaba pensando en algo más que en Natasha. Ahora me enfrentaba a una situación más bien incómoda.

Yo me sentía fuera de mí por su culpa. Mis propias emociones se negaban a darme tregua. Después de muchas dudas, había conseguido poner buena cara y hacerme tan invisible como pude, pero nada de esto consiguió calmar mis sentimientos.

Ahora, a la luz de la luna me había dicho que ella pensaba que las emociones eran la perdición de la humanidad. Sin embargo, ella misma estaba necesitada. Yo estaba completamente desconcertado.

Luego, para hacérmelo aún más imposible, dio dos pasos hasta el banco de piedra, se sentó y enterró el rostro entre sus manos.

¡Se me rompía el corazón! Quería correr hasta ella, sostenerla contra mi pecho y asegurarle que desharía de inmediato cualquier cosa que hubiese hecho para provocarle ese pesar. Pero no estaba seguro de haberle causado dolor. Quizás la desaparición de su hermana era la única culpable de todo.

—Lucine... —pronuncié acercándome al banco, luego me senté tras una breve pausa y ver que nadie nos miraba—. Ella estará a salvo. Lo juro por mi vida. Si tengo que traerla de vuelta yo mismo y encadenarla a la cama, lo haré.

—No —su voz sonaba tensa y tragó saliva. Pude ver cómo se movía su garganta a la luz de la luna—. No es eso. Me temo que no estoy llorando por ella. Usted tiene razón. Estoy segura de que estará bien.

—¿Entonces por quién? ¿Por Alek?

Volvió sus ojos brillantes hacia mí y me ofreció una pequeña sonrisa. Luego volvió a mirar a las montañas.

—Siempre he vivido a su sombra, ¿sabe? Natasha ha sido siempre el alma de la sociedad. La loca que podría tomar a diez hombres por la nariz y para echarlos en su cama si está de humor.

Dicho esto, se detuvo, pero no tuvo que decir ni una palabra más. No pude refrenar mi lengua.

—Yo, por mi parte, la elegiría a usted en lugar de Natasha sin un ápice de duda.

De repente, la noche se hizo más cálida. Lucine me miró, perfecta en todos los sentidos: su pequeña nariz, sus suaves mejillas, su revuelto pelo oscuro y sus ojos que, bajo esa luz, parecían dorados. Mi corazón retumbaba contra el pecho y me sentí aterrorizado de que ella pudiera oírlo.

—No es que yo sea muy dado a la emoción —dije rápidamente, recordando sus comentarios acerca de la indulgencia.

—No sea tonto, Toma—dijo, apartando la mirada de mí y mi corazón cayó al suelo, haciéndose añicos—. Solo lo dije porque siento unos celos locos y secretos de ella.

—¿De veras?

—Sí. ¿Qué mujer no se sentiría así? Es posible que sea demasiada libertina para mi gusto, pero es amada. De una forma desesperada. Por muchos. ¿Conoce a alguien que no anhele ser amado?

Lucine deseaba ser amada.

—Solo si ese amor es genuino. Entregado de una forma libre —dije.

—Eso dicen. Eso dicen. Sin embargo, sea como fuera, no hay sentimiento como el amor. Yo debería saberlo. Una vez me aferré a él con abandono. Ahora Natasha está inundada por este sentimiento.

Se estaba poniendo en el lugar de su hermana, una gemela que veía el otro lado de una forma tan clara. Dos lados de una misma moneda, decían los franceses. Lucine y Natasha. Tranquila e indómita. Descarada y dócil. Sabia e insensata.

Lucine podía ver a su hermana con claridad, pero yo no podía soportar el pensamiento de verla cambiar en modo alguno.

—Usted no quiere ser como Natasha, Lucine.

—¿Por qué no? —contestó, mirándome de frente, levantando la barbilla con firmeza.

—Es usted perfecta tal y como es.

—¿Pero soy amada?

—¡Sí!

Parpadeó.

—¿Por usted?

Quería desaparecer en la noche.

—De alguna forma, sí. Amo muchas cosas.

—No quiero ser amada como muchas cosas —replicó. Se puso de pie y caminó de un lado a otro sin preocuparse por estar en camisón—. Quiero que un hombre hermoso deje su vida por mí de la forma en la que pierden el sentido por Natasha. ¡Quiero el amor por encima del honor, pasión por encima de la lealtad!

Suspiró y siguió antes de que yo pudiera rebatir nada de lo que decía.

—Pero eso es un completo disparate. En realidad, me siento atada por el honor y mi lealtad a otro código. En verdad no puedo arriesgar ese tipo de emoción, de modo que sí, lo pondría en una jaula.

Me levanté de una forma un tanto brusca.

—¡No!

—¿No?

—Quiero decir, sí. Sí, por supuesto, eso es lo que dijo.

Lucine me miró, con los ojos muy abiertos, buscando los míos con curiosidad. Se acercó a mí con el esbozo de una sonrisa en los labios.

—Es usted un hombre curioso, Toma —dijo con una voz dulce. Allí, tan cerca, podía oler las flores de su perfume—. Tan dulce y a pesar de todo en algún lugar de su interior hay una bestia feroz que da muerte a los hombres con la espada. Y yo le gusto... Natasha y madre tienen razón.

Tuve que esconder mi torpeza.

—¿Y qué no debería gustar?

Se puso de puntillas y besó mi barbilla desnuda, con unos labios suaves.

—Una respuesta como esta —dijo.

Luego se dio la vuelta y se precipitó escaleras arriba, dejándome allí, junto a la fuente, totalmente desconcertado.

Aunque apenas fue un beso, mi cabeza dejó de funcionar. Creo que di dos vueltas a la fuente sin razón antes de recordar sus últimas palabras. *Una respuesta como esta.* ¿Cómo cuál?

De no haber estado tan acostumbrado a las aventuras de Alek habría salido detrás de ellos, o al menos los habría esperado preocupado por su seguridad. En lugar de ello me dormí tarde con pensamientos sobre Lucine azotando mi mente.

A la mañana siguiente me precipité a verificar si Alek y Natasha se encontraban bien y comprobé que estaban a salvo en la casa, derrotados por sueños de sabe Dios qué fantasía que los había atrapado. Decidí dejar a Alek que durmiera. Casi no había dormido en los últimos dos días y no tenía que encargarle ningún trabajo ahora que ya estábamos instalados y teníamos la hacienda protegida.

Pero en el momento en que lo vi, cuando entré a tomar un té al medio día, me asusté. Tenía la cara blanca y los ojos rodeados de grandes moretones. Parecía que le hubiesen dado un puñetazo en el labio inferior.

Pegada a sus talones venía Natasha, que parecía un fantasma con las mismas ojeras oscuras, el rubio cabello suelto y enredado. Llevaba un blusón blanco con volantes debajo de un chaleco de cuero negro con cordones y una falda negra de terciopelo que le llegaba a la pantorrilla. Esto suponía un cambio de moda en ella que me hizo pensar inmediatamente en los rusos.

—¿Un nuevo estilo? —preguntó Kesia, sonriendo con la taza de té en la mano—. Te sienta bien.

—Gracias, madre —dijo Natasha haciendo una reverencia.

—¿Una larga noche?

Una sonrisa tímida fue suficiente respuesta. Natasha se dirigió a la bandeja de las carnes, pinchó una sardina escabechada de una fuente de cristal y le mordisqueó la cabeza. Se rió una vez y se balanceó ligeramente como una colegiala que estuviera cantando, perdida en su fantasía.

La observamos todo el tiempo, incluido Alek, fascinados por ella. Sus ojos se toparon con los míos, mantuvo la mirada y luego los apartó cuando su sonrisa se desvaneció.

Recuerden que yo conocía a Alek como si fuese mi hermano. Conocía sus ojos, su corazón, sus límites. Y yo sabía en aquel momento que había ocurrido algo que le había empujado más allá de sus límites.

Lucine me miraba, lívida. Parecía que ella y yo éramos los únicos que conservábamos el sentido común y el decoro. Kesia era demasiado liberal en todos los asuntos y estos dos tórtolos habían sido intoxicados por algún elixir fabricado por los rusos.

Yo amaba a Lucine aún más en aquel momento, porque ella también era consciente de que éramos los únicos sensatos, los dos cortados de la misma buena tela. Incliné la cabeza en respuesta a su petición no expresada de que interviniera y buscara un sentido a todo aquello.

—Alek, tengo que hablar contigo en privado.

Levantó una mano.

—No. Ya sé, ya sé, Toma. No hay necesidad de secretos. Natasha prometió no volver allí, yo prometí que no iría más. Nosotros... nosotros, ambos, prometimos que no regresaríamos allá. Y sin embargo lo hicimos. Pero no pretendíamos hacerlo. Solo salimos al jardín y nos sentimos tan delirantes de amor que pensamos que debíamos bailar.

—¿Y no pueden ustedes bailar aquí? —preguntó Kesia.

—No de la forma en que se puede bailar allá, madre —dijo Natasha, mordiendo una aceituna—. ¿No es cierto, Alek?

Él empezó a sonreír, luego se puso serio rápidamente, dirigiéndose a mí.

—No hay de qué preocuparse, Toma. Te lo aseguro. Es algo totalmente inocente.

—¿Cómo es posible que una emoción les atraiga tanto como para meterse en una hora de viaje en medio de la noche para... un baile totalmente inocente? —exigió Lucine.

—El tipo de emoción que tú evitas, querida hermana —replicó Natasha, sentándose un tanto encorvada y con las piernas abiertas de un modo muy poco conveniente para una dama.

Lucine miró a Kesia.

—¿Lo ves, madre? Esto es lo que consigues con tu salvaje filosofía, esta falta de respeto por hacer las cosas como es debido. Esta obsesión mezclada con la emoción y el placer.

—No veo dónde está el problema.

Lucine señaló a Natasha.

—¡Está medio muerta!

—O completamente viva —dijo Natasha, todavía riéndose.

—¡Ya basta! —troné—. Quiero saber qué es lo que les está atrayendo allí a ambos. En contra de lo acordado, debo añadir.

Alek parecía avergonzado.

—Toma, tú me conoces.

—Por eso pregunto. Lucine tiene razón. Han dejado de lado todo sentido común por... lo que sea esto. Y ahora bien, ¿de qué se trata?

Alek se puso en pie, soltando antes de salir de su asiento:

—Comida, vino, mujeres, baile, ¡de todo! —Mi preocupación creció—. ¿Pero qué es lo que piensas? —gritó— ¿Que nos estamos acostando con demonios allí arriba? ¡Piensa! —Se golpeó la cabeza—. Somos un hombre y una mujer enamorados y vamos de fiesta. ¿Acaso eso está prohibido en Moldavia?

—No, ¡pero no te consiento que me hables en ese tono!

—Perdóname. ¡Lo siento! —dicho esto, se sentó.

—Y ahora, se acabaron las escapadas al castillo Castile. Lo prohíbo terminantemente. ¿Me oyes?

No respondió.

—Alek...

—Lo he oído —dijo mirándome con los ojos más grises que nunca—, y obedezco. Señor.

Esas palabras agravaron aún más mi preocupación.

—Señora —Godrik, el mayordomo, se inclinó junto a la puerta—, tiene usted una visita.

—¿Y ahora, quién es?

—El duque, señora. Vlad van Valerik.

Si hubiese disparado una pistola no habría causado la impresión que siguió a sus palabras. Alek y Natasha se irguieron de inmediato en su asiento y se volvieron hacia la puerta.

—¿Qué quiere?

—Hablar con la señora Cantemir —dijo Godrik, inclinándose—. Preferiría hacerlo en el jardín.

—¿Eso prefiere? —Kesia se puso de pie y se alisó el corpiño.

—También ha preguntado si Lucine se encontraba aquí hoy.

—¿Desea verla?

—Solo ha preguntado, señora.

—Bien, entonces...

—Dígale que estoy enferma —dijo Lucine.

—Como usted desee.

—No seas boba —dijo Kesia dirigiéndose hacia la puerta.

Natasha se puso de pie.

—¿Dónde vas?

—Siéntate, querida. No ha preguntado por ti. Quizás va siendo hora de que descubra cuáles son exactamente las verdaderas intenciones de este duque.

NUEVE

El duque Vlad van Valerik no permaneció en la hacienda Cantemir más de diez minutos, caminando en el jardín con la señora
Kesia y llenando sus oídos de lo que, con toda seguridad, no eran más
que mentiras. De inmediato mandaron llamar a Lucine para que se
encontrase con ellos junto a la fuente.

Yo me quedé observando desde una ventana que se encontraba
junto a Natasha y Alek. Los celos me quemaban. Las órdenes que
había recibido por carta me sugerían a gritos terribles posibilidades.
¿Qué ocurriría si la emperatriz se hubiese estado refiriendo a este
duque, Vlad van Valerik, cuando mencionó a un enemigo que pudiera buscar casarse con Lucine?

—¡Quiere cortejarla! —dijo Natasha entusiasmada— ¡Qué suerte, Vlad quiere cortejarla!

—No sea ridícula —dije bruscamente.

—No, no lo creo —dijo Alek, mostrando su acuerdo conmigo, y yo me aferré a esas palabras.

Pero cuando Lucine volvió solo unos minutos más tarde, se negó a hablar de ello.

—¡Cuéntanos, madre! —exigió Natasha—. ¿Qué es lo que quiere?

—Nada. Ocúpate de tus asuntos, Natasha.

—¡Quiere cortejar a Lucine! —gritó. Casi saltaba de alegría y juro que, de no haber estado Lucine allí a tres metros, habría abofeteado a Natasha por sentirse tan feliz por aquella proposición.

—¡Ya te he dicho que te ocupes de tus asuntos!

—¡Lo sabía! ¿Y qué ha contestado Lucine? Un hombre de verdad te arrancará un día la ropa y sabrás por qué has estado esperando. ¡Es fantástico!

La cara de Lucine permaneció impasible. Giró sobre sus talones y abandonó la habitación. No puedo ni empezar a expresar las emociones que recorrieron mis venas aquella tarde. Se me cayó todo el mundo encima.

Una vez fui tomado cautivo por los turcos en Estambul cuando me hallaba allí como espía y fui encarcelado. Me encadenaron con grilletes en una oscura mazmorra, me golpearon, me quemaron los labios con carbones ardientes. Día y noche tuve la seguridad de que la muerte no sería más que cuestión de horas.

Pero aquellas horas se convirtieron en días y estos en semanas, y me resistí a aquella certeza tomando fuerza de mi propio aguante. A los tres meses de cautiverio me escapé porque reuní la fuerza suficiente para tomar la delantera a dos guardias que entraron a mi celda y me soltaron para llevarme a otra sesión de tortura.

Esta no fue la única vez que me capturaron, no fue la única vez que tuve que soportar y sacar fuerza de enfrentarme a mi propio dolor. Mi último cautiverio fue el del corazón, aquí en la hacienda Cantemir en Moldavia y, una vez más, había resistido a mi tortura.

Pero ahora, todo había cambiado para mí. La luna había perdido su lugar en mi cielo. Había otra luz asomándose a mi horizonte y los celos irrumpieron como una tormenta que todo lo obstaculiza.

Razoné y vi que la única forma de sobrellevarlo era apartándome físicamente de aquel horizonte. De modo que di un largo paseo alrededor de toda la propiedad en mi oscuro corcel, haciéndole sudar rápidamente.

Pero no conseguí mantener mi mente a raya. El duque Valerik no cortejaría a Lucine, naturalmente. Para empezar, ni Kesia ni Lucine habían admitido que el ruso hubiera expresado semejante intención. Y aunque fuera así, Lucine no aceptaría jamás.

Dadas las instrucciones de la emperatriz, yo tenía derecho a exigir que Kesia me contara las intenciones de Vlad van Valerik. Yo debía proteger el corazón de Lucine de cualquier pretendiente ¿no era cierto? De haberme encontrado en un claro estado de lucidez habría insistido entonces. Pero en mi ansiedad por no demostrar el más mínimo indicio de celos, lo evité a toda costa.

Sin embargo, de enterarme que el duque tuviera intenciones de cortejar a Lucine, lo detendría de inmediato.

Ya era de noche cuando conduje mi montura, que no dejaba de resoplar de vuelta a las cuadras y me dirigí a la casa. Me resultaba difícil reunirme con los demás. No solía servirse la cena hasta bien entrada la noche y esperaría hasta entonces para hacer acto de presencia.

Preferí retirarme a mi habitación, donde me preparé un baño, me lavé y me afeité. Luego, con el cerrojo de la puerta cerrado, leí un libro de poesía que me acompañaba siempre dondequiera que iba. Mis ojos se posaron sobre el primer verso de un poema de Thomas Gray titulado «Oda a la adversidad»

> *¡Hija del amor, poder implacable,*
> *Tú que domas el pecho humano,*
> *Cuyo azote de hierro en hora de tortura,*
> *Al malo asusta y al bueno aflige!*

Dondequiera miraba, solo veía poder implacable y tortura. ¿Quién habría podido decir que una espada fuese más poderosa que el corazón humano? Cerré el libro de golpe, dispuesto a no leer más. ¡Tenía que escribir! Tenía que decir lo que mi propio corazón encerraba.

Saqué mi diario y me senté delante del escritorio a la luz vacilante de la vela, mojé la pluma y, tras una larga pausa, la acerqué a la página.

> *Lucine,*
> *Solo puedo vivir para decir que ha tomado usted mi corazón*
> *cautivo. Por favor, le ruego que me libere de esta jaula, porque estoy*
> *atado por mi honor a mi emperatriz.*
> *Usted se ha convertido ahora en mi emperatriz y estas palabras*
> *que ahora escribo serán mi sentencia de muerte.*

Me temblaba la mano.

> *Pero anhelo ser su cautivo, Lucine, amor mío. Y cualquier hombre que*
> *la mire caerá por mi espada antes de que pueda permitirse tener un*
> *pensamiento más. Le ruego que me ame, Lucine.*

Miré fijamente a aquellas palabras y ellas se llevaron mi fuerza. ¡Qué patético! Yo era el guerrero, no el amante. Que Alek escribiese aquellas palabras, si podía. ¡Yo había prestado juramento a la emperatriz y estaba a su servicio, no podía ser el juguete de una mujer escondido en Moldavia! Aquellas palabras hicieron de mí un desgraciado.

En mi frustración maldije aquella página. Luego la arranqué y la quemé en la llama de la vela.

Llamaron a la puerta. «Señor, la cena está servida. Se unirá usted a la señora Kesia?»

Aclaré mi agarrotada garganta. «Sí».

Limpié rápidamente mi pluma, até el diario y lo deslicé bajo mi colchón. Había quemado la página que acababa de escribir, pero quedaba mi nota anterior, que rompería más tarde.

Me eché un poco de agua en la cara y me puse un toque de perfume. Llevaba un llamativo chaleco negro de cuero y una camisa blanca con unos pantalones haciendo juego y botas. Alrededor de mi cuello colgaba una cruz de oro con un único rubí incrustado. Aunque no era un hombre religioso, me gustaba aquella pieza. Había peleado suficientes batallas en nombre de aquella cruz como para haberme ganado el poder llevarla.

Me apresuré en dirección al comedor, y mi ansiedad crecía con cada paso que daba. Lucine estaría allí y esa noche, con toda seguridad, en el curso natural de la conversación se comentaría acerca de las intenciones de Vlad van Valerik. Los secretos abiertos solo se podían mantener bien antes de que se convirtiesen en una amenaza para los demás.

Pero en el mismo momento en que entré en el comedor supe que algo no iba bien. No fue el hecho de que Kesia y Lucine fueran las únicas allí presentes, sino que la mirada de sus rostros me puso muy nervioso.

Lucine habló antes de que yo llegase a la mesa.

—Se han ido. Se han marchado. Alek y Natasha se han ido a Castile.

¿Cómo era posible? Antes de salir a caballo había sido explícito con Alek y él me tranquilizó varias veces. Me dijo que no volvería a visitar el castillo bajo ningún concepto. ¿Sería verdad que había ido?

No parecía el estilo de Alek. Era tan impropio de él que me parecía imposible.

—No puede usted saberlo —dije.

—A pesar de ello estoy en lo cierto. Y hoy se han ido *antes* de cenar

Miré a Kesia.

—¿Señora?

—Sí, bueno, según el jefe de cuadras, hace dos horas que sacaron dos caballos para dar un paseo. Es posible. Por lo que sé, quizás estén tonteando, completamente desnudos en los bosques. A Natasha la creo capaz de todo. Es igual que yo, pero no quiero decir con esto que yo lo haría, no vaya a creer.

Caminé por detrás de las sillas, pensando, acariciándome la barbilla, consciente de que los ojos de Lucine estaban sobre mí.

—Dígame —dije sin mirar—, ¿cuál fue el motivo de la visita del duque?

Intercambiaron una mirada.

—Le gustaría cortejar a Lucine, naturalmente —respondió Kesia.

—¿Cortejar? —dije.

—Sí, cortejar.

Tenía que actuar con delicadeza, pensé. Hasta donde yo sabía, ellas ignoraban las disposiciones de Catalina.

Me las arreglé para mirar a Lucine.

—¿Y a usted qué le parece?

Ella no contestó al principio, pero sostuvo mi mirada.

—¿*Usted* qué cree que me debería parecer?

—No soy usted, señora.

—Creo que está malinterpretando su pregunta —dijo Kesia con una sonrisa coqueta.

—¿De verdad?

—Creo que está jugueteando con usted. Le está suplicando que le diga que sería una loca si tan siquiera considerara a otro hombre.

Ahora me puse nervioso.

—¿Qué demonios significa eso? Considero a Vlad van Valerik como una amenaza en potencia para esta hacienda y para los deseos de la emperatriz.

—Claro —dijo Kesia, levantando su vaso. Que se tomaba mi frase como una completa farsa era obvio por la chispa que había en su mirada.

Renuncié. Y sentí que aumentaba mi rabia contra el duque, sabiendo sin lugar a duda que había venido a asegurar su postura de pretendiente de Lucine. No me atrevía a preguntar si habían consentido y esto hacía que mi sangre hirviera aún más.

Pero, en lugar de disgustar a Lucine, trataría directamente con Vlad van Valerik y acabaría con todo aquello.

—Esto ha ido ya demasiado lejos —dije, sin suavizar el tono—. Tengo que dejar a un hombre al descubierto y proteger a una hija.

Kesia puso los ojos en blanco.

—Estarán de vuelta por la mañana.

—Lo harán antes.

—¿Va a ir allá ahora? —preguntó Lucine incorporándose.

—Debo hacerlo. Ahora, si me disculpan...

Lucine se levantó bruscamente, volcando su silla.

—Voy con usted.

—No, eso no serviría de nada.

—Daré mi respuesta al duque en persona y pondré fin a todo este misterio de Natasha.

Por una parte me apetecía permitir que lo hiciera, pero el peligro sería demasiado y que estuviera conmigo sería, sin duda, una terrible distracción para mí.

—No. Es demasiado peligroso.

—¿Demasiado peligroso? Pero...

—¡No!

Di media vuelta y las dejé solas, decidido a cumplir con mi deber, a recuperar mi consciencia y, si el destino me lo permitía, a enseñarle a Vlad van Valerik una lección o dos.

DIEZ

Mi caballo blanco no había hecho más que recuperarse de nuestro largo paseo anterior cuando pasé la pierna por encima de la silla e hice que se pusiera al trote. Cruzamos la hacienda y acabábamos de pasar la nueva muralla junto a la entrada principal. Una clara luna llena me miraba desde unas nubes planas y oscuras. Era el ojo siempre vigilante de Su Majestad, a cuyo servicio yo estaba atado por mi honor.

Pero era también la cara de Lucine que me miraba fijamente como si me preguntara por qué escapaba de su lado sin confesarle mis verdaderos sentimientos.

Espoleé a mi corcel para que fuese al galope y viré hacia el camino que conducía al oeste, a los Montes Cárpatos, que se levantaban oscuros e imponentes contra el cielo iluminado por la luna. Había tomado varias veces la carretera que se adentraba en los montes para investigar el terreno, pero solo unas pocas millas más allá de la propiedad. Ahora, llevé a mi caballo más allá, a lo largo de la fina franja de camino que acababa en Castile. Aquí lo árboles eran más altos, y estiraban sus garras hacia el cielo a ambos lados, obstaculizando el resplandor de la luna. Con tan poca luz, el camino habría resultado difícil para muchos, pero a mí no me afectaba tanto la oscuridad porque eran muchas las veces que me había aventurado en territorio enemigo amparándome en la noche. De hecho, la oscuridad podía llegar a ser la mejor amiga de uno.

Aun así, la noche me molestaba ahora. O quizás era la soledad del martilleo de los cascos de mi caballo que me adentraban en aquella noche. Me detuve una vez para escuchar y no oí más que el aullido distante de un lobo. Curiosamente, no se oía a ninguna otra criatura de la noche.

Mi paseo no me había llevado más de media hora cuando el camino se dirigió hacia el borde de un acantilado con una caída de varias decenas de metros hasta un fondo de rocas. En esta parte, el terreno podía ser traicionero para alguien que no avanzara con precaución, porque la anchura del sendero era justa para un solo carruaje.

Al rodear una esquina vi el castillo Castile en el desfiladero, enmarcado por el oscuro cielo. Un barranco me separaba de él. Cuatro torres se alzaban hacia la luna y la distancia de una a otra estaba salvada por muros de gruesas piedras tan formidables como la montaña de la que habían sido talladas.

Pero también había una amplia extensión de césped y jardín alrededor de la propiedad que, junto con las antorchas encendidas en la alta entrada, suavizaban el aspecto de la fortaleza.

Fortaleza. Eso era en realidad, pensé. Nada más y nada menos que eso. Un príncipe moldavo había edificado el castillo en el paso de la montaña donde obstaculizaba cualquier invasión desde Transilvania durante la primera guerra ruso-turca. No tenía la más remota idea de cómo había caído en manos del duque, pero, al observar aquella montaña, me entraron ganas de saberlo.

Me inquietó pensar que Natasha Cantemir hubiera hecho todo aquel camino sola antes de que Alek se uniera a ella. ¿Qué tipo de locura la había empujado a hacerlo?

Un único batir de alas rozó el aire por encima de mi cabeza y eché la cabeza hacia atrás para ver a un gran pájaro negro que volaba directamente hacia mí. Planeó cruzando el barranco y fue rápidamente absorbido por el oscuro follaje.

Habría jurado que se trataba de un cuervo y el único que me venía a la mente era aquel que se encaramaba sobre el hombro del anciano que nos había advertido. Pero eso era imposible, pensé, y conduje a mi corcel por el camino que descendía hacia el castillo Castile.

Me costó un poco más abrirme camino hasta el paso, con toda seguridad me verían llegar. Pero me consolé diciéndome que, por lo que había visto de los rusos, no parecían ser agresivos más que en los asuntos de amor. Valerik había intervenido para detener la agresión por parte de su hombre, Stefan, antes de que yo le matase. También insistió en abandonar a los Cantemir cuando Simion y Sofía no fueron capaces de controlarse durante la velada de la cena.

En realidad, la verdadera amenaza aquí eran Natasha y Alek, y el abandono de su sentido común a causa del jolgorio que los llamaba desde el interior de aquellos altos y oscuros muros. Pero habían ido y venido por su propia voluntad y no habían sufrido ningún daño, al menos que yo hubiese visto.

No me sentía preocupado por mi vida.

Até mi caballo al poste, junto al pie de las escalones de piedra que conducían a un doble portón rayado, alumbrado por antorchas a los lados. Aunque dejé mi espada en su vaina, me sentí más cómodo con la pistola que llevaba atada a mi pecho, cargada y lista para disparar rápidamente.

Llamé a la puerta con el puño y di un paso atrás.

No acudió nadie. Era muy extraño ya que estaba seguro de que me habrían visto llegar.

Volví a llamar y esperé. De nuevo no hubo respuesta. Ahora me empecé a preocupar. ¿Qué pretendían con no responder?

De repente, la puerta se abrió como un metro y un hombre de rostro pálido asomó la cabeza.

—¿Sí?

Había algo raro en la forma en que me miraba. Sus ojos parecían extraños.

—Soy Toma Nicolescu. He venido a ver a mi hombre, Alek Cardei, y a la mujer que está a mi cargo, Natasha Cantemir.

Aquel hombre me miró sin pestañear durante algún tiempo, como si no estuviese seguro de lo que debía hacer con la criatura que se encontraba allí, en el umbral de su puerta.

—¿De veras?

—Sí. ¿Se encuentran aquí?

—Eso depende. ¿Desea verlos o va a obligarles a marcharse? Eso, suponiendo que estén aquí.

—Por favor, señor, no tengo tiempo de andar jugando con las palabras. Están a mi cargo y harán lo que yo les pida. ¿Me va a invitar a pasar o me va a dejar aquí pasando frío?

—¿Hace frío ahí?

Desde luego era un tipo raro. De no haber sido por mi estado de ánimo me habría echado a reír por las formas tan extrañas de ese hombre.

—¿A usted qué le parece? Estamos en mitad de la noche —dije.

—Pero no es así. ¡La noche no ha hecho más que empezar! Si me jura no ser demasiado mandón y olvida eso de dar órdenes, le dejaré entrar.

¿Mandón?

—¡Hágase a un lado, hombre!

Pero se limitó a mirarme, de modo que pensé que sería mejor colaborar con él.

—Está bien, prometo no ser demasiado «mandón». Solo he venido a cumplir con mi deber.

—¿Y es usted capaz de divertirse un poco mientras cumple con su deber? —preguntó—. Aquí no queremos aguafiestas.

¡Pero bueno! ¿Qué forma era aquella de hablarme?

—¿Qué quiere usted decir con aguaf...? —no acabé mi frase—. Óigame, joven...

—No soy joven. Pero soy hermoso, y usted también lo es. Así que le dejaré pasar. Lo único que le pido es que no estropee usted la fiesta, por favor. ¿Lo tendrá en cuenta?

—Por supuesto.

Abrió la puerta y me hizo un gesto amplio con el brazo haciéndome pasar al interior. Entré por primera vez en el castillo Castile. La puerta se cerró detrás de mí con un ruido sordo que resonó en el pequeño vestíbulo vacío. A mi derecha había varios percheros atiborrados de ropa. A mi izquierda, siete velas blancas de cera ardían en unos candelabros de pared. Más adelante había otra puerta en forma de arco.

Mi anfitrión estaba allí de pie, sin moverse, observándome desde el lateral y entonces me di cuenta de lo que ocurría con sus ojos. Tenía las pupilas tan dilatadas que casi le tapaban el iris.

—¡Caramba, sí que es usted hermoso, Toma Nicolescu! —exclamó, agarrándome por el hombro y rozando sus dedos contra mí como queriendo comprobar si era real o no era más que un fantasma—. Me llamo Johannes. De Roma —Retiró su mano y, frotándose los dedos con delicadeza, añadió—: Italia.

—Sí, Italia.

—Vayamos, pues, para que los demás puedan echarle un vistazo, ¿quiere?

Lo está entendiendo al revés —quería decirle—. *Precisamente yo estoy aquí para echarles un vistazo a ellos y luego formular mi cargo.* Hasta ese momento, mi experiencia no tenía nada que ver con lo que había imaginado y eso hacía que me sintiera infinitamente incómodo.

—Sí.

Tiró de un cordel que había junto a la puerta, que probablemente hizo sonar un timbre en el interior, y luego la abrió.

—Bienvenido a la fiesta, Toma Nicolescu. No se preocupe, nadie le va a morder.

Esbocé una sonrisa cortés y caminé hacia el interior de la habitación. Allí me detuve y vi que era un amplio salón de baile, sutilmente iluminado por gruesas velas. Resplandecían desde elegantes candelabros de pared de bronce, y de una única araña central que colgaba de una enorme cadena maciza en el centro de la habitación.

La bóveda del techo tenía un grabado que representaba a una criatura espantosa que podía ser un diablo con aspecto de lobo, con alas y ojos rojos. Las paredes eran de piedra y madera, oscurecidas por el tiempo y extensamente cubiertas de largas cortinas de terciopelo negro y rojo. Anchas y amplias escaleras conducían a un balcón a ambos lados de la habitación.

El suelo era de mármol, de un vivo color marrón dorado y en el centro había un gran círculo negro de marquetería de unos cuatro metros de diámetro. Había mesas y sillas dispuestas por toda la habitación, y algunas estaban llenas de fuentes de frutos de aspecto exótico, carne y vino.

Pero lo que de verdad atrajo mi atención fue la gente. No se trataba de unas cuantas personas, no crean. Había unos treinta, o quizás cuarenta invitados alrededor de la habitación. Algunos estaban repartidos en pequeños grupos, alrededor de una mesa, otros en el balcón, observando, con los brazos caídos. Otros estaban echados de cualquier manera sobre divanes y sillas mullidas, sujetando una copa como si estuviera permanentemente pegada a sus dedos. Hombres y mujeres, no había niños.

La mayoría iban escasamente vestidos, en rojo y negro, y su atención se dirigía hacia el centro de la habitación, donde había un grupo de unas diez personas agrupadas alrededor de un hombre menudo. Era rubio y con el pelo largo, y llevaba unos pantalones negros de cuero muy ajustados y una camisa de satén roja con una chaqueta negra. Tenía los brazos muy abiertos y la cabeza inclinada, de modo que el cabello escondía su rostro.

Toda la habitación estaba estática; ni siquiera la respiración alteraba aquella quietud. Me quedé allí de pie, clavado por la intensidad.

«Ahora», susurró alguien. Una sola palabra.

Y el hombre vestido de cuero se lanzó hacia arriba y hacia atrás como para hacer un salto mortal en el aire. Pero no se trataba de un truco que yo hubiese visto con anterioridad. Se oscureció y subió muy alto, con un movimiento grácil, la espalda arqueada y las piernas muy extendidas, pisando el aire por encima de él como si estuviese andando sobre una pasarela invertida. Su chaqueta se agitaba por detrás de él mientras terminó suavemente la rotación y aterrizó sobre ambos pies, con las rodillas flexionadas, ligero como una pluma.

Los silbidos cortaron el silencio con la aclamación del grupo que estaba alrededor de aquel hombre que volaba. Recorrí con la vista a los demás que merodeaban por la habitación. La mayoría me había mirado sin mostrar ninguna reacción ante lo ocurrido. En realidad, incluso la mirada que me habían echado no translucía más que un interés parcial. Eran miradas melancólicas y meditabundas que provenían de pozos oscuros.

—Usted les gusta —dijo Johannes suavemente detrás de mi hombro—, pero ya sabía yo que sería así.

Sus ojos miraban con insistencia, pero sin ninguna emoción, como ojos de gato de grandes pupilas negras. Yo quería preguntar qué estaba ocurriendo allí, pero la respuesta parecía tremendamente obvia. Estaban en pleno jolgorio. ¿Entonces, por qué me parecía todo tan extraño?

En las sombras, al otro lado de la habitación, un joven de pelo negro sin camisa estaba arqueado hacia atrás sobre el brazo de una silla. Los ojos de su cabeza invertida me miraban fijamente. Una mujer vestida con una falda de color burdeos estaba sentada en el suelo, y él tenía su cabeza en el regazo de ella. Ella pasaba sus dedos ociosamente por el largo cabello del hombre, mientras me observaba.

Al verme sorprendido mientras miraba fijamente, me di la vuelta. Pero dondequiera que miraba, con toda seguridad lo hacía fijamente. Aunque no había una sexualidad manifiesta en pleno despliegue, la habitación estaba empapada de sensualidad, de dedos que buscaban, brazos que enredaban y miradas provocativas que excitaban las fantasías más salvajes.

Las mujeres estaban vestidas como los hombres, con pantalones y camisas sueltas, como si se las hubiesen puesto en el último minuto. Solo vi unos cuantos vestidos con un corte alto en la pierna. Todos eran de colores oscuros: negros, morados, verdes. Los invitados eran exóticos, hermosos, y empezaban a afectar mi respiración.

—Debo... —la voz se me estranguló con una carraspera. Me aclaré la garganta—. Tengo que encontrar a mi hombre, Alek, inmediatamente.

—Aquí nada es inmediato, mi querido señor. Le recuerdo que prometió no estropear la diversión —Una mujer de no más de dieciocho o diecinueve años se acercó por detrás de Johannes.

—¿Quién es este hombre delicioso que nos has traído, Jo?

—Un guerrero llamado Toma —dijo mi anfitrión—. Ha aceptado jugar.

—He venido a recoger a mi hombre —dije.

—Juegue conmigo primero —dijo la joven. Sus ojos estaban ribeteados de gris, y me tragaban mientras ella se deslizaba hacia mí y tocaba mi pecho. Jugueteó con los cordeles que ataban mi chaleco—. Soy muy buena con los hombres.

La mitad de mi mente pensaba que Natasha y Alek habían quedado muy fácilmente hechizados por esos rusos. Ahora comprendía por qué.

—No estoy aquí para jugar —dije.

—Entonces debo indicarle la salida —dijo mi anfitrión, rodeando los hombros de la mujer desde atrás con sus brazos. Me miró fijamente, con su mejilla junto a la melena suelta de ella—. Allí fuera hace frío, ¿recuerda? No puede ser un aguafiestas.

Con suavidad, retiré la mano que la mujer tenía en mi pecho. Sus dedos rascaron la palma de mi mano cuando la solté.

—Johannes, por favor, le ruego que me ayude. No seré un problema, solo quiero hablar con mi hombre en privado para darle un mensaje. Luego me iré. Como usted dice, no seré «un aguafiestas» —dije sin poder creer que estuviera comprometiendo a ese hombre con aquellas palabras. Se oyó una risa chillona que venía del círculo detrás de mí—. Pero soy su invitado, de modo que...

Entonces reconocí aquella risotada y me giré.

El hombre menudo, vestido con pantalón de cuero brillante, tenía los brazos abiertos de par en par y su barbilla dirigida hacia el techo, soltando una estridente carcajada mientras todos los que estaban alrededor de él en la fiesta alzaban sus cálices a modo de ovación.

Yo conocía aquella carcajada, estaba completamente seguro.

—¡Ella vive con nosotros! —gritó el líder.

—¡Ella vive con nosotros! —repitieron todos.

Y entonces aquel hombre, que según veía ahora era una mujer, bajó la cabeza y bebió un largo trago de un cáliz de bronce que le entregó el hombre que pidió la ovación.

Era Natasha.

Su mirada se encontró con la mía y se quedó helada. Los demás notaron inmediatamente el cambio repentino en ella y se dieron la vuelta. El hombre que la había alimentado del cáliz giró para ver qué era lo que ella había visto.

A mí.

Ahora todos los ojos en la habitación estaban, con toda seguridad, fijos en Toma Nicolescu, guerrero por juramento al servicio de la emperatriz de Rusia, Catalina la Grande.

—¡Toma! —dijo Natasha dejando caer el cáliz e ignorando el vino de color rubí que salpicó a sus pies. Sus ojos chispearon de entusiasmo—. ¡Has venido!

Pero mis ojos estaban ahora en el hombre que había junto a ella. Era Stefan, la persona que yo había matado de un disparo tres días antes, o su gemelo idéntico.

Natasha corrió hacia delante, se lanzó sobre mí, me echó los brazos al cuello y me besó en los labios. Luego me agarró de la mano y tiró de mí para llevarme hacia el grupo.

—¡Oídme todos! ¡Es él! Toma, el que disparó a Stefan. Es una bestia, rápido y cortante como un látigo. El que ama a mi hermana gemela.

Me sentía demasiado atónito para poder hablar.

—¡Baila con nosotros, Toma! —dijo soltando mi mano una vez consiguió abrirnos paso entre los demás y empezando a girar—. ¡Baila, baila, baila!

Stefan, resucitado de los muertos, me observaba con una mirada fija e inquietante. No; decidí que era su gemelo. Se oyó el sonido de un violín. Un músico salido de las sombras arrancó una nota larga y lastimosa.

—¡Alek se va a sentir tan entusiasmado! —gritó Natasha—. ¿Has traído a Lucine? Por favor, dime que sí. Ni siquiera ella es tan mojigata como para resistirse al esplendor.

La larga nota del violín persistió y luego se derramó en una escala descendente de notas que iban desde una muy alta hasta algo muy próximo a un gruñido. Al oír el sonido, Natasha empezó a girar hundida en el éxtasis, mientras yo estaba allí perplejo. Los demás observaban, esperando algo, quizás a Stefan, que ahora tenía una sonrisa maliciosa.

Dio un paso hacia mí, se inclinó hacia delante y me besó en la mejilla.

—Todo está perdonado —me susurró al oído—. Llámeme por el nombre de él.

Luego, levantó sus brazos por encima de la cabeza, aplaudió dos veces y empezó a bailar con Natasha. Los demás se rieron y giraron, y los dedos del violinista volaron sobre las cuerdas interpretando un ritmo vertiginoso.

El baile no se parecía a ningún movimiento que yo hubiese visto antes: se retorcían y giraban de formas más propias de derviches que de damas y caballeros. Era hermoso, incluso impresionante y terriblemente sensual al mismo tiempo, en parte por la forma en la que las mujeres estaban vestidas con sus cueros ceñidos y sus botas.

—Natasha —conseguí decir con voz ronca, ahora sonrojado por el desasosiego.

Me lanzó una sonrisa coqueta y movió sus caderas.

—Baila, Toma —dijo. Tenía el rostro tan pálido como el cabello; oscuras ojeras rodeaban sus ojos. Stefan dio un paso hacia ella, la tomó en sus brazos y besó su labio inferior. Lo tomó en su boca. Ella cerró los ojos extasiada.

¿La estaba mordiendo? ¡Mordiéndola! La sangre de sus sábanas... Seguro que no era de su boca.

Todo esto no duró más de unos minutos, mientras yo estaba allí, como un árbol arraigado en piedra.

Stefan se retiró, dejando que ella riera con la cabeza echada hacia atrás. La sangre brillaba en su labio.

Aquella visión me llevó al borde del pánico.

—¡Deténganse! —grité. Al ver que no lo hacían, grité a pleno pulmón y mi voz retumbó como un trueno en aquel salón.

—¡Acaben con esto!

Ahora sí lo hicieron. El violinista cesó de repente. Los rusos que bailaban se quedaron inmóviles; toda la habitación quedó paralizada.

—¿Qué le dije? —murmuró una voz detrás de mí. Era Johannes que me recordaba mi promesa.

—¿Qué significa esto? —exigí, fulminando a Natasha con la mirada—. ¿Dónde está Alek?

De nuevo se oyó desde atrás:

—Usted me prometió...

—¡Cállese! —grité, volviéndome.

Johannes seguía junto a la joven, con su barbilla en el hombro de ella. A ninguno de los dos pareció afectarle mi represión.

—Es por su bien, no por el mío —dijo.

Otro habló:

—Déjennos.

Difícilmente podría olvidar la voz de Vlad van Valerik, que ahora llegaba hasta mí desde algún lugar de aquella habitación.

Cuando me giré para ver de dónde venía la voz, el espacio estaba vacío. Vi la imagen borrosa de alguien que se movía a través de una entrada más a la derecha. En el tiempo que transcurrió entre la orden de Valerik y que yo me diese la vuelta, todos los rusos se desvanecieron.

Todos menos el alto amo, que ahora se encontraba en medio de la habitación, con su largo abrigo perfectamente hecho a medida. Y Natasha, que parecía triste y desamparada en la pista de baile.

El duque empezó a caminar hacia mí; sus botas resonaban sobre el suelo de mármol. Luego, otro sonido me llegó desde mi izquierda: unos pasos más ligeros repiquetearon sobre el mismo suelo. Me volví hacia el lugar de donde llegaba el sonido y vi a la seductora rusa que me había mirado fijamente en la hacienda de los Cantemir.

Sofía. Sus ojos no eran menos seductores que entonces.

Vlad van Valerik se detuvo a cinco pasos de mí. Sofía cruzó hasta donde estaba Natasha, la besó en la mejilla y le habló con una voz suave y amable:

—Déjanos, querida. Ve a buscar a Stefan.

Natasha sonrió y se fue deprisa hacia la parte trasera como una niña que corre a contar un secreto a sus compañeras de juegos.

—He venido a buscarla.

—Y la tendrá —dijo Valerik.

Sofía vino hasta mí, colocó un dedo con la uña pintada de rojo en mi mejilla y la llevó hasta mi barbilla.

—Hola, Toma.

ONCE

Lucine Cantemir caminaba junto a la chimenea, debatiéndose entre sus pensamientos. Se sentía confundida y segura a la vez, firme y reticente, presente y completamente perdida.

—Te preocupas demasiado por tu hermana, Lucine —dijo madre—. No es una niña.

—A pesar de ello, se comporta como tal. No puedo soportarlo.

—¿Y qué vas a hacer? ¿Ir allí y rescatarla? ¿Acaso la espada de Toma no es suficiente para ti?

Lucine se llevó los dedos a las mejillas y se las rozó ligeramente, sintiendo hasta el menor temblor en ellas.

—Él está tan perdido como Natasha.

—¿Toma? Por favor, no sabes nada de él.

—Creo que le importo.

—Tonterías.

—Tú misma lo dijiste.

—Me confundí. De todos modos, te puedo asegurar que no es el hombre que quieres.

—¿Y tú qué sabes?

—Soy tu madre y lo sé. Sí. De eso puedes estar convencida —dicho esto, Kesia miró por la ventana que estaba más allá, hacia la noche oscura—. Necesitas un hombre que tenga una posición y riqueza, uno que pueda mandar a un país y no en un campo de batalla.

Naturalmente, se estaba refiriendo al duque. Pero a Lucine aquella insinuación le pareció ofensiva, no porque no tuviera interés en un hombre de la posición del duque, sino por el doblez de principios de madre según se tratara de ella o de Natasha.

—Natasha puede corretear con un hombre como Alek, pero yo...

—¡Tú no eres Natasha! Eres Lucine, mi hija, y yo conozco a mis hijas. A ambas. Natasha nació para un guerrero. ¡Tú naciste para un emperador!

Lucine no la había oído hablar nunca de ese modo. Madre podía tener buenas intenciones, pero una proclamación tan inequívoca, no hacía más que aumentar el enfado de Lucine. A su modo de ver, madre había dirigido a Lucine y a Natasha en esas direcciones durante años, sin decir nada como esto. Lucine retrocedió.

—Conoces a tus hijas, pero yo me conozco a mí misma. Y no soy indiferente cuando un hombre me mira. ¿Cómo puedo malinterpretar la forma en la que Toma me mira? Si yo diera mi permiso para que alguien como él me tomara por esposa, sería mi decisión y no la tuya. Siempre nos has alentado a pensar por nosotras mismas.

Su madre se puso seria y se le encendieron los ojos.

—No puedes hablar en serio. ¡Es un guerrero!

—Es un héroe de guerra.

—Es un rufián.

—Es salvaje, y dócil cuando tiene que serlo.

—¡Ni siquiera está a la altura del duque!

De modo que era eso, claro. Madre se había encaprichado de Vlad van Valerik. Hasta que este vino con su llamada de cortejo, ella había hecho un guiño al aparente interés en Lucine. Ahora le veía como una amenaza.

Esta actitud no hizo más que inflamar el interés de Lucine. Sostuvo la mirada de su madre.

Kesia se puso en pie y caminó hacia la ventana, con las manos detrás de la espalada. Esto era el anuncio de una conversación de lo más serio. Con un gesto firme de la barbilla, y el último indicio de una sonrisa y de la ternura borrado de su cara, habló sin levantar la voz.

—Tienes que considerar al duque, Lucine. Te lo exijo.

—¿Pero qué demonio te ha poseído, madre? ¿Un simple ruso irrumpe en el país con una única credencial y tu exiges a tu hija que se remangue las faldas para él? ¡Esto no es propio de ti!

La madre la miró.

—No es un simple ruso que ha irrumpido en el país. Es el hijo de Peter Baklanov, primo de la emperatriz. Tiene sangre real. Y algunos dirían que es el heredero de pleno derecho al trono de toda esta tierra si eligiera perseguirlo.

Lucine se quedó allí plantada sin poder creer lo que oía.

—Rico más allá de toda medida. En cualquier caso, está dentro de su poder gobernar Rusia si así lo desea. Héroe o no, Toma serviría en el ejército del duque.

—Jamás he oído tal cosa. ¿Cómo lo sabes?

—Él me lo dijo. Y me mostró una carta que lo confirmaba.

—Entonces, ¿por qué nadie me dijo nada?

—Porque él insistió en ganarte sin ninguna ventaja.

—¡Pero yo no quiero que él me gane!

—Y yo te digo, hija, que tienes que encontrar un nuevo sentimiento. Su linaje es totalmente noble. Podría arrebatarnos esta tierra. Además, solo por su mirada puedo decirte que pocos pueden cortejar como él.

—Entonces, que te corteje a ti. A mí no me interesa.

—¿Pero, por qué? —gritó la madre.

¿Por qué? Por la forma en que me mira, madre. La manera que tiene de desnudarme con los ojos. La sed que tiene de mí. Pero no podía decir esto.

Kesia lo dijo por ella.

—¿Te asusta el deseo salvaje?

—Por favor.

—¡Pertenece a la realeza! ¿Eso no te dice nada?

—¿Acaso soy una esclava?

Su madre resopló de frustración.

—¡Qué obstinada puedes llegar a ser!

—Como mi madre.

—Juro por mi sepultura que si dejas pasar esta oportunidad, no te lo perdonaré jamás. Y si piensas que le importas a Toma como ocurre con Alek y Natasha, siento decirte que estás tristemente equivocada. Ya no eres el tipo de mujer que puede atraer a un hombre de la manera en que tu hermana lo hace. Tu historia te ha dejado una cicatriz.

Más que oír las palabras, Lucine sintió como cada una de ellas le infligía una herida. Su madre se estaba refiriendo al aborto.

—¡Cómo te atreves a hablar de eso!

—No estoy diciendo más que la verdad.

Lucine se tragó como pudo su amargura y tomó una profunda bocanada tranquilizante de aire.

—Te equivocas, madre. No se trata de que no pueda demoler a un hombre cuando yo quiera. Es que elijo no hacerlo. Y desde ahora te digo que elijo *no* tener al duque. No me importa quién sea, porque en mi opinión es el diablo. Y a mis ojos, Toma podría tumbarlo y rebanarle el cuello antes de que ese diablo pudiera sacar su arma.

—No me digas que no es una característica maravillosa. En ese caso podríais escaparos y vivir en las montañas como indigentes, mientras toda Rusia sale a cazaros.

Lucine sintió cómo crecía su resentimiento hacia el ruso. En aquel momento, Toma Nicolescu y la pobreza le parecían, de lejos, la mejor elección.

La madre debió ver la mirada de determinación en su rostro, porque habló de una forma rápida y apresurada.

—No seas necia. Toma te ama de la misma manera que quiere a Alek. Se preocupa por aquellos a los que sirve, eso es todo. Es leal hasta la médula y su lealtad es para la emperatriz.

—No se trata de Toma. Ni tampoco de la realeza. Se trata de tu hija Natasha, que ha perdido la cabeza.

Lucine giró sobre sus talones y salió de la habitación totalmente decidida.

—¿A dónde vas?

—A la cama, madre. Buenas noches.

Pero esa no era su verdadera intención.

No le llevó más de un cuarto de hora cambiar su vestido por su ropa de montar —pantalones y chaqueta larga— y deslizarse por la puerta del balcón. Su razonamiento era simple y lo repasó con la mandíbula encajada.

No deseaba que la apartaran de un empujón mientras Natasha pisoteaba su reputación y retozaba con el peligro.

Confiaba en la habilidad de Toma con la espada, pero él también había tenido alguna debilidad a la hora de tratar con sus emociones. ¿Acaso no le había puesto nervioso aquella mujer rusa, Sofía? Fuera lo que fuera aquello que había seducido a Natasha y a Alek, también podría atraer a Toma con la misma facilidad. Ese asunto había llegado demasiado lejos.

Los agarraría a todos y los arrastraría de vuelta a casa si tenía que hacerlo y, ya que estaba allí, le daría una razón a Vlad van Valerik para que la dejara tranquila de una vez por todas. Aprovecharía también para ver por sí misma de qué iba todo aquel alboroto. Natasha no era la única que tenía corazón.

Lucine ensilló su propia yegua, se alzó sobre el caballo y emprendió el camino hacia Castile a la luz de la luna.

DOCE

Me quedé en pie frente a Sofía, sintiéndome perdido por un momento. Todo aquel asunto parecía haber hecho, en cierto modo, que me desmoronara. Este pensamiento hizo sonar campanas de advertencia que yo no podía ignorar.

—Señora, le ruego que se aparte.

Sonrió.

—Qué caballero. Y, sin embargo, con tanta sangre en las manos que hasta puedo olerla. Me parece una combinación irresistible —dijo, poniéndose a mi lado y mirando al duque de frente.

—Espero que la atracción de Sofía no le confunda, Toma Nicolescu —replicó, con una leve sonrisa.

—Estoy aquí para verle a usted, no a ella. Tiene aquí a mi hombre, Alek, y a Natasha Cantemir que está a mi cuidado. Todo lo que pido es que me permita devolverlos al lugar correspondiente.

El duque levantó ligeramente el brazo con la palma de la mano hacia arriba. Sofía se dirigió hacia él, como un ángel negro, deslizándose más que andando. No podía ignorar su belleza, pero no ejercía ninguna atracción sobre mí porque mi corazón pertenecía a otra, por mucho que yo hubiera podido negarlo. Con toda seguridad, Sofía no percibía una reciprocidad de su propio afecto.

Ella puso su mano en la de él, que se la llevó a los labios. La besó. Luego la soltó y ella se hizo a un lado.

—Como dije, encontraremos a su Alek y podrá usted hacer con él como guste.

—¿Encontrarle? Si no le importa, tráigale aquí. Y a Natasha también.

—Encontrarle. Como verá, el castillo tiene muchas habitaciones. Incluso debajo de nosotros. Podría estar en cualquier lugar. ¿Verdad, Sofía?

—En cualquier parte —ronroneó ella.

—Cualquier hombre que con una palabra pueda conseguir que sus súbditos desaparezcan podrá, sin lugar a duda, pronunciar otra y hacerle aparecer. No siento ningún deseo de iniciar una búsqueda de...

—Pero le estoy diciendo, señor mío, que así es como funciona aquí. Solo puedo dar órdenes a aquellos que me son leales. Su hombre no está a mi cuidado. Tendrá que encontrarle usted. Había pensado que, siendo usted un hombre que entiende el valor del conocimiento, apreciaría la oportunidad de saber más acerca de nuestro —indicó las paredes con una mano sin retirar sus ojos de los míos— hogar.

Tenía razón. Comprendí que mi incomodidad con la personalidad tan particular del ruso fue lo único que hizo que me detuviera. No era una amenaza física lo que me provocaba tanta ansiedad, sino mi propia reacción a su conducta. Al *no* inspeccionar el castillo yo estaba debilitando mi postura para entender cualquier amenaza real.

—En ese caso aceptaré su invitación.

—Espléndido. Comprobará que no somos más que unos cuantos hombres y mujeres a los que nos gusta vivir y enseñar a otros que tengan la inclinación de abrazar la vida como lo hacemos nosotros. Mucha diversión y muchas noches largas, pero sin causar daño al cuerpo o al alma.

—Discúlpeme si reservo mi opinión hasta que haya recuperado a mi hombre.

—Por supuesto. Sofía se sentirá muy feliz de mostrarle todo lo que quiera ver. Mi castillo es suyo.

—¿Por qué ella?

—¿Preferiría usted mi compañía a la suya?

Decir que sí sería bastante patético. De todas formas, él me evitó la elección.

—Le aseguro que ella conoce cada rincón y cada recoveco de este lugar. Me temo que yo tengo cosas que hacer. Puede esperarme si quiere, tardaré una hora como mucho...

—Ella me servirá.

—Espléndido —titubeó—. Tómese su tiempo.

Luego nos dejó solos a Sofía y a mí, en el amplio salón que solo unos minutos antes rebosaba de jolgorio.

Sofía se deslizó hacia mí, tomó mi mano sin la más mínima señal de que mis comentarios la hubiesen herido y me condujo hacia el fondo del salón. Quería soltarme de su mano, pero hacerlo de un tirón habría hecho que me sintiera como un tonto. Nunca me había sentido en una postura tan incómoda como aquella noche en el castillo.

—Señora, me resulta difícil pensar teniendo su mano en la mía —dije cuando llegamos a la puerta.

Sofía se detuvo y se volvió hacia mí como si hubiera estado esperando ese momento. Estábamos entre las sombras.

—Ahora, escúcheme bien, Toma Nicolescu —susurró, mirándome a la cara—. Mil hombres que estuvieran observándonos en este momento suplicarían estar en su lugar, querido. Si es usted capaz de hacer un esfuerzo por disfrutar, hágalo.

Fue entonces cuando sentí mi primer movimiento hacia ella. No fue algo que yo quisiera, ni mucho menos, simplemente no pude negarme ante la forma en la que tiró de mí. No supe qué decir porque, sinceramente, no quise herir sus sentimientos. No había hecho más que mostrarme afecto.

—Amo a alguien —dije, y luego me sentí como un necio por decirlo.

Sofía me observó durante un momento, luego se puso de puntillas y me besó ligeramente en los labios.

—Sí, ya lo sé. Se trata de Lucine. Y ella no lo sabe. ¡Qué pena! Ser amada por un hombre tan hermoso como usted.

—¿Lo sabe?

—Al mirarle una sola vez a los ojos la otra noche, lo supe. Y también Vlad.

—De modo que por eso pretende cortejarla.

—Vlad hará lo que hace. Conquistar el mundo.

Yo había dicho ya demasiado, lo suficiente como para conseguir que mi cabeza se ofreciera en una bandeja si este ruso trasladaba algún día mi confesión a Su Majestad. Por esa razón no insistí en el tema. Pero con Lucine de nuevo en mi pensamiento, quise salir corriendo del castillo Castile, tomarla en mis brazos y prometerle amor eterno. Que Alek y Natasha encontraran su propia condenación aquí.

Eso es exactamente lo que pensé hacer por un momento. Quizás debía hacerlo. He revivido aquel momento miles de veces y me pregunto por qué no dejé que el honor, el deber y la lealtad volaran al viento por una vez, mientras yo corría en busca de la mujer que amaba con todo mi corazón.

Sofía soltó mi mano.

—Usted me gusta, Toma. Sería un digno adversario —dicho esto, cruzó la puerta y yo la seguí.

El salón que había más allá no tenía más de siete pasos a lo ancho, pero el techo arqueado era tan alto que apenas podía verlo en la sombra. Aquí todo era de madera, con una larga línea de velas encendidas en ambas paredes, que iluminaban un tesoro formado por distintos tipos de enseres. Grandes pinturas al óleo, candelabros de bronce, cofres llenos de rollos de tela, artefactos poco habituales e instrumentos diseñados para la medicina y la navegación, pero la mayoría de ellos parecían muy antiguos. Libros. Muchos volúmenes antiguos, amontonados o abiertos sobre las mesas.

En la bajada aparecían puertas en forma de arco hacia la mitad del camino y una al final. Sofía me condujo por aquel pasillo inferior, más allá de las dos puertas que permanecían cerradas.

—¿Qué es este lugar?

—La entrada a la habitación principal —dijo ella—. ¿O se refiere a las pinturas?

—A todo ello. ¿Lo trajeron desde Rusia?

—Impresionado, ¿verdad? Debería usted ver la colección de Vlad. Quizás se la enseñe. Verdaderamente impresionante.

—¿Y las puertas que acabamos de pasar?

Se detuvo, volvió hacia atrás hasta llegar a una de ellas y la abrió de golpe. Era un oscuro almacén lleno de barriles de madera.

—Oh, Alek —llamó ligeramente—. Sal, sal de dondequiera que te encuentres.

Tuve que sonreír. Y ella me devolvió la sonrisa. Luego comprobó la otra puerta, otro almacén, del mismo modo. Esta vez me permití reírme a medias. Volvimos a bajar por el pasillo.

—¿Me permite que le haga una pregunta? —dije, sintiéndome mucho más a gusto.

Ella se giró, inclinó la cabeza y me miró con picardía.

—No me lo diga: quiere saber por qué se siente tan atraído por mí.

—Bueno, yo...

—Se siente usted atraído, Toma, ¿no es así?

¿Qué podía contestar?

—Pero es usted quien hace las preguntas, no yo. De modo que responderé a esta y le diré por qué me encuentra tan atractiva —Se volvió hacia mí—. Es porque, de algún modo, soy usted, Toma. Yo soy aquello que anhela que los demás vean en usted.

No estaba preparado para aquello.

—No, no se sienta incómodo por esto —dijo suavemente—. Lo que quiero decir es que usted desea el poder que yo tengo sobre usted. ¿A quién no le gustaría poder atraer a los demás hacia sí mismo en la forma en la que yo le atraigo a usted? Yo puedo darle ese poder, Toma. Vlad puede dárselo. Todos nosotros podemos.

Yo no era capaz de contestar. Quizás ella sobrestimaba el efecto que tenía sobre mí, pero apenas pude negar que, en parte, me sentía atraído por esta razón: donde ella había mostrado valentía conmigo, yo solo había mostrado cobardía hacia Lucine.

—Y ahora, pregúnteme lo que de verdad quería preguntar —dijo, dándose la vuelta y descendiendo por el pasillo—. Le debo cualquier respuesta.

—Las sábanas de Natasha estaban empapadas en sangre. ¿Sabe usted por qué?

Ella titubeó.

—Stefan le mordió el labio. El corte debió abrirse. Cuando se le muerde a un ser humano, sangra.

—¿Pero le mordieron de nuevo?

—Mi hermano es un amante consumado. Tendrá que preguntárselo a él. ¿Acaso le molesta?

—Naturalmente. ¡Las sábanas estaban mojadas con su sangre! Además, ella estaba pálida. Y ahora consigue hacer algo tan sensacional, ese asombroso salto en el aire que ni siquiera yo podría hacer.

—Ah, la maniobra aérea. Pero si hasta yo podría enseñarle eso, Toma. No es tan difícil cuando se tiene un poco de práctica y ríos de motivación.

—No estoy muy seguro de seguirla.

Se dio la vuelta, se empinó hasta mi oído y me susurró:

—El amor, querido. Ríos de amor —dijo. Luego se retiró, guiñó un ojo y abrió bruscamente la puerta que estaba al final del pasillo.

Iba a preguntarle si se estaba refiriendo al amor de Natasha por Stefan, cuando mis ojos vieron la habitación que tenía delante. Otro gran salón como el de la entrada, solo que ligeramente más pequeño.

Al menos veinte de los rusos estaban allí sentados o de pie, en silencio, con los ojos fijos en nosotros. La visión de tantos ojos oscuros mirándome hizo que me detuviese en seco. Sofía deslizó su brazo alrededor de mi espalda.

—Vlad me lo ha dado, para que le ame —dijo, y ellos parecieron perder todo interés en mí de forma unánime—. No se preocupe, son amantes inofensivos, no son luchadores —me tranquilizó. Luego me dirigió hacia la derecha, tomando de nuevo mi mano. Ahora su mano estaba fría.

—¿Cuántas personas viven aquí? —pregunté.

—Setenta y tres.

—¿Tantas? ¿Cómo es posible? ¿Cómo pueden alimentar a tanta gente?

—Con dinero se puede hacer cualquier cosa. Tenemos nuestros medios y, gracias a Vlad, más dinero del que se podría gastar en una vida.

Atravesamos la habitación, bajamos hacia un corto pasillo y llegamos a una puerta de madera que parecía más vieja que las demás.

—La última vez que le vi, su hombre estaba con Dasha, mi hermana. Han empezado a sentir interés el uno por el otro —me comentó, abriendo la puerta de un empujón. Nos encontramos con un tramo de escaleras descendentes cinceladas en la piedra. Se iba curvando hasta perderse de vista, alumbrada por una luz naranja y parpadeante que subía desde la parte inferior.

—Cuidado con el escalón.

Bajamos hasta un atrio redondo muy iluminado por dos grandes antorchas. Entre ambas había una única puerta en forma de arco, de madera negra quemada. Más mesas, más libros, más artefactos. El espacio estaba seco y olía como a madera de cedro, una fragancia agradable.

—Por aquí —indicó, abriendo la puerta.

No podía creer la cantidad de reliquias sobre las que posé mis ojos solo en los diez últimos minutos. Decir que el duque era rico era subestimar su valor. ¿Pero cómo había conseguido colocar todos esos tesoros aquí desde que compró el castillo, solo unos pocos meses antes?

Detrás de aquella puerta, un nuevo atrio redondo, este con seis puertas.

—¿Es esto una mazmorra?

—Cielos, no. Estamos en el nivel subterráneo. Es un sistema de túneles que una vez proporcionaron refugio y escapatoria a los que vivían en la fortaleza. Pero se le ha hecho muchos cambios. El sexto túnel —dijo volviéndose hacia la puerta que quedaba a nuestra derecha— es una obra de imaginación.

Sofía puso la mano sobre el pomo de la puerta y se detuvo. Luego, se dio la vuelta.

—Debo decirle, Toma, que este es un lugar de tentación. Alek, su hombre, no es de voluntad débil, como sabe. Pero Dasha es aún más seductora que yo.

Mi curiosidad había ido en aumento a cada paso que daba por el castillo y sabía que tenía que ver dónde se había metido Alek, porque ella estaba en lo cierto. A pesar de lo impetuoso que era, Alek conocía sus límites. Subir al castillo había sido para él toda una sorpresa. Que estuviese allí sin Natasha, en busca de la cual había venido, era una aún mayor.

—Entonces lléveme hasta Dasha —contesté.

Ella titubeó.

—Me enamoré de usted la primera vez que puse mis ojos en su persona, Toma. De modo que le diré una cosa: no permita que mi hermana se meta en su mente. Tiene que saber que tanto ella como yo tenemos esa habilidad. Puede llamar a la gente cuando la miran a los ojos, igual que yo.

Yo no sabía qué decir.

—Quédese junto a mí, Toma. No permita que le seduzca. Eso me pertenece a mí.

Me besó en la mejilla, abrió la puerta y entró antes de que yo pudiera ser objeto de su renovada suposición de que yo estuviese interesado en la seducción o inclinado a ella. Su forma directa y su valor eran difíciles de ignorar.

Entramos en una especie de túnel, tallado en la roca, del tipo en el que uno espera encontrar musgo y gusanos, pero estaba tan seco como un hueso y forrado de madera de cedro. El suelo era de mármol pulido, el mismo que había visto en el gran salón de baile. Todo estaba bien iluminado con gruesas velas de color naranja colocadas en fila a ambos lados. Cómo encendían la multitud de velas que había visto desde que entré al castillo era algo que me sobrepasaba. Debían tener un ejército de sirvientes, aunque yo no había visto ninguno.

Una ligera risa llegó hasta nosotros desde el interior.

Había excitación en la voz de Sofía cuando agarró mi mano y me instó a que siguiera adelante.

—Déjeme mostrarle. Recuerde, permanezca junto a mí, ¿de acuerdo? Usted es mío, no de Dasha. No le permita entrar en su mente.

—Sofía, no debe tener la impresión de que yo...

Se giró y colocó un dedo sobre mis labios.

—Luego, que nos van a oír.

—¿Quién?

—Luego —dijo, y tiró de mí.

Pasamos por delante de varias puertas y me pareció escuchar murmullos de voces detrás de algunas de ellas. Pero Sofía siguió adelante hasta que llegamos a unas puertas gemelas en el lateral derecho. Tras una breve pausa a la entrada, empujó la puerta y entró, quedándose allí de pie.

Miré fijamente por encima de su hombro y vi una extensa biblioteca. Había miles de volúmenes en perfecto orden sobre antiguos estantes abrazados a las paredes. Una gran araña de cristal rebosante de velas blancas iluminaba la habitación y, debajo de las luces, un grupo de mullidos sofás rodeaba una mesa baja cubierta de cuero.

Que yo pudiera ver, no había nadie en la habitación, a menos de que estuvieran escondidos en las sombras, detrás de las estanterías. Sofía entró inmediatamente y se dirigió hacia una puerta a espaldas de la biblioteca. Yo, en cambio, me detuve en el centro y eché un vistazo por toda la habitación. No era raro ver un lugar de ese tipo, tallado en la roca, en la parte inferior de una fortaleza.

Como en los pasillos superiores, grandes cuadros con marcos dorados y de elaborados tallados colgaban en todas las paredes que no estaban cubiertas por las estanterías. Retratos de hombres y mujeres que, por la ropa que vestían, parecían haber vivido mucho tiempo atrás. La mayoría eran bastante apuestos, pero algunos de ellos me parecieron extrañamente desfigurados.

En la pared a mi derecha no había ningún estante de libros, pero destacaba un gran escritorio con libros apilados y abiertos sobre él. Había dos lámparas de pie a ambos lados de un gran cuadro que estaba directamente sobre el escritorio. También era un retrato, pero no era de un ser humano.

Era una imagen de la misma criatura que yo había visto grabada en la bóveda del salón de baile, un ser parecido a un gran murciélago con el hocico de lobo y grandes alas plegadas alrededor de su cuerpo. Yo no sabía qué tipo de extraña religión o adoración invocaba un ser semejante, pero recordaba historias que había oído acerca de deidades del lejano Oriente en tiempos antiguos.

Se me llenó la mente de pensamientos de iglesias y monasterios. Pero estaba seguro de que Vlad van Valerik no era un monje.

—¿Qué es esto? —pregunté.

Sofía apareció detrás de mí.

—Luego —susurró—. Dese prisa, no es más que una pintura —dijo conduciéndome del brazo y empujando la puerta a espaldas de la biblioteca.

En el interior había una habitación llena de espesos cortinajes y saturada de humo e incienso. Llamas de color naranja lamían el aire aceitoso y arrojaban una luz cambiante sobre la mesa redonda que había en el centro.

Cuatro rusos holgazaneaban allí, tres en sillones alrededor de la mesa y el cuarto en un diván verde que había frente a una chimenea. Solo podía ver sus hombros y su cabeza. No reconocí más que a uno de los hombres, Simion, de la cena en la hacienda de los Cantemir. No había rastro de Alek. Hablaban en tonos bajos, riéndose sin ruido, y jugueteaban con las copas de bronce.

Sus ojos oscuros se volvieron con pereza hacia nosotros. Yo quería preguntar por aquellos ojos oscuros. ¿Por qué todos los que estaban allí los tenían así y por qué esos mismos ojos parecían dorados bajo una luz diferente, como pude observar en la finca de los Cantemir?

—Hola, Dasha —dijo Sofía—. He traído a mi amante.

No era lugar para que yo pusiese ninguna objeción.

La conversación se acabó. La mujer que estaba en el diván nos miró. Yo contemplaba fijamente a la hermana de Sofía y pude ver el parecido. Creo que era mayor que ella. Sus ojos atravesaron los míos y la comisura de su boca se estiró en una sonrisa.

Hola, hermoso Toma.

Esto llegaba de parte de ella con toda claridad a mi mente. No puedo adivinar ni entender cómo era posible aquello.

Tú eres mío, Toma.

Esto era lo que me venía de Sofía. O quizás todo estuviera solo en mi mente, influenciado como estaba por este extraño castillo. Había oído a Lucine llamándome un ciento de veces esos últimos días. Pero no de este modo, tan vívido, como una voz dentro de mi cabeza. Evidentemente, era una habilidad que solo estas hermanas y otras como ellas tenían.

Deja que te veamos, hermoso varón. Quítate la camisa para nosotros. Esto llegaba hasta mí desde Dasha.

Sus ojos se dirigieron a Sofía.

—Qué amable por tu parte, hermana, que te unas a nosotros —dijo—. ¿Has venido a jugar?

—No —contesté—. He venido a buscar a Alek, mi hombre.

Un hombre que, hasta ese momento, había permanecido oculto por el mullido respaldo verde del sofá, se incorporó. Tenía el pelo enmarañado y los ojos abiertos de par en par, todavía azules bajo la luz. Llevaba una camisa blanca medio desabrochada y pantalones. No llevaba chaqueta.

—¿Toma?

Intentó ponerse en pie, pero la mujer tenía que moverse antes de que pudiera hacerlo. Pasó por encima de ella y me miró, sonriendo como un niño encantado.

—¡Has venido!

Alek saltó sobre el diván y se apresuró hacia mí. Me dio un fuerte abrazo —algo que solo había hecho una vez, cuando lloraba por la pérdida de nuestro amigo Johan, en un campo de batalla de Turquía—, y luego dio un paso atrás.

—Has venido, amigo mío.

—¿Qué significa esto?

—Amor, amigo mío. Decadencia. ¡Y disfrute! —exclamó. Su rostro se puso serio de repente y colocó una mano en mi hombro—. ¿Hay algún problema en la hacienda?

—Sí, Alek. Lo hay. La hacienda te está echando de menos.

Esbozó una sonrisa.

—¡Claro! Me necesitan —dijo volviéndose hacia los demás—. Me aman y me echan mucho de menos. ¿Qué os dije? ¡A cualquier lugar que voy, echan de menos a Alek de una forma desesperada!

—Como me ocurre a mí, amor —susurró Dasha, poniéndose ahora en pie. Llevaba un corto vestido rojo que se pegaba a sus formas y que no cubría más que la parte superior de sus muslos. No llevaba medias ni zapatos. Rodeó el diván y caminó hasta Alek, agarrándose como una serpiente a su cintura, y alzó los ojos para mirarle—. Como yo.

Ambos me miraron con una sonrisa boba.

—¿Quieres quitármelo? —preguntó Dasha.

Vacilé. A decir verdad, se les veía tan satisfechos que ya no me sentía tan obligado como lo estaba solo unos minutos antes. Esto se debía seguramente a mi propio estado de mente, por haberme visto yo también en un estado de amor durante tantos días.

Envidiaba a Alek por el amante que latía ansiosamente en él.

—Alek, no estamos aquí para esto —dije.

Parpadeó, se soltó de los brazos de ella y me condujo al rincón. Me habló en voz baja, de espaldas a los demás.

—No, estás equivocado, Toma. Todo está bien en la hacienda, ¿verdad?

—Sí, pero...

—Además, la mitad de nuestro encargo está aquí, no allí. Natasha.

—Nos llevaremos a Natasha —dije.

—No, amigo mío. No lo harás. Ella tiene su propia mente. Sigue a su propio corazón, que está aquí. Regresará por la mañana, como es su deseo.

—¿Y tu corazón, Alek? Veo que también está aquí.

Miró por encima de su hombro y sonrió a su amante.

—Bueno, sí, algo de eso hay. Pero soy plenamente consciente de lo crítico de mi cargo e insisto en cumplir con mi deber de mantener un ojo vigilante sobre Natasha.

Por muy distorsionadas que estuviesen sus motivaciones, lo que decía tenía sentido. Y tenía razón. Obligar a Natasha para que volviera a la hacienda sería un protocolo inaceptable.

—Es bastante conveniente —admití.

—Sí —asintió.

Y allí estaba.

—¿De modo que ves un peligro aquí, no? —pregunté.

—No, en absoluto. Al principio así lo pensé, pero luego me di cuenta de que por muy diferente que sea este aquelarre, solo son amantes, no luchadores, y no consumen más de lo que se les da. ¿Qué mejor virtud puede haber en el amor? Puedo asegurarte que no hay peligro aquí, ni una pizca.

—¿Por qué tienen los ojos negros? ¿Por qué puedo escuchar sus voces? ¿Cómo es que Natasha se puede mover como un acróbata en el circo? ¿Nada de esto te preocupa?

—Tienen los ojos negros a causa de su dieta. No puedes oír sus voces; solo interpretas lo que quieres escuchar porque llaman a tu corazón. Y no he visto a Natasha moverse como una artista, eso es nuevo para mí.

Me agarró por los hombros y me habló en un susurro ferviente, con los ojos iluminados.

—El poder del amor en estos salones es fantástico, Toma. Estos rusos han encontrado un elixir de la sensualidad y la pasión que no se puede encontrar en todo el mundo, te lo digo. Tienes que quedarte un rato. Si te quedas y te aburres, entonces vete.

Ahora me sentía atraído, no puedo mentir. Y a Alek le bastó verme titubear. Para él fue suficiente respuesta.

Puso su brazo alrededor de mis hombros y me volvió hacia el grupo.

—¡Amigos, os entrego a Toma Nicolescu, asesino de perversos infieles, héroe de Rusia, siervo de Su Majestad, Catalina la Grande, amigo de todos nosotros!

TRECE

La luz estaba alta y brillante cuando Lucine giró en la primera curva desde la que se obtenía la primera vista del castillo Castile y detuvo a la yegua, asombrada por la extensión escarpada del gigante al otro lado del valle. ¿En qué estaba pensando para subir allí arriba ella sola?

Pero no estaba sola. Natasha estaba allí. Y Alek. Y Toma, el feroz guerrero que sin dudarlo se echaría sobre un agujero de la carretera por salvar su vida. Madre había alegado la falta de interés por parte de Toma hacia ella, pero al menos era leal hasta la médula y había jurado protegerla. Al observar fijamente la estructura monolítica iluminada por la luz de la luna, se sintió atraída por esa lealtad.

Por Toma.

Esto fue lo que se dijo a sí misma cuando siguió adelante. Ahora que madre había lanzado el desafío, colocando a Toma bajo una luz negativa en comparación con el duque, su mente había explorado su propia opinión sobre el guerrero, de una forma más profunda.

Había jugueteado con él a su manera, incluso aquella primera noche cuando confundió su lealtad con atracción. ¿Por qué? ¿Por qué se le había ocurrido flirtear con él? Lo había hecho, aunque solo un poquito. Entonces, ¿por qué?

La respuesta era simple: anhelaba ser amada. ¿Acaso era algo tan imprudente? ¿Quién no desea que le amen?

A medida que se precipitaba montaña arriba, su mente pensaba en cada momento que habían estado juntos. Las miradas, las palabras, el beso que ella le había dado a él en la barbilla. El tipo de cosas que Natasha hacía por rutina como una forma de poner a prueba o de mantener la oportunidad.

¿Significaba aquello que se sentía cautivada por él? No, porque él había dejado bien claro que no tenía ningún interés en ella, más allá del encargo recibido.

Ese pensamiento hizo que su corazón latiera más aprisa, y esto le sorprendió. Sintió aún más ganas de rechazar a Vlad van Valerik, sin importarle las exigencias de su madre.

Reconoció el semental de Toma y ató su yegua al lado. ¿Cuánto tiempo llevaba él allí? ¿Qué pasaría si le hubiesen hecho daño?

¿Y si hubieran caído sobre él y su hermana y les hubieran matado a ambos?

Subió las escaleras de piedra y las piernas le temblaban mientras pensaba que lo más inteligente sería correr, montar su caballo y bajar la montaña a toda velocidad. Pero Natasha estaba allí y no era la primera vez...

La puerta se abrió cuando ella se hallaba en la mitad de las escaleras e interrumpió sus pensamientos. Un joven vestido con una levita salió y miró hacia ella.

—De modo que usted también es una aguafiestas, ¿no?

Abrió la boca cuando todavía no había llegado al final de las escaleras, pero no supo qué decir.

—Bien, ¡quítese del frío! Él la está esperando.

—¿Quién? Lo siento, yo... —balbuceó. Las palabras fluían como alquitrán.

—¿Es usted Lucine Cantemir? —preguntó el hombre.

—Sí.

—Me llamo Johannes. Entonces suba, rápido. La están esperando, pero debo insistir en una cosa. ¿Sí?

Subió las escaleras, todavía perpleja. ¿La esperaban? Seguramente la habían visto llegar.

—¿Sí? —preguntó de nuevo el hombre.

—Sí.

—No debe estropear la diversión como el último que ha llegado. Debe jugar con nosotros y a nuestros juegos.

Subió los últimos peldaños.

—¿Está Toma Nicolescu aquí?

—¡Caramba! Él no me dijo lo hermosa que es usted —exclamó Johannes alargando su mano y tocándole el cabello oscuro—. Una criatura exquisita. Gustará usted a muchos.

—Por favor, señor. Yo no soy su juguete para que juegue usted conmigo. Exijo que me lleven junto a Toma, el guerrero que monta ese semental de ahí abajo.

—Exigencias. Siempre exigencias. De no haberme enviado a recogerla, la habría dejado aquí pasando frío, porque estoy seguro de que no va a jugar bien.

—Entonces, lléveme ante el duque. Inmediatamente.

Su ceja derecha se arqueó sobre un ojo oscuro.

—¡Qué exigente! Como usted diga. Sígame.

El ruso la condujo al interior del castillo a través de un conjunto de puertas internas que daban a un gran salón con un gran techo abovedado. No menos de un centenar de velas iluminaban la habitación, pero estaba vacío.

—Por aquí. Vamos, vamos. No hay necesidad de desperdiciar el viaje a la torre, nos tomará unos pocos minutos y al menos podríamos divertirnos con las palabras.

La amenaza inicial que sintió por lo extraño de aquel hombre se estaba desvaneciendo y daba paso al convencimiento de que solo quería jugar, como él lo llamaba. Era como un cachorro enviado para conducirla hasta el amo.

—¿No?

—No lo creo —dijo ella—. No.

—Entonces es usted una aguafiestas.

Ella no tenía la menor idea de lo que aquello significaba y tampoco se molestó en preguntar.

El ruso la hizo cruzar un comedor y luego subieron por unas escaleras que describían una rotación completa antes de dar a un atrio de lujosa decoración.

La riqueza del duque se hacía evidente en todas partes, desde las pinturas originales al óleo hasta lo que, con toda seguridad, eran antigüedades a lo largo de las paredes. Solo el gran candelabro de bronce podía valer el equivalente al salario de un año o más. Quizás mucho más.

Realeza. Una riqueza que sobrepasaba todo entendimiento. El poder de comprar y vender países y mujeres. Todo aquello le pareció un tanto repugnante.

Su anfitrión montó un numerito al presentarla en la puerta, inclinándose mucho y haciendo un movimiento dramático y teatral.

—El duque espera, señora.

A pesar de las circunstancias, no sintió amenaza alguna por parte del hombre, solo bondad. Podía sobreponerse a su repugnancia.

—Gracias —dijo con una ligera reverencia. Luego, se reprendió a sí misma y dio un paso hacia la puerta. Antes de que pudiera alcanzar el pomo, su anfitrión dio un salto.

—Permítame —dijo, dando un pequeño empujón a la puerta.

Lucine entró a una pequeña biblioteca, magníficamente decorada, que seguía la forma redonda de la habitación. No había rastro del duque Vlad van Valerik. La puerta se cerró detrás de ella e hizo que se girara sobresaltada.

Nada. La torre, como Johannes la había llamado, estaba revestida de madera finamente tallada. Por el olor debía ser cedro. Allí había más pinturas, cada una de ellas iluminada por su propio par de velas, antiguos retratos que brillaban bajo la luz parpadeante.

—Bienvenida.

Dio un respingo y se giró. El duque estaba sentado detrás de un escritorio que, unos momentos antes, estaba desocupado. Se inclinó hacia atrás y la miró durante un largo momento, y luego abrió los brazos de par en par.

—Bienvenida a mi casa, Lucine Cantemir. Me siento tan feliz de que eligiese aceptar mi invitación.

—No lo hice —contestó ella.

—Pero está usted aquí —dijo él poniéndose en pie. Ella no recordaba lo alto que era, una esbelta figura, iba impecablemente vestido de negro.

—He venido a buscar a mi hermana.

—Entonces, adelante.

El duque rodeó el escritorio y caminó hasta el centro de la habitación.

—Mi hogar es su hogar.

—Yo tengo mi propia casa.

Valerik sonrió.

—Y bien bonita que es —dijo él, examinando los muros de su biblioteca, luego se dirigió a un estante lleno de volúmenes encuadernados en cuero. Acarició con sus dedos el lomo de los libros de un estante, rozándolos con delicadeza.

—¿Le comentó su madre quién soy yo?

—Sí, lo hizo. Y debo decirle que no me importa lo más mínimo. Aprecio su interés, pero no es mi intención ser cortejada por alguien que no sea de mi elección, cualquiera que sea su estatus. Le agradecería que me descartase y que no volviera a plantearse nada más conmigo.

—*Apreciar* es una palabra tan débil, Lucine. ¿Le halaga mi atención?

Ella pensó en la diferencia que había entre las palabras.

—No, no lo creo.

Valerik la miró de frente y sus ojos no mostraban el más leve indicio de desaliento. Ella lo estaba haciendo bastante bien.

—¿No te interesa la idea de que puedo darte todo lo que desees, sea riqueza, sirvientes, propiedades o poder para gobernar?

—No, la verdad es que no.

—Entonces, solo un poquito. Y eso es lo que me parece irresistible en usted. No es una mujer que gobierne su mundo. No se deja engatusar por la primera serpiente que llega. Es usted la hija de Eva, pura y encantadora, en busca de ese Adán perfecto.

Había elegido una metáfora interesante, pensó ella.

—Entonces entenderá por qué no tengo interés en esta serpiente.

—Sí. Pero es usted demasiado ingenua. Su falta de conocimiento es su única debilidad. En su vida, yo soy Adán, no la serpiente.

—No sea tan presuntuoso. Sé lo que necesito saber y sé que usted es un encantador de mujeres. ¿Dónde están Toma y Alek? Exijo ver a mi hermana inmediatamente.

—Ya han ido a buscarla —replicó acercándose a ella y mirándola. Ella podía oler su fragancia de lilas. Tenía una barbilla firme y unos ojos oscuros inquietantes—. No me atrevería jamás a tener su amor, Lucine. Si abandona mi castillo sin sentir ningún interés por mí, entonces no volveré a visitarla.

Lucine no estaba demasiado preparada para un planteamiento semejante.

—Sí.

Él alargó su mano y tocó su cabello. Sus largos dedos firmes lo tocaron con tanto cuidado como si estuviera sacando seda de un capullo.

—Pero permítame que, por un momento, le hable sobre mí —su voz era demasiado suave para la imagen que ella tenía de él. *Es un brujo, Lucine.*

Ella se apartó y se pasó la mano por el cabello que él había tocado.

—¿Es usted siempre tan descarado con las mujeres?

—Hace muchos años que no he estado con una mujer.

Naturalmente, eso era mentira.

—Pero se enamoró de mí en el momento en el que puso sus ojos sobre mí, ¿no es así?

—No. Por muy romántico que sea, debo decir que no fue así.

—Natasha es mi gemela. Estoy segura de que usted le gusta mucho.

—Pero yo no tengo ningún interés en Natasha. El mundo está lleno de mujeres que andan en busca del primer buen partido que pasa por su camino. Pero usted no es así, Lucine.

—De modo que me desea porque represento un reto para usted. ¿Como una pieza de trofeo?

Sonrió tímidamente, y esto era algo que en él resultaba extraño.

¿Había conseguido que la realeza se sonrojara?

—Si eso es lo que piensa de mí, es mejor que abandone y viva lamentándome. Me ha juzgado mal, querida.

Permanecieron en pie, el uno frente al otro, hasta que Lucine sintió que debía apartar sus ojos por temor a cambiar de opinión acerca de él. Así era como funcionaba esa terrible forma de seducción, y ella no deseaba nada de eso.

Pero él no estaba dispuesto a rendirse.

—Lucine, permítame decirle una cosa antes de que se marche.

Sus ojos parecían tristes ahora, llenos de un pesar genuino.

—Si me lo permite, le mostraré por qué debo amarla solo a usted. Pero si no accede a ello, al menos déjeme decirle que no volveré a tocar jamás a una mujer sin sentir el vil pesar de no haber sido amado por usted. Mi corazón ha estado esperando durante mil años. Con mi amor, usted no morirá jamás. Es eterno.

Había tanta convicción en aquellas palabras que cada una era un martillo sobre el pecho de ella. Lucine no podía moverse, ni respirar.

—Usted es Lucine y yo soy su Adán. Fuimos hechos el uno para el otro. Este castillo es suyo para que haga con él lo que quiera.

Sonó un golpe en la puerta.

Esperó durante un largo momento, sin apartar sus ojos de ella.

—Adelante.

La puerta se abrió y Lucine pretendió ver de quién se trataba, pero sus ojos se quedaron prendidos en su mirada un poco más.

—¡Lucine!

Se dio la vuelta y vio a Natasha que corría hacia ella, con un trozo de carne de un blanco cadavérico, teñido de sangre alrededor de la boca. Su hermana lanzó los brazos alrededor del cuello de Lucine y la abrazó muy fuerte.

—¡Querida Lucine, has venido! —exclamó agarrándose como un esclavo liberado de la tortura, temblando todo su cuerpo mientras lloraba de gratitud.

Una alarma de peligro recorrió a Lucine. ¡Qué clase de bestia le había hecho esto, pobre criatura! Hirvió de rabia. ¡Vlad van Valerik era un manipulador de la peor especie!

Natasha se apartó y giró, bailando con los brazos abiertos de par en par.

—¡Ya nada importa, ahora estás aquí! Pensé que nunca te unirías a nosotros.

¿Unirte a nosotros?

Lucine parpadeó. Había malinterpretado la situación. ¡Su hermana no estaba siendo atormentada, estaba en éxtasis!

Lucine se dio la vuelta. El duque se había ido.

—Toma también ha venido, Lucine —gritó Natasha—. ¿No es maravilloso? ¿Te ha enseñado Vlad el castillo? ¡Es mágico, Lucine! ¡Mágico!

Lucine miró a su hermana, furiosa.

—¿Cómo puedes decir esto? ¡Pareces una muerta revivida!

Natasha vestía ropa de hombre, pantalones de cuero negro y una camisa roja sin sujetador, ni enagua que la hicieran parecer un poco decente.

—No, Lucine. Nunca me he sentido tan viva —Natasha corrió hacia ella, tomó su mano y la besó. Luego se precipitó hacia una puerta que estaba al otro lado—. ¿Se ha ido?

Era pura retórica. Era obvio que estaban solas.

Natasha la miró, más calmada.

—Me han dicho que te ama, Lucine. ¿Es eso cierto?

—No seas ridícula. No tiene la más mínima idea de lo que es el amor.

—Entonces eres una necia, hermana. No conocí el verdadero amor hasta que vine al castillo. No hay una mujer aquí que no vendiera su cuerpo al mismísimo diablo con tal de que el duque la quisiera de verdad —replicó Natasha, con los ojos abiertos como platos—. ¿No me digas que te lo ha planteado?

—Sí.

—¡Lo sabía! ¿Y tú... no le habrás...?

El silencio de Lucine le sirvió de respuesta.

Natasha se llevó la mano a la boca, horrorizada.

—¡No, no te habrás atrevido a rechazarle!

—Por supuesto que sí —contestó, pero en su voz no había convicción—. ¡Mírate!

Natasha volvió a acercarse corriendo y tomó la mano de Lucine entre las suyas.

—¡No lo entiendes! ¿Sabes quién es?

—Alguien que pertenece a algún tipo de realeza.

—Sí, pero eso no es todo. ¿Sabes de lo que este hombre es capaz?

Lucine no estaba segura de entenderla.

Natasha se apartó y comenzó a caminar de un lado a otro con las manos en la cabeza.

—¡Qué necia eres! —dijo. Se diría que acababa de enterarse de que el cielo se había desplomado—. Piensa en Toma —dijo, dándose la vuelta con prisa—. Héroe de toda Rusia. Como guerrero no tiene parangón. Ahora piensa en Vlad, heredero al trono, un amante de corazón. Amable, bondadoso, salvaje y padre de miles de hijos. Si Toma es bueno con sus soldados, Vlad es un dios entre todos los amantes. ¿Y tú acabas de desairarle?

—Lo estás exagerando todo.

—No he dicho más que la verdad. No has entendido nada, como una campesina que se siente ofendida por las calles porque los caballos hacen demasiado ruido sobre ellas. Eres una completa ingenua.

—Y eso lo dice la muchacha que tiene sangre seca en la boca. Has perdido el juicio.

—¿Sangre? No, hermana, es vino. La clase de vino más espesa y rica del propio viñedo del duque —explicó, limpiándose la boca y mirándose los dedos—. Puede hacer que se te hinchen los labios si no tienes costumbre de beberlo, pero hasta eso es muy agradable.

—¿Y...?

—No entiendes nada. ¡Nada de nada! Has cometido el mayor error de cálculo de toda tu vida. Pregunta a Alek. Pregunta a Toma.

—No creo ni por un momento que Toma forme parte de todo esto. ¡Vino a rescatarte!

—Y en lugar de ello, yo le rescaté a él. Sigue aquí ¿o no? Y por lo visto no le ha ido nada mal. Probablemente está con esa seductora, Sofía, al menos lo estaba la última vez que lo vi.

El pulso de Lucine se aceleró.

—¿Esa zorra?

Natasha se rió.

—Nada por el estilo. Si supieses. Mientras tú corres de un lado a otro intentando salvar al mundo, tu Natasha y Toma están bailando con los ángeles.

Natasha miró los libros que estaban a lo largo de la pared y luego, sintiéndose de repente distraída por ellos, se dio la vuelta y caminó hacia las estanterías. Como un niño que descubre los libros por primera vez, pasó la mano por todos ellos.

—¿No es hermoso, Lucine? Después de todo, en este mundo hay magia.

Pero el pensamiento de que Toma estuviera con la mujer rusa que había cenado con ellos contradecía cualquier noción de magia para Lucine.

Natasha emitió un pequeño grito ahogado y empezó a dar vueltas.

—Si una de las hermanas le rechaza, quizás encontrará el amor en los brazos de la gemela —decía mientras golpeaba su pelo con los frágiles dedos blancos—. Me teñiré de morena y me lo ganaré.

¿Podría ser que Lucine se hubiese equivocado tanto con respecto a todo aquello?

—¿De modo que no vas a volver conmigo?

—Jamás.

La sangre no era más que vino. Valerik, un dios entre los amantes. Pero no era posible que Toma estuviese con la seductora rusa;
Lucine no podía aceptar aquello. De ser así, demostraría que madre
tenía razón en cuanto a él.

—¿Y tú estás bien de verdad? —preguntó.

—Mejor que bien.

—Pero Toma no está aquí con esa zorra.

—Sofía no es una zorra. No sé dónde está.

Lucine caminó de un lado a otro con la mente perdida en sus
pensamientos.

—Cuéntame más, Natasha.

CATORCE

Yo no olvidé mi honor en aquella guarida de ardiente seducción, pero, con cada risa, me iba sintiendo más a gusto. Alek y yo habíamos viajado juntos por todo el mundo, atravesado mares, marchado sobre países, bajado a las mazmorras más profundas y escalado los picos más altos, pero no habíamos experimentado jamás algo remotamente parecido a esto. Comencé a entender la mirada de deleite que había en sus ojos.

Decir que yo tenía el pensamiento dividido no sería correcto, porque mi deber primordial no se había visto sacudido. Pero la felicidad y el placer no siempre están en contra del deber.

Alek me presentó a las otras dos mujeres —Marcel y Serena— que se acercaron a mí y me besaron la mano antes de que Sofía me reclamara rápidamente poniendo su brazo alrededor de mi cuello.

No tuve valor de empujarla porque vi que se sentía amenazada por las demás. Quizás Dasha fuera la hermana más fuerte y estaba acostumbrada a salirse con la suya, y esto podía explicar el atrevimiento de Sofía.

Alek se inclinó hasta la estantería y sirvió vino en dos copas de bronce, que nos acercó a Sofía y a mí.

—¡Por Toma! —gritó Alek, rescatando la suya de una mesa lateral.

Levantaron sus bebidas con una inclinación de cabeza y luego bebieron. El vino era rojo y seco, de una excelente variedad.

Cuando bajé mi copa, vi que me estaban mirando y sonriendo.

Yo sabía que debía comprometerles si quería ser yo quien dirigiera en vez de ellos a mí y recuperar el norte.

—Así que esto es lo que has encontrado, Alek —dije, contemplando la habitación que no me pareció tener otro propósito más que estar allí holgazaneando—. El éxtasis en las montañas con mujeres, vino, canciones y baile.

—¿A eso es a lo que nos has reducido? —preguntó Dasha—. ¿A objetos de deseo?

—¿Acaso no lo somos todos? —contesté, zafándome de Sofía. Coloqué mi copa sobre la mesa y me deslicé en una silla. Inmediatamente ella se puso detrás de mí, con las manos en mis hombros, masajeándome suavemente.

—Alek —dijo Dasha, torciendo los labios de forma juguetona— ayuda a tu amigo a entender quiénes somos.

—Son el modelo del amor. El latido del corazón, el toque de los labios. Son el don de Dios al mundo, para que ames como te gustaría ser amado, con un afecto intenso.

—Eso es lo que somos —recalcó Dasha—, el don de Dios al mundo.

Podía verlo de una forma extraña. Mi mente se escapaba hacia Lucine y quería que ella estuviera conmigo en aquel momento, allí, en aquella habitación. Solo quería abrazarla y decirle que la amaba y que moriría si ella no aprendía a amarme. Solo para cortejarla entregándome a servirla, besarla y a dar mi vida por ella.

—... ¿verdad Toma? —me dijo Sofía, pero yo me había perdido su pregunta. Me pregunté si la pesada fragancia a incienso especiado estaba nublando mi mente.

—¿Hmm?

—¡Claro que sí! —contestó Alek saltando por encima del respaldo del diván y aterrizando sobre los cojines—. ¿Quién en su sano juicio no querría? Siéntate aquí, Toma.

Dasha se unió a él y Sofía me tiró de la camisa, de modo que me puse en pie, rodeé el diván y me recliné allí. Tres sofás formaban una caja frente a la chimenea. Los otros se deslizaron por los respaldos de los sofás con la facilidad de gatos, metiendo sus piernas debajo del cuerpo o estirándolas, reposando los talones en la mesa que había entre nosotros.

Sofía se acurrucó contra mí y Dasha hizo lo mismo con Alek, con un brazo alrededor de su cuello, golpeando suavemente su mejilla. Las otras dos mujeres se apretaron contra Simion, una a cada lado.

—En realidad debería marcharme —dije.

—Bobadas —contestó Alek.

—Por favor, quédate un rato —ronroneó Sofía—. Si no lo haces por nuestro placer, hazlo por la realeza rusa.

—¿Realeza?

Se miraron unos a otros y Alek me lo aclaró.

—¿Es que no lo sabes? El duque forma parte de la familia real. ¿De dónde crees que viene todo esto? ¡Es un heredero en potencia al trono, Toma! Valerik es un hombre muy importante aquí.

Alek estaba encantado. Yo, horrorizado.

¿Realeza? ¡Desde luego esto no era lo que Catalina tenía en mente! Mi cabeza daba vueltas con aquella revelación. Esto rebajó mis humos de salvar a Lucine de un pretendiente que pudiera estar en conflicto con la emperatriz.

Si Vlad van Valerik era verdaderamente miembro de...

Pero la emperatriz no había especificado a ningún pretendiente en concreto. Hasta que lo hiciera, yo tenía derecho a mantener a raya a cualquier pretendiente que pudiera alterar la elección de Catalina. Que Vlad fuera de la familia real no significaba que fuera la persona con la que la emperatriz estaba tratando.

A pesar de todo, el hombre que yo consideraba un enemigo potencial estaba más ligado que yo mismo a la emperatriz a quien yo servía. De hecho, podría llegar el día en que fuese a *él* a quien yo tuviera que servir. Me había apresurado demasiado al emitir mi juicio.

Por otra parte, yo amaba a Lucine y no podía ya contener ese amor.

Pensé entonces que en verdad necesitaba saber más acerca de esos rusos. De modo que comencé a hacer preguntas, sencillas, solo para oírles hablar de sí mismos.

Habían venido de Rusia, pero antes de eso llegaron de todo el mundo y Vlad los reunió. Eran un conjunto de criaturas de ideas afines que valoraban el amor, la libertad, la búsqueda de la felicidad por encima del deber y el honor.

La riqueza de Vlad proporcionaba todo aquello. La mayor parte de sus suministros procedían del oeste, Valaquia y Transilvania, en grandes cargamentos semanales tirados por caballos atravesando el desfiladero.

La conversación se desarrollaba en tonos apagados, totalmente distintos del sonido que había incitado a Natasha en la sala de baile de arriba. Podía ver dónde Alek y Natasha encontraron distintos grupos, uno extasiado con una canción, los otros impregnados de un opiáceo que ralentizaba sus movimientos y los mantenía saciados.

Vivían los unos en el pozo de los ojos de los otros.

Jugaban los unos con el pelo de los otros de forma rutinaria, y pasaban los dedos sobre la piel como si no pudieran pensar más que en estar en contacto con otro ser humano. Sin la menor incitación, se inclinaban y besaban los labios o las orejas de sus amantes.

Tuve la clara percepción de que Dasha y sus amigos estaban tan ardientes de deseo que, de no haberse relajado con vino, habrían intentado devorarme. Sofía me había avisado sobre ellos.

Sin embargo, yo no sentía ninguna amenaza por parte de ellos. Todo lo que hacían empezaba a parecerme normal y darme la sensación de que realmente lo era. Después de todo, eran simples hombres y mujeres necesitados de amor y que amaban. Yo podía no estar de acuerdo con los arreglos que hacían entre ellos, pero desconocía la naturaleza de aquellas disposiciones y además no me importaban lo suficiente como para juzgarlas.

Alek se había entregado a Dasha en corazón y alma, y parecía encantado con demostrármelo. En lugar de sentir preocupación por él, me alegré de su gozo.

De haber querido, no habría podido mantener las manos de Sofía apartadas de mí. Era su costumbre. Empujarla habría sido como reprender a un cachorro por lamer mis dedos. Pero no se sobrepasó, conformándose con mantener sus dedos en mi pelo, y los brazos y los hombros en mi pecho.

Naturalmente, allí había peligro; solo un loco no se habría percatado de ello. Pero la amenaza era que yo podía dejarme atrapar por el vicio, no por cualquier daño que pretendieran hacerme.

Hablamos de Moldavia y de la ocupación, de la iglesia y de la guerra ruso-turca. Exigieron que les contara alguna conquista, cosa que hice a regañadientes. Luego quisieron otra historia, y otra, y todos quedaron bastante impresionados por mis habilidades en el campo de batalla.

Alek y yo acabábamos de contar una historia sobre nuestro tiempo en Lituania, donde tuvimos que refugiarnos en un harén para escapar a un ejército de infieles, cuando Dasha se puso en pie en medio de las risas y atravesó la habitación para dirigirse a la bodega donde se almacenaba el vino. Volvió trayendo una botella oscura que tenía una cuerda roja alrededor del cuello.

El cristal estaba sellado con el mismo emblema que yo había visto por todo el castillo, la imagen de esa extraña criatura que parecía un murciélago.

—¿Amigos, que podéis decir a Toma acerca del deber y el honor? —preguntó acercándose.

Simion volvió el cuello y besó la frente de su amante, sonriendo.

—Ese deber y honor son los esclavos del verdadero afecto, y no al revés.

Las palabras me golpearon como nudillos que tamborilearan sobre mi frente.

—¿De verdad?

—Así lo quiere Dios —dijo Dasha—. No somos máquinas creadas para trabajar, sino criaturas de amor, de emoción. Finalmente, todos entregamos nuestra lealtad solo a aquello por lo que sentimos un afecto verdadero. Nuestros sueños, esperanzas y deseos no nos conducen hacia nuestro deber, sino a un amo. A menos que sintamos un verdadero afecto por ese amo, ¿verdad?

En aquel momento, quizás por primera vez en mi vida, comprendí la certeza de lo que querían decir. A mí, igual que a ellos, me guiaba mi corazón y no el deber.

Miré a Alek y vi que sonreía.

—Es verdad —dijo—. Solo un necio lo negaría.

—¿Y cuando tu afecto se opone a tu deber? —pregunté.

—Seguir cualquier deber durante más de unos cuantos días o años es algo que requiere el deseo de hacerlo —dijo Simion—. Esta es su propia clase de afecto, el deseo de seguir un sistema. Pero al final, es nuestro corazón quien guía nuestras vidas.

No había pensado jamás en mi deber de esa forma. Para mí, este era un momento de epifanía que me hizo pensar en Lucine.

—¿Sabes. Toma? —dijo Dasha— Aquí tenemos tendencia a vivir de una forma extrema.

—¿Así es como lo llaman?

—Hacemos pactos de sangre. Nosotros debemos vivir, y hacerlo de verdad. Pero solo la sangre puede darnos vida. Córtese la muñeca, desángrese en el suelo y morirá. Sin sangre, el corazón no tiene nada que bombear, y se detiene.

Sangre.

—Sangre. El elemento vital. A pesar de ello, muchas almas que están vivas y respiran en esta tierra tienen un corazón marchito y unas venas encogidas. No tienen la sangre caliente ni fría. Sencillamente no tienen sangre.

Decía la verdad, aunque yo no estaba muy seguro de su figura retórica.

—¿No le parece? —me apremió.

—Sí —le contesté.

—Sin derramamiento de sangre no hay remisión, ¿no es eso lo que dicen los curas?

—Sí, algo parecido.

Dasha tiró del corcho de la botella y la abrió con un suave «pop».

—¿Se ha preguntado alguna vez por qué? —preguntó, quedándose allí de pie en espera de mi respuesta.

—No soy muy religioso —dije.

—¿Por qué se debía sacar sangre de las venas para limpiar las manchas de culpa incluso de los más justos? ¿Hmm? ¿Por qué bebió Cristo de aquella copa llamada muerte y se desangró por el mundo? ¿Nunca piensa usted en esas cosas?

—En algunas ocasiones, pero, como ya le he dicho, no soy tan religioso.

—Sangre —repitió ella. Levantó mi cáliz y volcó la botella mientras hablaba—. No se trata de una sustancia cualquiera, sino de la vida misma. Una vida por otra. La paga del pecado —Una espesa fuente de sangre se vertió en mi copa de bronce, pero ella levantó rápidamente la botella, dejando solo una pizca en el fondo—. Robar la vida de un alma para alimentar la lujuria de otra es muerte eterna para el ladrón, se lo puedo asegurar —dicho esto, agitó el vino—. Y la sangre es vida.

—A pesar de ello, no siento aquí ninguna falta de lujuria —afirmé.

—Ninguna falta, no. Llevamos a cabo la lujuria, pero no robamos el alma de los demás para alimentar ese exceso. No tomamos más que lo que se nos da libremente. No hay ni una pizca de infidelidad entre nuestro clan.

No tenía más remedio que creer en su palabra.

—Esa es la razón por la cual el vino es tan importante para nosotros. Representa la sangre. Tomen y beban «en memoria de mí»

—dijo sentándose a mi lado. Se sentó con las piernas a un lado sobre el sofá y se inclinó acercándose mucho a mí mientras olía la copa—. Este vino es una mezcla que hacemos nosotros. Es más espeso que la mayoría, casi tanto como la sangre que simboliza. Algunas veces incluso resulta fácil confundirlos.

¡Las sábanas de Natasha!

—Es lo suficientemente fuerte como para quemarle a uno la boca si se bebe demasiado y no se está acostumbrado a él —afirmó. La habitación se había ido quedando en un silencio sepulcral. Acercó la boca a mi oído y me habló muy bajito—. Solo lo compartimos con nuestros amantes más íntimos.

Luego me presentó la copa, como si me estuviera ofreciendo un tesoro.

Olía raro, no era un aroma frutal o ácido como la mayoría de los vinos. Era más bien rancio.

—Bébalo —me dijo.

Miré a Alek y vi que esperaba con ansiedad que yo lo probara. Me alentó haciéndome un gesto con la cabeza. Así que acerqué el cáliz a mis labios y bebí aquel vino.

Estaba tibio. Podría jurar que realmente sabía a sangre, con un leve toque de zumo de uva para cortarle el gusto. Pero no me repugnó.

No tomé más que un sorbo, y me limpié la boca con el dorso de la mano. Se me tiñó de un rojo sanguíneo. Dasha retiró la copa de mi mano, me empujó hacia atrás contra el diván y acercó sus labios a los míos.

Una lengua suave lamió mi labio inferior para probar lo que hubiera quedado en él. Su boca se quedó sobre la mía, y su aliento era más cálido que el vino. Comencé a levantar la mano para apartarla de mí.

—Es mío, Dasha —dijo Sofía.

Y fue suficiente. Dasha se retiró antes de que yo pudiera separarla. Sus ojos ardían y tenía la boca abierta. Se apartó de mi y se derrumbó sobre el diván junto a Simion.

Alek se inclinó hacia delante.

—¿Y bien?

Pero mis ojos se dirigieron a Dasha en primer lugar.

—No pretendo ser grosero, pero no soy su cáliz privado del cual pueda beber —le dije. Luego, mirando a Alek, contesté a su pregunta— Sabía un poco a podrido.

Él soltó una carcajada y se dio una palmada en la rodilla.

—¡Pues claro!

—¿Claro, qué?

—Los mejores vinos siempre tienen ese sabor.

¿De verdad?

Luego, todos se rieron. Incluso Dacha, a la que yo había reprendido. Y hasta yo mismo, aunque había sido quien le había llamado la atención.

De repente, el rostro de Dasha cambió. Se puso seria y me taladró con unos ojos furibundos.

—Beberé de quien me dé la gana —dijo.

No se oyó más que el sonido del silencio.

Luego volvió a reírse y todos los demás con ella, como si aquella hubiese sido una frase ridículamente divertida.

Fue en ese momento cuando sentí que mi cabeza empezaba a dar vueltas.

La habitación empezó a doblarse.

QUINCE

Lucine miró por la única ventana de la biblioteca redonda de Vlad van Valerik en la torre, perdida en sus pensamientos acerca de todo lo que Natasha le había contado, en parte porque buena medida de ello no tenía ningún sentido y en parte porque tenía todo el sentido del mundo.

Cuando oyó el relato de las noches que Natasha había pasado allí, su corazón se llenó de pesar. Una vez más se lo había perdido, aunque no fuera algo que le llamara la atención en circunstancias normales. ¿Qué era el éxtasis sino una invitación al libertinaje?

Sin embargo, en la descripción que Natasha hizo de la búsqueda incansable de placer de los rusos había mucho más, una especie de asombro y de misterio que nacía del verdadero amor, no el típico abuso de una parte para beneficio de la otra.

Se diría que Natasha había tropezado con el verdadero filón de la nobleza y no con un antro de vano engreimiento.

¿Podía ser bueno ese placer? Ellas eran Cantemir, por supuesto, conocidas por los bailes extravagantes y las celebraciones descaradas. A pesar de todo, comparadas con esos rusos quedaban al nivel de unas mojigatas.

Lucine había pasado media hora observando cómo Natasha giraba alrededor de la biblioteca mientras hablaba de Simion, de magia y de amor, ¡qué obsesión tan ridícula con el amor! Natasha tenía la curiosidad de un gato, brincaba por todas partes, se atrevía a tocar los cuadros, a oler las velas, a sentarse en el sillón de Valerik y a pasar sus dedos por el escritorio. Después de todo, allí era donde se sentaba Valerik. En realidad, el cuadro podía ser una pintura del propio Vlad. Era pintor, ¿lo sabría Lucine? Aquellos libros esconderían, con toda seguridad, los secretos de Vlad, cualesquiera que fuesen.

La habitación se había quedado en silencio. Se dio la vuelta y vio que estaba sola.

—¿Natasha?

Un estremecimiento de inquietud recorrió su cuerpo.

—¿Natasha?

—¡Shh!

Lucine se giró hacia su derecha y vio que la puerta que estaba en la parte trasera de la biblioteca se había abierto.

—¿Natasha? —dijo apresurándose hacia la puerta y atisbó desde allí.

Natasha estaba allí, a los pies de una gran cama con baldaquín, contemplando los muebles de un dormitorio suntuosamente decorado.

—¡Es su dormitorio! —susurró—. ¡Él duerme aquí!

Sobre el suelo de madera, debajo de los pies de Natasha, se extendía la piel de un gran oso. Pasó los dedos sobre una colcha de seda de color vino tinto. En las paredes circulares, colgaban más retratos, perfectamente espaciados unos de otros y en un orden impecable. Elaboradas cortinas de rojo terciopelo que colgaban desde el techo hasta el suelo enmarcaban cada cuadro. Había altos candeleros dorados con una docena de velas encendidas a ambos lados de la cama.

Lucine estaba segura de haber entrado al dormitorio de un rey. Era absolutamente espléndido.

—¿Habías estado aquí antes?

—Nunca —respondió Natasha, dándose la vuelta—. Pero, dime, ¿no sería maravilloso?

—No podría contestar a eso.

—Entonces, escúchalo de mi boca, Lucine. No habría mayor honor, placer más excelente ni nada tan embriagador como pasar una noche a solas con este rey.

—¿Así que ahora es un rey? —lo dijo como manteniéndose ella misma alejada de aquella idea, pero también para darle un tono de seriedad a su pregunta.

—¿Es que no has prestado atención a lo que he dicho? Un rey, un emperador ¿cuál es la diferencia? Este lugar me atrae como la sangre misma.

—¿Sangre?

—La vida. Es nuestra forma de referirnos a la vida.

—Vino. Sangre. Vida. Y ahora es *nuestra* forma, no la de ellos. Por muy inocente que pueda ser todo esto, tú has ido demasiado lejos. Seguramente te habrás percatado de ello.

Su hermana ignoró el reto.

—Stefan y yo nos vamos a casar —dijo.

Lucine no estaba muy segura de haber oído bien.

—¿Qué quieres decir?

—Quiero decir que vamos a celebrar nuestra boda. Me voy a quedar con él.

—Pero... —balbuceó. La idea la horrorizaba. Madre se enfurecería.

Natasha salvó la distancia entre ellas en dos zancadas.

—Es un lazo con la realeza, Lucine. Madre estará encantada.

—Acabas de hablar de echarte en los brazos de Vlad, pero tienes planes de casarte con ese... —se calló de repente—. ¿Has dicho Stefan? Pero si le mataron.

Natasha recobró la compostura.

—Bueno, no exactamente. No estaba tan muerto como todos pensamos.

—¿Cómo puede ser?

—Ya lo entenderás. No te preocupes por ello, Lucine. ¡Tienes que unirte a mí! Debemos unirnos a ellos a la vez. Tú con Vlad y yo con Stefan. Madre estaría eufórica, ya sabes cuánto ama a Moldavia. ¡Sería un emparejamiento como bajado del cielo!

—¡No, por favor! ¡Estás yendo demasiado rápido! Ni siquiera le he permitido a ese hombre que me corteje. Sé tan poco sobre él —al pronunciar estas palabras, abrió los brazos señalando las paredes—, sobre todo esto.

Se mareaba solo de pensar en ello.

—¡Tengo que hablar con Toma!

—¿Toma? ¿Qué tiene él que ver en todo esto?

—Ahora, él es la voz de la razón en mi cabeza. Tú y Alek estáis locos y, por todo lo que estoy sabiendo, medio hechizados.

Difícilmente podría sentirse madre mejor. Por favor, tenemos que encontrarle y dilucidar todo esto.

—No hay nada que dilucidar. O deseas a Vlad o no. Y Toma no está a la altura de Vlad en nada. Ni siquiera puedo creer que pienses en él.

—¡Ha jurado protegernos!

—¡No es más que un sirviente!

—Es el más razonable.

—Está a merced de otra.

Otra vez esa zorra. Y, al recordarlo, le produjo un dolor mayor del que hubiera pensado.

—Entonces, demuéstramelo. Muéstrame que Toma está de acuerdo con esto y yo lo reconsideraré todo.

Natasha la miró detenidamente, luego echó un último vistazo a la habitación y suspiró.

—Está bien, sígueme, querida hermana.

Sabía que algo no iba bien con mis sentidos, pero la naturaleza de la embriaguez de aquel vino era tal que difícilmente me podía sobreponer a la presión de disfrutarlo.

No... no, era mucho más que todo eso.

Estaba bastante seguro de que en aquella copa, de la que yo había bebido, había algo más que vino. La sensación de éxtasis que me embargaba era como una sorpresa placentera a pesar de que yo supiera que ese estado de desvinculación que yo sentía no podía ser totalmente sano.

Pero cuando mi mundo empezó a doblarse, anhelé que lo hiciera más aún.

Conseguí ponerme de pie.

—Alek, creo que debería irme ya —dije.

—¿Tan pronto?

—Creo que estoy viendo cosas.

Al oír esto, nadie dijo nada.

Sofía estaba de pie y yo podía oír cómo me susurraba al oído.

—No te eches atrás, querido Toma. Aceptar el amor te ayudará.

Aparte de doblar mi mundo, la bebida liberó mi corazón y soltó mi lengua. Las limitaciones cayeron de mí como cadenas cortadas.

—Sofía, estoy enamorado de otra mujer —dije. Las lágrimas acudieron a mis ojos.

—Sí, pero no estamos hechos para una sola persona.

—No lo entiendes —grité—. Es que no se lo he dicho. Estoy atado por un juramento a mi emperatriz, Catalina. No me he permitido amar de la forma en que mi corazón anhela hacerlo. ¡Pero la amo! ¡Y el mundo se me escapa ahora, doblándose y retorciéndose, yéndose de mí porque he mentido!

—No, Toma —oí decir a Dasha—. Tu mundo se está doblando ante el poder de la sangre.

—¿Bebí de tu sangre?

—No, de la mía no.

Me dirigí hacia la chimenea y me puse frente a ellos, mirándolos. Me sentía embargado por la emoción y las lágrimas humedecían mis mejillas.

—¡Pero amo a Lucine, Alek! Y no se lo he dicho.

De un salto, se puso de pie y corrió hacia mí. Me envolvió con sus brazos.

—¡No te preocupes, Toma! —mi hombre lloraba conmigo—. Todo está bien y ella lo sabe.

—¡No se lo he dicho! —grité.

—¡Pero ella lo ha visto en tus ojos!

—Yo lo negué.

—Ella lo sabe, Toma.

—Mi corazón se hace pedazos cuando la veo, porque estoy atado por el deber y no puedo decirle lo que siento.

Me quedé allí, bramando como un buey, totalmente convencido de que debía volver a ella, que tenía que confesar mi inmutable devoción por ella.

—¡La amo, Alek! —dije, y estas palabras me decepcionaron por completo—. Moriré si...

En ese momento me moví, empujándole y dirigiéndome a grandes zancadas hacia la puerta, a través de la biblioteca, hasta el túnel y, de allí, hacia la entrada. Las lágrimas caían por mis mejillas mientras caminaba dando largos pasos. El pasillo seguía doblándose delante de mí.

Nadie hizo el ademán de detenerme, pero estaban junto a mí, detrás de mí, como una manada de lobos. Podía sentir su aliento y sus ojos en mí.

—Deja que te posea, Toma —dijo Sofía—. Deja que esta sangre te posea.

Empecé a correr, andando de una manera que amenazaba con lanzarme al suelo o contra las paredes. Pero controlé mis piernas y seguí corriendo, bajando por aquel pasillo hasta el atrio exterior, a través de la puerta y desde allí a las escalera que subía haciendo una curva hasta arriba.

Cuando llegué a la planta superior, aquella sangre de la que ellos hablaban me había conducido a mis instintos más básicos.

—¿Dónde está la salida? —pregunté, perdido y sin poder orientarme.

—Más allá, Toma. Cruza las puertas.

Tomé aire y atravesé aquellas puertas hasta llegar a otra habitación. Era la misma en la que estaban los demás una hora antes y que ahora estaba vacía.

Pero no había llegado a la mitad de la habitación cuando mi mente empezó a nublarse y olvidé adónde iba. Me detuve junto a un diván y empecé a llorar.

Unos brazos me rodearon, alguien me susurraba al oído: «Te amo, Toma»

No oía más que a Lucine, aunque puedo decir que sabía que no era ella. Sabía que se trataba de Sofía.

Me dejé caer pesadamente, abrazado por un amor cálido como no había conocido nunca antes. Sentí cómo unos dedos desabrochaban mi camisa. Unos labios se posaron sobre mi cuello y mi rostro.

—Ahora estoy aquí, Toma.

Luego, se me fue la vista y me dejé ir.

La habitación se oscureció.

—¿Adónde vamos? —preguntó Lucine.

—A buscar a tu precioso Toma —contestó Natasha.

—¿Sabes dónde está?

—No. Pero está aquí en algún lugar, eso te lo puedo prometer.

Cruzaron el gran salón de baile, vacío de todo ser humano. La extensión y la belleza de este castillo eran suficientes para llamar la atención de cualquier arquitecto y hacer que un gobernante arqueara la ceja al saber que otra autoridad vivía aquí.

—¿Y qué pasa si se ha ido? —preguntó Lucine.

—Nadie se va de aquí tan rápido. No acabas de enterarte de lo poderoso que es Vlad, hermana, de lo irresistible que puede llegar a ser el amor.

Y tú no te enteras de lo fuerte que es Toma, hermana.

Pero no lo dijo. En lugar de ello, se preguntó qué había en Toma que la hubiera convencido de su fuerza. Quizás porque no era ninguna necia y sabía, incluso por sus miradas a hurtadillas, por escapar a las tareas frívolas, por su silencio en su presencia, sabía que él la amaba. Esto solo podía significar que su rechazo en demostrar ese amor venía de su lealtad por su deber.

Pero podía equivocarse.

—Por lo que sé, está en los túneles con Sofía y Dasha —dijo Natasha, inclinándose hacia una puerta que la condujo a la parte trasera del salón de baile. La empujó—. Pero está aquí, en algún lugar. Puedo prometerte que...

Se calló.

Lucine dio un paso hacia su hermana.

—¿De qué se trata?

Luego lo vio.

Toma.

Supo de inmediato que era él, allí tumbado sobre un diván, con la camisa medio desabrochada y la cabeza sobre el regazo de aquella zorra, Sofía. Vio la verdad, pero hizo caso omiso. Lo que veía no estaba de acuerdo con lo que ella pensaba de él.

Estaban solos en el diván, bañados por el suave resplandor naranja de las velas. Sofía alzó la mirada y clavó los ojos en ella mientras pasaba sus dedos por el pelo de Toma.

—Es mío —susurró.

La rabia ardió en Lucine al oír aquellas palabras. Eran unos celos locos, una absoluta vergüenza.

Se había equivocado con él.

Había establecido un nivel para Toma y ahora se hacía pedazos como una araña de cristal que se soltara de su cadena. Miles de añicos la atravesaron.

¡Se había equivocado! Todo había sido un error.

Lucine se dio la vuelta y corrió, aterrorizada por la confusión y el dolor que la apuñalaban.

—¡Lucine! ¿Adónde vas?

No le salía la voz. La puerta se abrió de par en par bajo su mano. Se tambaleó al cruzar el atrio exterior y abrió la puerta de salida de un empujón.

—¡Intenté decírtelo, hermana! —gritó Natasha.

Luego, Lucine huyó en medio de la noche.

DIECISEIS

El calor reposaba en mi rostro. Era como la lengua caliente de una bestia. Su respiración estaba en mi cuello y mi oreja.

Te amo, Toma.

Los dedos me acariciaban la barbilla, la boca. Unos dientes agarraban mis labios con delicadeza. Luego un escozor, el más pequeño de todos, que me hizo anhelar un corte más profundo.

Los dientes se apretaron. El dolor me atravesó.

Mis ojos se abrieron de repente.

No había ninguna bestia. Tampoco una mujer. Durante aquel primer latido de corazón contra mi pecho, sentí un profundo desencanto. Luego se disipó y me levanté de golpe.

Estaba en mi dormitorio en la hacienda de los Cantemir. Los rayos calientes del sol penetraban en la habitación. Yo estaba mojado de sudor. Aquella respiración que yo había imaginado era una brisa cálida que entraba por la puerta abierta del balcón.

Mi sueño era salvaje y aterrador, pero ya se me habían olvidado los detalles. ¿Había dormido hasta tan tarde? Una cálida brisa me decía que el sol ya había calentado el aire.

Saqué las piernas por un lado de la cama y descubrí que seguía vestido. No tenía el chaleco puesto y mi camisa estaba desgarrada. Llevaba los pantalones y las botas puestos. No era capaz de recordar cómo había llegado a la cama.

Lo último que recordaba era...

Los detalles de mi noche en Castile inundaron mi mente. El salón de baile, el salto aéreo de Natasha, mi bajada a la mazmorra. Dasha y Alek sonriéndome.

Aquel trago de sangre que me quemó la boca y la garganta. ¿O quizás se trataba de un elixir destilado con vino?

La suave voz de Dasha susurraba en mi mente: *¿Sabes por qué hay que sacar la sangre de las venas para limpiar las manchas de culpa incluso del más justo, Toma?*

Nada de todo aquello tenía sentido. Pero aún había más. Había dejado escapar mi amor por Lucine.

Lucine.

El corazón me estallaba ahora; corrí por la habitación y saqué una camisa limpia y un chaleco. Los mismos pantalones tendrían que valer. Quizás todo había sido un sueño, pensé. A lo mejor me lo había imaginado todo en mi sueño, llevado por la vergüenza que sentía por amar a Lucine y no confesarlo ante el mundo.

Pero si todo era real, entonces tenía que cambiar mi forma de pensar. De la realeza o no, Vlad era una bestia que haría daño a Lucine. Mi amor por ella había encontrado un nuevo camino: se lo confesaría todo y me aseguraría de que no cayera en las garras de ese monstruo. La emperatriz tendría que entender mis acciones o castigarme por ellas, pero ya no podía quedarme plantado sin seguir a mi corazón.

Fuera, el sol ya había pasado la hora del medio día.

Corrí a la habitación de Alek, metiéndome todavía la camisa dentro de los pantalones mientras caminaba. Su puerta estaba reventada, así es que irrumpí en su habitación sin llamar.

—¡Alek!

La cama estaba hecha. Quizás la doncella ya la hubiera limpiado. O a lo mejor no había dormido allí.

Me di la vuelta y atravesé la hacienda a grandes zancadas. Lucine, Natasha, Alek y Kesia debían estar en la sala principal. Pero no era así. Allí solo estaba la doncella, quitando el polvo de los cuadros.

Entonces en el comedor.

—¿Dónde están? —troné. Mi voz fue lo suficientemente fuerte como para impresionar a la doncella, de modo que corrí al comedor para comprobar por mí mismo.

Kesia estaba sentada a la mesa y se servía una taza de té mientras canturreaba. ¡Qué dulce alivio! Alzó la mirada y sonrió.

—Bueno, bueno. Mira quién ha salido a la fuerza de su sueño. Iba a comprobar que no se hubiese marchado corriendo a Rusia con su hombre.

—¿Dónde están?

Se sirvió una segunda taza.

—Siéntese, Toma. Relájese.

Crucé la habitación hasta llegar a la mesa.

—¿Dónde están los demás?

—¿Té?

—Señora, por favor. Debo saberlo. ¿Dónde está Lucine?

—Ah, Lucine —dijo y por su sonrisa condescendiente supe que no todo podía ir bien—. Siempre Lucine. Siéntese, por favor, mi fornido guerrero.

No me gustó su tono. Pero ella seguía siendo mi deber y no podía rechazarla. De modo que hice un esfuerzo y me senté para tomar un sorbo de la taza que me había servido. Mis dedos no estaban completamente quietos. Retiré la mano.

—Debería encontrar a Alek.

—Sí, debería. Pero dudo mucho que lo encuentre aquí. Me han dicho que tanto él como Natasha han pasado la noche en el castillo Castile.

Así que al menos esa parte de mi memoria no era un sueño. Tenía que regresar allí inmediatamente y traer a mi hombre. Seguramente le habrían hechizado con el vino de sangre que yo había probado.

—¿No le molesta que su hija pase la noche en casa de un extraño, en contra de sus más firmes instancias? Por favor, señora, tiene que permitirme que haga mi trabajo. ¿Dígame cómo sabe eso?

—Me lo ha dicho Vlad.

—¿Vlad?

—Sí, ese miembro de la realeza que se acaba de marchar hará una media hora.

—¿Ha estado aquí? —dije asombrado.

—Sí, toda la mañana. Él y Lucine se han ido en el carruaje a hacer un picnic.

Me puse en pie bruscamente.

—¿Lucine se ha ido con él?

Me miró arqueando la ceja.

—¿Acaso no hablo claro, Toma?

—¿Ella... Lucine es *partidaria* de todo esto?

—Por supuesto que sí. El duque parece empeñado en ella y, al parecer, el corazón de Lucine ha cambiado con respecto a él. Le ha concedido el derecho a cortejarla —me contestó, dando un sorbo a su taza—. De modo que ahora él es responsable de ella y no usted. Creo que la emperatriz lo aprobará, ¿no le parece?

—¡Pero es un hombre peligroso! —exclamé mientras caminaba de un lado a otro, desgarrado por aquellas terribles noticias—. ¿Han perdido la cabeza todos ustedes?

—Es un caballero perfectamente respetable, señor. Además, usted no se le puede comparar. Y Lucine no le pertenece a usted. Ella pertenece a su madre y a ella misma. Por favor, recuerde esto antes de reprendernos.

Ella no podía saber lo que yo conocía y yo no tenía paciencia para persuadirla del peligro. Me di la vuelta y me dispuse a salir del comedor.

—¿Adónde va, Toma? —preguntó Kesia con un tono demasiado indiferente.

—A supervisar mi deber —contesté.

Me tomó solo unos minutos enterarme, a través de los centinelas, en qué dirección había ido el carruaje y salí en su busca, montado en mi semental. Me di cuenta de que me había dejado mi pistola —en realidad no estaba muy seguro de dónde la tenía—, pero no tenía paciencia para volver a buscar un arma. Pensé que la violencia no sería un problema en aquel momento.

La verdadera preocupación era tener la cabeza en su sitio. Cuando uno perdía la cabeza, perdía su camino, como casi me ocurre a mí, aunque solo fuera por una noche. Mientras Lucine estuviera a mi cargo, no podía permitir que no estuviera a salvo.

Por otra parte, el duque no representaba una amenaza directa para Lucine. Además estaba la carta de la emperatriz, que podía leerse a favor o en contra de este. Quizás el único peligro fuera una amenaza a su virtud.

O a mi propio amor por ella.

Aparté este pensamiento de mi mente y galopé con fuerza porque ya no me importaba. Al confesar mi amor por Lucine a los rusos la noche anterior, me di cuenta de lo mucho que necesitaba admitir lo mismo ante Lucine.

Ahora, ella estaba con ese miembro de la realeza, ¡y sin saber de mi amor por ella! ¡Cómo me odiaba a mí mismo!

Muy pronto hallé el carruaje debajo de una arboleda, junto al camino. Tiré de las riendas de mi caballo. No había señal de Lucine o de Valerik, solo del cochero. Habían traído caballos.

Viré y me salí del camino, y describí un círculo hacia el sur, manteniendo los ojos en los árboles, donde seguramente habría llevado a Lucine para estar a solas con ella. Solo de pensarlo...

Han ido al claro, pensé. Lo había visto cuando deambulaba por aquel bosque mientras exploraba cualquier posible aproximación de un enemigo invisible, sin llegar a imaginar jamás que el enemigo ya había estado en la casa la noche de nuestra llegada.

Me dirigí directamente hacia allí, haciendo más ruido del que me convenía, pero no pretendía llegar como un fantasma. Ya había sido un espíritu en el mundo de ella durante demasiados días.

Entonces oí esa risa baja y arrolladora y cambié de opinión. Estaban allí, en el claro, como yo pensaba. Por lo visto, al menos Valerik estaba disfrutando.

¿Y si yo me había equivocado con ella? No podía irrumpir allí y confesar mi amor si ella se estaba riendo con él. En primer lugar tenía que definir su disposición y luego dar un paso adelante cuando Valerik mostrara su verdadera naturaleza.

Até mi caballo a un tocón y me acerqué sigilosamente de un árbol a otro. Mi perspectiva del claro se abrió cuando rodeé un tronco especialmente grande, me puse a la sombra y lentamente fui observando a mi alrededor.

Los caballos pastaban en la hierba, por allí cerca. Valerik, vestido de negro, caminaba junto a ella con las manos en la espalda; era la viva imagen de un caballero.

Lucine llevaba un vestido color azul bebé, como cortado del mismo cielo. Un sombrero blanco protegía su cabeza del sol. Era un simple paseo sin indicio alguno de peligro.

De repente, el duque volvió a reír, tomó su mano y la besó.

Yo no podía apartar los ojos de aquella imagen. Le estaba besando la mano... Aquel monstruo estaba poniendo sus labios sobre la mano de ella, que no la retiraba como le apetecería hacerlo. Casi me precipito sobre ellos para detener esta evidente infracción. Pero, mientras observaba, mi indignación se convirtió en horror.

Vlad van Valerik la acercó a sí, se inclinó y susurró algo en su oído. Ella soltó una risita ahogada.

¡No le abofeteó, solo se rió suavemente!

Luego él la besó en la mejilla y siguieron caminando.

¡Ella no le dio una bofetada, sino que siguió caminando!

Me eché hacia atrás, sin poder apenas respirar. Mi cabeza estaba a punto de estallar. Nuevos pensamientos irrumpían con fuerza en mi cabeza, ideas locas que podían hacer que me encerraran si las hubiese pronunciado en voz alta. Quería matarle, o encontrar una forma de desterrarle de Moldavia. Deseaba retarle a un duelo, romperle las piernas, hacer que un árbol cayera sobre su cabeza.

Pero no perdí la cabeza, me aparté de aquel árbol grande y fui apresuradamente hasta mi caballo. La única forma de abordar esto era dejar a Vlad en evidencia por sus intenciones menos que honorables, cualesquiera que estas fueran, y exponer mi propio amor frente a Lucine. ¡Pero no podía hacerlo allí, como un loco, mientras ella brincaba junto a él!

Ya había cavado mi propia tumba aquí al poner el deber por encima del amor durante demasiado tiempo; no yacería en ella tan rápido.

Dejé pasar casi una hora hasta volver a la hacienda, manteniéndome siempre en la parte más alta del terreno con el fin de poder ver cuándo regresaba el negro carruaje. Pero ellos no parecían tener prisa y cada minuto que pasaba daba paso a nuevas ideas acerca de lo que él le podría estar haciendo. Las preguntas se amontonaban en mi mente.

¿Por qué habían ido en un carruaje y no a caballo?

¿Por qué habían dejado el carruaje una vez en el bosque?

¿Por qué se habían ido de la hacienda, cuando allí había muchas habitaciones con mesas para tomar el té?

¿Por qué le había concedido Lucine el derecho a cortejarla?

Y estas preguntas solo eran las más obvias. Había muchas más que tenían muy poco que ver con el sentido común, temas en los que había pensado rara vez, como por ejemplo el tipo de perfume que usaba aquella bestia.

En más de una ocasión estuve a punto de volver atrás para comprobar cómo se encontraba ella, pero me reprendí a mí mismo y apresuré el paso.

El sol se dirigía ya hacia la parte trasera de los imponentes picos Cárpatos cuando entré en la casa y ellos no habían regresado aún. Sin poder contenerme ya, fui directamente en busca de señora Kesia, que estaba en su sala de estar.

Estaba canturreando.

—¡Toma! Ha regresado. ¿Los encontró y destrozó sus sueños?

Caminé de un lado a otro, destrozado.

—¿Sí? —insistió—. ¿Se encuentra en peligro mortal?

—Más de lo que usted podría imaginar.

—Entonces, ¿la ha atacado? ¿Se ha propasado con ella en el bosque?

Me estaba tomando el pelo y yo no tenía paciencia para soportarlo.

—Debo decirle algo, pero tengo que pedirle que jure guardarme el secreto —le dije. Tenía que decírselo a alguien.

—Aquí no guardamos ningún secreto.

—¡Aquí hay demasiados secretos! Le ruego que no diga una palabra de lo que voy a decirle.

—¡Oh, qué delicia! El hombre fuerte confiesa. Lo juro.

Por un momento consideré la posibilidad de huir antes de abrir la boca y arruinar mi vida. Pero me apremiaba la necesidad de despojarme de aquella carga.

—Estoy enamorado de Lucine —dije, y me tembló la voz.

—¿Sí? ¿Pero cuál es su secreto?

—¡Estoy loco por ella!

Ella se limitó a mirarme. Ya lo había hecho, de modo que lo conté todo.

—Me enamoré desde que la vi la primera noche. Ella es mi amor eterno. No puedo apartarla de mi mente. No puedo dormir ni comer. No soy capaz de cumplir con mi deber. Soy su esclavo.

Creí que al pronunciar aquellas palabras me iba a echar a llorar, por eso no dije nada más.

—¿De veras?

Había dicho demasiado.

—Entonces es usted un loco, Toma.

—Un completo idiota —añadí yo.

—¿Qué clase de hombre no dice a la mujer que ama que siente un profundo afecto hacia ella?

—Un hombre que está atado por el deber y por una orden.

—El hombre que antepone el deber al amor es un necio.

—Entonces soy un necio.

Me quedé allí de pie, mirando a Kesia, que estaba sentada mirándome fijamente. Por un momento pensé que había encontrado una amiga que podría ayudarme.

—¿Qué piensa hacer con esos sentimientos? —me preguntó.

—Si no puedo jurar mi amor por ella, moriré. De modo que voy a abandonar mi deber.

Ella suspiró, se levantó y cruzó la distancia hasta una botella de vino.

—Es demasiado tarde para eso.

—La vi en el bosque, con él. Y no pude soportar aquella visión. Esto no es algo que podamos tomar a la ligera durante más tiempo. ¡Estoy fuera de mí con todo esto!

—Si se la hubiese ganado antes, ella no habría considerado al duque.

—¡Pero estaba atado por el deber! —troné.

Ella me miró con el vaso en la mano.

—Entonces, vuelva a atarse, Toma. Ella ya se ha decidido por el duque y ahora usted está en inferioridad.

—Será ella quien lo decida —insistí mientras me acercaba, señalando con mis dedos al oeste para recalcar lo que decía—. Estuve allí anoche y descubrí que es un lugar muy peligroso.

—Cuénteme.

—¡Allí hacen hechizos! Beben sangre. Se embriagan de obscenidad.

—Suena divertido. Yo pensaba que usted no creía ni en Dios ni en el diablo.

—Esto es peor que todo eso. Me temo que sus hijas corren un peligro mortal allí.

—¡Vamos, Toma, por favor! Esto viene del hombre que está rabioso por los celos. Es normal que usted vea al duque como un diablo. ¡Acaba de robarle a su novia!

Me estaba volviendo loco con su calculada retórica. Su lógica era demasiado persuasiva para mi gusto.

—Diga usted lo que quiera, yo solo sé una cosa —dije—. Le confesaré lo que hay en mi corazón y dejaré que se derrumbe el firmamento si así tiene que ser. Ya no puedo vivir conmigo mismo si no lo hago.

—Ya se lo he dicho, Toma, llega usted demasiado tarde.

—Y yo le he dicho que será ella quien decida cuando yo se lo haya dicho.

—Pero es que dudo mucho de que usted le hable de su amor.

—¿Qué quiere decir con eso?

—Me refiero a que es posible que Lucine se haya marchado.

—¿Marchado adónde?

—El duque la ha invitado a cenar esta noche. Me dijo que si no volvía para las ocho sería que había decidido ir con él al castillo Castile.

Sentí cómo se retiraba la sangre de mi rostro.

Kesia sonrió.

—Yo creo que irá. Ya ve, amigo mío, no le dirá usted nada, al menos por esta noche.

DIECISIETE

Todo había pasado tan deprisa que a Lucine le costaba creer que estaba allí, en el castillo Castile, y que estaba siendo cortejada.

La noche anterior había sido de pesadilla, al menos como ella las imaginaba. Sin embargo, al haber atravesado aquel valle de muerte, solo encontró una nueva vida.

—Un brindis, amigos míos —dijo Vlad, poniéndose en pie con su vaso en la mano.

Estaban sentados alrededor de una larga mesa de madera ribeteada de pan de oro. Vlad se encontraba a la cabecera de la misma, ella estaba a su derecha y Alek, Simion y Stefan del otro lado de todo el despliegue de comida. Cerdo, ternera, zanahorias, patatas rojas y cebollas caramelizadas con sus guarniciones correspondientes, en bandejas de oro, colocadas entre grandes velas blancas. Junto a Lucine, Natasha y las dos hermanas, Dasha y Sofía.

Todos se pusieron en pie, pero, cuando Lucine levantó su vaso para levantarse, Vlad puso la mano sobre su hombro.

—No, mi reina. Te estamos honrando a ti.

Toda aquella atención hizo que se sintiera incómoda y su rostro se ruborizó de desconfianza. Pero no podía negar que apreciaba el honor del que la hacían objeto. Nunca le habían mostrado tan elevado respeto.

—Por la mujer que, al considerar mi devoción por ella, hace que mi mundo gire alrededor de un nuevo eje —dijo Vlad.

—Por la mujer —exclamaron todos. Y bebieron.

—Por la sangre —añadió Vlad.

—Por la sangre —dicho esto, volvieron a beber y luego se sentaron.

La sangre, que era vino, ocupaba un lugar central en todos los temas de conversación de Vlad. Ella no había oído jamás palabras tan poéticas como las que él pronunciaba. Era romántico hasta la médula, como Natasha había dicho.

La noche anterior, ella se había dado prisa en salir del castillo, maldiciendo su propia vergüenza por aferrarse a un ideal que le había fallado. Se había derrumbado en su cama y había llorado hasta quedarse dormida.

Cuando se despertó, decidió abrazar un nuevo tipo de amor, libre de las restricciones del convencionalismo que la había estado atando durante tanto tiempo. Ya no sería la mojigata de las gemelas, reservada y recatada, mientras el resto del mundo hallaba satisfacción en el abandono.

Pero no había asociado ese nuevo tipo de amor directamente con Vlad van Valerik. Su presencia había inquietado sus sueños y no podía negar que los acontecimientos de aquella noche habían cambiado la impresión que tenía sobre él.

Fue madre quien mandó llamar al duque, según supo Lucine más tarde. Cuando este apareció a media mañana y se inclinó ante ellas, supo que tenía que considerar su ofrecimiento de cortejarla. Eso no significaba que la relación llegara a ningún sitio, pero no podía seguir rechazando oportunidades mientras esperaba que llegara el pretendiente perfecto.

Si Natasha era una entusiasta del amor de ese hombre, ella debería reconsiderarlo.

Así que fue con Vlad al bosque y allí él le habló como un verdadero caballero, siempre considerado, lleno de ingenio. Y hermoso. Tan bello como Toma, que estaría en su habitación durmiendo la resaca de su desenfreno.

Cuando Vlad le preguntó si había decidido unirse a él para cenar aquella noche, se sorprendió a sí misma contestando enseguida: «Sí». Además, había añadido: «Me encantaría».

Él le había besado la mano y la mejilla. Todavía sentía aquellos labios sobre su piel.

Cuando mandaron llamar a Natasha, esta echó los brazos al cuello de su hermana.

—¡Oh, Lucine! Ya me he enterado —había exclamado y, conteniendo inmediatamente su entusiasmo, había hecho una inclinación de cabeza al duque, tomó su mano y la besó—. Gracias, señor. Gracias.

Luego había empezado a ir de un lado a otro, agarrándose del brazo de Stefan y, en general, había demostrado que estaba encantada por el regreso de Lucine.

—¿Qué te dije, Lucine? ¿Qué te dije?

Acompañaron a Lucine al salón principal donde esperaban sesenta o setenta del aquelarre. Todos se pusieron en pie mientras Vlad caminaba con Lucine agarrada a su brazo y, todos a una, se inclinaron.

—Ahora la veis, tal y como yo os dije —declaró Vlad, y su voz los hizo entrar en trance—. Ella es mía y el castillo es suyo.

Ellos la miraron fijamente, con ojos oscuros ribeteados de gris, una visión asombrosa causada por la variedad del vino, dijo Vlad. Al sol, sus propios ojos parecían de un marrón dorado, pero allí, bajo aquella luz tenue, también eran oscuros.

Sus compañeros se inclinaron cuando ella volvió a salir de la habitación, seguida de Natasha y de los demás que ahora se sentaban a la mesa del banquete, los lugartenientes de Vlad. No se molestó en preguntar por qué utilizaban rangos si solo eran simples aristócratas. Estos rusos se referían a todo en términos poéticos. Reina, sangre, aquelarre... todo se decía con un toque poco convencional.

Incluso la forma de vestirse era sensual y una declaración atrevida de exclusividad. *Estamos por encima de todo y nos sentimos orgullosos de ello. Somos de la realeza.*

Sintió que llamaba la atención con su vestido azul, como una monja en un baile.

Dos criados sirvieron el banquete, en silencio. Miraban fijamente a Lucine, pero no se dijo ni una sola palabra. Las miradas desconcertantes de su primera cena con los rusos le parecían ahora inquietantemente hermosas. Le resultó difícil mantener los ojos apartados de ellos también.

Esperaba que Alek y Natasha estuviesen más comunicativos, pero ambos parecían representar el papel que su anfitrión les había encomendado. Había algo en su estado que seguía molestando a Lucine —su mirada y el rostro tan pálido—, pero con tanto vino y durmiendo tan poco eso no resultaba difícil de entender. Se habían entregado a esos rusos. Demasiado. Lucine tendría que tomarlos aparte y hablar...

Pero no. Aquello ya era el pasado. No sería una aguafiestas.

—¡Entonces, comed! —dijo Vlad, haciendo chasquear su servilleta contra la mesa—. ¡Bebed! Y sobre todo, amad.

Dijo esto con los ojos puestos en Lucine, y ella sintió cómo le subía el calor a las mejillas.

—¡Por el amor! —dijo Stefan. Y volvieron a brindar. Lucine observó a Simion que bebía sin apartar los ojos de ella. Cuando volvió a mirar a Vlad, su silla estaba vacía. Estaba detrás de ella, y tenía su mano caliente sobre su hombro. Le pasó un dedo por el cuello y le susurró al oído.

—Esta noche te pertenece, Lucine. Cualquier cosa que desees. Soy tu siervo —dijo levantando el vaso de ella desde atrás y sirviéndole un sorbo de vino.

Ella se sintió avergonzada por la extraordinaria atención que él le prestaba y, al mismo tiempo, encantada. El dedo de él siguió hasta llegar a su mejilla, luego se dirigió hacia una gran ventana cubierta por cortinas de terciopelo púrpura. Agarró las cortinas con ambas manos y las abrió de golpe para mostrar la noche.

Vlad se quedó allí, de espaldas a todos ellos, con los brazos abiertos sobre las cortinas. Su traje negro era largo, hasta las rodillas, y lo llevaba recogido en el centro de su espalda por una hebilla de bronce. Soltó las cortinas, agarró su abrigo por el cuello y se lo quitó, echándolo sobre una silla.

Lucine pensó que era un espécimen magnífico. Podía notar la fuerza de sus hombros a través de su camisa.

Vlad habló, mirando hacia la noche.

—Por algunas clases de amor merece la pena esperar mil años —afirmó, volviéndose, y sus ojos chispeaban de picardía—. Me temo que he perdido el apetito por esta comida mortal —dijo. Se le veía absolutamente radiante. En un momento, ya estaba sentado de nuevo—. De todos modos, voy a comer con vosotros. Me han dicho que la ternera está deliciosa.

¡Todo era tan extraño y, al mismo tiempo, tan fascinante! No era de extrañar que Natasha hubiese regresado allí una y otra vez. ¿La habían tratado así? Lucine lo dudaba, pero viendo ahora a los rusos con ojos descubiertos, sospechó que cualquier interacción con ellos sería embriagadora. Eran como avispas extrayendo miel.

Los cuchillos y los tenedores repicaban sobre los platos. El aroma de la carne recién cocinada era pesado. De otra habitación llegaba la melodía lastimera de un violín.

Juntos comieron y bebieron. Y se observaron unos a otros, alimentándose tanto de las miradas como de la ternera y el cerdo. Lucine se sintió como si estuviese al borde de un precipicio, a punto de caer. Pero incluso aquella aprensión la atrajo, aunque solo fuera para saber qué esperaba en el oscuro abismo.

Natasha había estado allí y sonreía como un niño.

Alek había descendido y regresado con una felicidad muda.

Toma se había dejado ir...

Lucine apenas tenía apetito y el vino se le estaba subiendo a la cabeza.

—¿Puedo hacer una pregunta? —inquirió.

—Debes hacerla —contestó Vlad—. Debes tener tantas.

Ella sonrió.

—Naturalmente. ¿Es esto normal?

Vlad miró a los demás y luego volvió a fijar sus ojos en ella.

—¿Te refieres a la comida? Aquí comemos muy bien.

—No...

—¿El vino, entonces? Bebemos aún mejor.

—Estoy segura de ello. Pero estaba pensando sobre... bueno, esta atmósfera en general. ¿Están todos tan fascinados por algo, todo el tiempo? Es maravilloso, no me malinterprete, pero me parece tan...

—¿Poco natural?

—Sí. Poco natural.

—Bueno, tenemos nuestras peleas, si te refieres a eso. La pasión es algo que exigimos de cada uno, pero no todos abrazan el amor y la belleza como lo hacemos nosotros y a veces protestan.

—¿Por qué se enfrentaría alguien a ustedes?

—Por las mismas razones que tú querías hacerlo —contestó él.

¡Ahí quedaba eso!

—El malvado no entiende fácilmente el amor —declaró inclinándose hacia atrás y jugueteando con su copa—. Pregunta a cualquier mártir.

—¿Creen en Dios aquí?

—Solo un loco no lo haría.

—Todos, excepto Toma —dijo Alek.

Todos le miraron de una forma extraña.

—Solo es una observación.

—¿Sigue aquí? —preguntó ella.

—Si no está, deberíamos invitarle —contestó Vlad.

No estaba segura, pero la idea le sonaba un tanto prematura. Incluso indecorosa.

—Y usted, Stefan, ¿se ha curado de una forma tan rápida? —inquirió ella.

Él se tocó el pelo.

—Sí, bueno, fue un disparo bastante feo desde luego. Me han dicho que casi me desangro. Estoy seguro de que cuando la herida sane dejará una espantosa cicatriz. Menos mal que con el pelo no se ve.

Todos rieron y Natasha lo hizo con su estridencia habitual y ahí quedó el asunto.

—Esto me recuerda —dijo Vlad— aquella vez que Simion se cayó por el balcón de aquel terrible castillo cerca de Venecia. Intentaba salvar a una mujer que estaba colgando de una reja ¿te acuerdas? En vez de ayudarle te caíste y sangraste sobre mi suelo.

—¿Cómo podría olvidarlo? —respondió Simion señalando su cabeza—. Mi cráneo sigue torcido. Pero creo que ese es mi secreto. A las mujeres les gusta abrazarme la cabeza, pensando que aún me duele. Ha demostrado ser el atractivo perfecto.

—Por las mujeres —exclamó Alek, levantando su copa. De nuevo se unieron a su brindis.

La conversación empezó ya en serio, una vez iniciada por Lucine, quien escuchaba mayormente. Era como si hubieran esperado respetuosamente para que ella rompiera el hielo antes de empezar a hablar en la mesa. Contaron historias sobre más países, guerras y mujeres de los que ella podía creer que alguien cruzara, peleara o amara en una sola vida.

Cuanto más oía, más a gusto se encontraba con ellos. Cuánto más afecto mostraba Vlad hacia ella, más deseaba.

Él estaba claramente al acecho para encontrar la más ligera forma de servirla, corriendo a la cocina en busca de una botella de vino fresco y llenándole él mismo la copa, o buscándole un tenedor de plata limpio porque la salsa había manchado el de ella. Cada vez que se levantaba buscaba una excusa para pasar por detrás de ella, tocarle el pelo o inclinarse para preguntarle si necesitaba alguna cosa.

En cualquier otro sitio, su atención podría parecer servil, pero no en aquella habitación de banquete. No con aquellas velas, aquellos cuadros, aquellas cortinas y aquel vino, y desde luego no con aquellos rusos que no parecían conocer otra forma de conducta.

En muchas formas eran perfectos caballeros, con el único borde afilado lo suficiente para hacerle adivinar cuán profundamente podrían cortar si se vieran provocados.

En ese sentido, igual que Toma. Y a pesar de ello, tan distintos.

Por otra parte, Dasha y su hermana Sofía eran difícilmente la imagen de perfectas damas. Lejos de ello. Su lujuria era evidente y eran objetos de gran deseo, consciente de su alta valía, y no tenían el más mínimo interés en fingir otra cosa. Se sentían absolutamente cómodas en su propia piel, e indudablemente lo mismo les daba estar con o sin ropa. En ese sentido, ambas eran reinas.

La realeza.

Se tomaron su tiempo, unas dos horas sentados a la mesa por lo menos, saboreando sin prisa cada bocado, no deseando perder cada mirada con demasiada rapidez, extrayendo satisfacción de cada palabra hablada.

Pero sobre todo, parecían encantados de complacerse en ella, como si Vlad compartiera su reina con su corte y no quisiera apurarles en su experiencia.

Fiel a su palabra, Vlad apenas comió. De hecho, tampoco bebió. Pero sus ojos ya estaban bebiendo y ese pensamiento hizo que ella volviera la cabeza.

—Ahora soy yo quien tiene que hacerte una pregunta, Lucine —dijo cuando terminaron de comer tanto como pudieron—. Has comido conmigo dos veces, una allí con aquel hombre. ¿Cuál era su nombre? Sí, discúlpame, Toma. Y tu madre, por supuesto. Y una vez aquí en nuestra compañía. ¿Cuál te ha gustado más?

—No sabía que se tratara de una competición —contestó riéndose. El vino había suavizado su buen grado, pero no era algo que se valorara demasiado allí.

Todos rieron con ella y brindaron.

—No, claro que no —respondió él—. Solo me proporciona un contexto. Es posible que te guste el rojo, pero solo cuando lo pones cerca del púrpura sabes qué color prefieres en las paredes. Con la gente ocurre lo mismo.

—Y lo único que espero es que mi rojo le parezca más atractivo que ese púrpura.

Lo dijo con rapidez, sintiéndose demasiado suelta como para tener moderación. Él la miró fijamente para saber si ella había dicho lo que él había oído.

—Entonces —contestó él sonriendo—, elegiría el rojo por encima del púrpura aunque estuviese manchado y no tuviera arreglo.

No estaba segura de lo que aquello decía de ella, pero consideró que el resto era un gran cumplido, porque todos levantaron su vaso por vigésima o trigésima vez.

—Así sea.

—Así sea.

Y bebieron.

—Ahora, dejadnos —dijo Vlad, despidiéndolos a todos con un ligero movimiento de su mano.

Todos se levantaron a una, inclinaron la cabeza y, con una última mirada a Lucine, se marcharon sin decir palabra. En un momento estaban sentados, bebiendo, y al siguiente se habían ido, dejando a Lucine y a Vlad van Valerik a solas en el comedor.

Él alargó su mano grande para alcanzar la suya pequeña. Ella se la dio. Él la besó suavemente.

—Te adoro —le dijo.

En lo más profundo de su ser, ella sabía que aquello era demasiado, ¿pero demasiado qué? ¿Amor? ¿Y qué era demasiado amor sino demasiado de algo que ella no tenía? ¿Eran demasiado las lluvias torrenciales en el barranco para producir vida?

Dejó salir una pequeña risa de su boca y se sintió a gusto con su respuesta.

—Gracias —dijo.

—Entonces te adoraré incluso más.

Se puso de pie, con la mano de ella todavía en la suya y, lentamente, hizo que se levantara. Luego la llevó a un gran ventanal. Por un momento, pareció satisfecho de mirar fijamente a la noche.

Ella vio que las nubes se habían juntado. No se veía ni una sola estrella. Relámpagos como dedos resquebrajaban el horizonte en silencio. Se acercaba una tormenta.

Se sentía tan a gusto con él y, al mismo tiempo, tan desconcertada como aquel cielo sereno partido por el resplandor de la luz caliente. Si esto era lo que había llevado a Natasha a su descarada búsqueda de los hombres todos aquellos años, entonces Lucine se compadecía de sí misma por no haberlo experimentado antes. Sonaba escandaloso, pero en aquel momento, tan contenta de estar allí junto a un pretendiente tan poderoso y romántico, que juraba su amor por ella, Lucine pensó que estaba enamorándose del duque.

—Es usted un hombre misterioso, Vlad van Valerik —dijo ella.

Él se inclinó y besó su frente.

—Entonces, ¿puedo abrir parte de ese misterio para ti?

—Por favor.

Sus ojos volvieron al cielo tormentoso.

—Todo empieza con otro hombre que es mi enemigo mortal.

—¿De veras? Usted parece tener suficiente poder como para aplastar a cualquier enemigo mortal.

Él se rió.

—Quizás. ¿Sabes que debo heredar más que este mundo? ¿Qué en realidad lo poseo? ¿Que tengo poder para tirar de sus hilos y poseer el corazón de los hombres?

Una forma poética, aunque extraña, de describir su posición.

—He oído decir que es usted muy poderoso.

—Más de lo que muchos podrían llegar a saber. Pero no llevo ese poder como si fuera una capa roja para mostrárselo al mundo. Es posible que tenga los dientes de un lobo, pero prefiero andar entre ellos con piel de oveja.

—Entonces habría que alabarle. Hay demasiadas luchas por el poder, demasiadas guerras y demasiado derramamiento de sangre en este mundo.

—Bueno, no he dicho que no me bebería su sangre. Solo que no dejaré que sepan que lo estoy haciendo —al decir esto, sonrió y ella se rió.

—¿Y quién es ese enemigo mortal suyo?

—Alguien que no sabe que yo soy quien soy. Que gobernaré, que en muchas formas ya reino desde las sombras. Si lo supiera, podría matarme algún día.

—Entonces debe asegurarse de que no le encuentre nunca. O quizás debería ocuparse de él ahora.

—Sí, bueno, lo estoy haciendo.

Lucine sintió los efectos del vino que pesaban sobre su mente.

—Entonces, ¿cómo desenreda esto el misterio que le rodea, Vlad van Valerik?

—Me di cuenta de que ese hombre le ha echado el ojo a las gemelas Cantemir —dijo—, y cuando la conocí a usted, entendí de inmediato el porqué.

—¿De verdad? ¿Por qué?

—Porque tú, querida mía, eres exquisita. Yo había oído de tu reputación, claro, pero nunca esperé sentir tantos celos por tu amor.

Ella rió con menos reserva. Ciertamente se le daban bien las palabras y mientras estas vertieran tanto afecto en ella, les daría la bienvenida.

—Supe de inmediato que tú eras aquella que yo había estado esperando. Debo tener tu amor. Nada será jamás tan importante para mí como eso.

—¿A causa de los celos?

—Si ganarte de las garras de nuestro enemigo mortal son celos, entonces que llenen mis huesos y mi rabia por ti.

Era demasiado gentil para que fuese real.

Vlad se volvió hacia ella y le agarró ambas manos, sosteniéndola como si estuviese hecha de una tela delicada.

—Antes de llevarte de vuelta a casa esta noche, quisiera mostrarte algo.

Fuera, los relámpagos apuñalaban la tierra; los truenos retumbaban. Ella miró por la ventana. Estaba lloviendo.

—La carretera estará peligrosa —observó Lucine.

—Nada podrá dañarte. Te llevaré a casa sana y salva.

Ella no estaba segura de querer irse. Natasha y Alek habían pasado la noche allí ¿no?

—Entonces, muéstremelo —contestó.

—Está en la torre.

—Bien, entonces lléveme a su torre.

Sus ojos buscaron el rostro de ella, pasando de un ojo al otro, luego a los labios y de vuelta a los ojos.

Vlad se inclinó y posó sus labios en el puente de la nariz de ella.

—No es de extrañar que él te ame.

DIECIOCHO

Esperé. Envuelto en un tenso puño de puros nervios, esperé a que Lucine volviera a mí. No a su madre ni a la hacienda Cantemir, ni siquiera a un lugar seguro, sino a *mí*. Ahora sabía que si conseguía convencerla de mi profundo afecto por ella, con toda seguridad lo reconsideraría.

Mi estado de mente era tal que estuve caminando de un lado al otro por el césped, y salí hasta la verja. Finalmente, volví a mi habitación para desahogarme en mi diario. Nunca quemaría esta página.

Mi querida Lucine...

Olvide quién era yo ayer, cuando era un niño inconsciente. Hoy soy su salvador. Yo soy su Salomón y usted es mi canción. Y ese lobo que la acecha... ¡no soporto pensar en él siquiera!

Debe saber que era un deber religioso ante Su Majestad, y no la falta de devoción hacia usted, lo que me mantenía amordazado. Pero ahora... ahora gritaría mi amor por usted desde lo alto de las montañas. Ahora mataría a mil bestias para traerla desde el valle.

Usted, mi Lucine, mi amada, me ha robado el corazón. Una mirada suya y me embeleso. Le suplico, Lucine, venga a mí y déjeme lavar sus pies con mis lágrimas.

Mi vergüenza no tiene límites; mi pesar no tiene fondo. Este pecho ya no puede contener mi amor. Le ruego que vuelva a mí. Si no lo hace, moriré aquí sobre esta cruz de vergüenza.

Mis palabras son como rocas aquí, abruptas y sin valor porque se negaron a expresar mi amor...

La pluma temblaba sobre la página. Pero no pude escribir otra palabra. Quizás ya se estuviese acercando. Volví a meter el diario bajo el colchón y salí afuera, para encontrarme un camino vacío.

Cientos de veces consideré salir corriendo a la montaña, pero me quedé en la hacienda por temor a que ella volviera por otro camino y yo no la viera. Casi corrí hasta la pradera adonde la había llevado aquel lobo, pero si ella seguía allí... no podía avergonzarla de ese modo, dejando en evidencia cómo él la había dañado.

Mis pensamientos volvieron a repasar los acontecimientos de las noches anteriores, una y otra vez, y no pude convertir mis sospechas en certeza. ¿Había ingerido alguna droga mala o vino que hubiera debilitado mi voluntad? ¿Me había amenazado alguien a mí, a Natasha o a Alek? ¿Había hecho alguien un comentario desdeñoso acerca de Lucine o de los Cantemir que estaban a mi cargo?

No. No, y eso me enrabiaba porque, créanme, había algo escondido allí y yo quería subir con un ejército y romper el castillo en pedazos hasta que lo encontrara.

Valerik era un lobo con piel de oveja que había venido a matar, a robar y a destruir. Era la serpiente del jardín, que engañaba con una lengua suave y ojos perversos. Era ese monstruo que está debajo de la cama que espera que todos duerman antes de comerse a su presa.

Él no era ninguna de estas cosas, claro está, y podría no representar una amenaza física a los que estaban a mi cargo, pero esto era lo de menos ahora.

Con seguridad, Vlad van Valerik estaría ahora intentando robar cualquier cariño que Lucine pudiera tener hacia mí. Estaba robando su corazón y apartándolo de mí. Estaba destruyendo cualquier oportunidad que yo tuviera de ganarla y eso era lo único que importaba ahora.

De modo que Vlad era mi enemigo mortal.

Juré esperar hasta las ocho, pero, cuando vi la primera puñalada de un relámpago en el horizonte, no pude esperar. ¡Debe de haberla llevado a la fortaleza! Pensar que él estaría allí, cubriendo la mano de ella con sus esbeltos dedos me sacaba de quicio.

Corrí a las cuadras, con la espada en su vaina y pistolas en su funda, y azoté al caballo hasta que galopó por su vida.

La lluvia comenzó a caer cuando no me encontraba más que a la mitad del camino, por la ladera de la montaña, y mi temor comenzó a aumentar. Los truenos martilleaban la tierra, los relámpagos dividían el cielo y yo apremiaba más y más a mi semental para que fuese más rápido. Se precipitó a través de los árboles, salpicando en medio del barro, evitando las rocas.

¿Y si, después de todo, Lucine había vuelto con su madre? Yo iba por un camino distinto. No la habría visto. Pero ahora estaba comprometido, así que aparté este pensamiento de mi mente y me apresuré.

Cuando rodeé la curva que permitía la primera vista del castillo Castile, llovía tanto que no podía ver el barranco. Dejé que mi caballo siguiera su instinto y recé para que no fuese demasiado tarde. ¿Demasiado tarde para qué? No estaba seguro. Pero mi instinto de guerrero estaba al rojo vivo por la inquietud.

No había ningún caballo atado delante del castillo cuando el mío se detuvo junto al poste, pero Valerik podía haberlos puesto en la cuadra a causa de la tormenta.

Ríos de agua corrían por mi cabeza y mis hombros cuando subí aquellos escalones hasta las puertas selladas. El viento azotaba mi abrigo a la altura de mis piernas. Si las puertas estaban cerradas, encontraría otra forma de entrar; aquellos muros de piedra no me impedirían la entrada.

Con la espada colgando en mi cintura, golpeé la puerta. El sigilo no iba a ser mi aliado aquí, porque no había venido para hacerme cargo de un ejército, solo para enfrentar a Lucine con mi amor. Pero si alguien se interponía en mi camino, yo había jurado apartarlo.

La puerta no se abrió, de modo que levanté la palanca y empujé. Se abrió de par en par. Entré en el atrio y dejé que la puerta se cerrara de un portazo detrás de mí.

Ahora estaba aquí, en el silencio, y por un momento me quedé allí de pie. Luego me desprendí de mi abrigo y lo dejé caer en la piedra. Agarré el mango de mi espada y dejé que la hoja arrastrara detrás de mí. Mi determinación estaría clara, pero no era tan necio como para entrar blandiendo la espada.

Vacilé y tomé una gran bocanada de aire ante la puerta que conducía al gran salón en el que encontré a Natasha. Lo abrí de golpe y entré en el castillo.

El suelo estaba vacío. Me quedé allí de pie, empapando el mármol y dejé mi espada sobre el suelo.

Entonces los vi, alineados en el balcón, hombro con hombro, una docena de rusos mirándome fijamente.

—¡Exijo una audiencia con Lucine Cantemir! —dije, y el agua de mis labios salpicó con la fuerza de mis palabras—. ¡Traédmela aquí! ¡Ahora!

DIECINUEVE

La lluvia caía a raudales desde el cielo. Lucine podía oír cómo pegaba contra el techo; pero allí, en la torre de Vlad, no era más que un distante y reconfortante murmullo. Aquella espléndida fortaleza no dejaba pasar ni el estruendo de los truenos.

—Es hermoso, ¿verdad?

—¿Qué es hermoso? —preguntó ella.

—El sonido de la lluvia.

—Hmm.

Mira en mis ojos y ve mi amor por ti, Lucine.

Vio cómo Vlad la miraba fijamente desde la estantería. ¿Le había hablado? En su mano tenía un libro con las tapas de cuero marrón ajado por muchos años de uso. Sus ojos la invitaban a vivir en ellos.

—Lucine, quiero que sepas quién soy en realidad. Que no haya secretos entre tú y yo.

—¿Ha estado guardando secretos?

—De ti, nunca. Pero lleva tiempo desvelarlos todos. Es la única forma de abrazar el amor verdadero.

Ella sonrió, jugueteando con él y encantada de encontrarse en situación de hacerlo.

—¿Y qué es el amor de verdad? Por mucho que aprecie esto más de lo que hubiera imaginado jamás, ¿es esto realmente el verdadero amor?

—No —replicó él, acercándose a ella con el libro en una mano—. No es más que una página del total. Pero aún así, todo esto —echó un vistazo a los retratos— te parece hermoso, ¿verdad?

—Sí, sí.

—Pero no es más que un anticipo, estoy de acuerdo. El resto de la historia se encuentra en las páginas restantes. En la plena verdad del asunto.

Se apartó de ella y abrió cuidadosamente el libro de tapas de cuero.

—El problema de la mayoría de las personas es que les asusta mirar la historia completa. Viven en temor de lo que pueden encontrar, porque se aferran a un hilo tan fino de esperanza que cualquier desengaño podría romperlo en dos.

Estaba hablando de ella, pensó, de su propia renuncia a la hora de abrazar la esperanza del amor verdadero, su temor de que no existiera realmente. Sintió que su sonrisa se desvanecía.

—Y su mayor temor es al lobo. Los curas han hecho un buen trabajo con eso, ¿no te parece? Mira, el lobo se ha comido a tus gallinas. Mira, el lobo ha matado a este hombre, dicen. Pero nadie ve jamás a ese lobo.

—Quizás.

Caminó lentamente, hojeando su libro.

—Mientras tanto, el lobo merodea libremente, vestido con una capa hecha de piel de oveja.

Las suaves oleadas de su voz la calmaron.

—Sí —dijo ella.

Vlad la miró de refilón.

—Los fariseos levantaron sus cercas: «No toquéis, no comáis, no bebáis, no crucéis la carretera este día o el otro». Y todas las ovejas balan para mostrar su acuerdo. «Sí, sí, sí, no, no, no».

¡Era tan valiente, este miembro de la realeza llamado Vlad!

—Mientras la religión está ocupada levantando cercas para proteger a sus jóvenes, los lobos entran por las puertas principales. Y nadie quiere desnudarlos, por temor a lo que pueden encontrar. Esto facilita muchísimo la caza del lobo.

—Sí, me imagino que lo hace.

—¿Te asustan los lobos, Lucine?

Considerando el vino y la compañía, se sintió de algún modo intrépida.

—No, en realidad no.

—Quizás si pasaras más tiempo observándolos, te darían miedo —dijo él—, porque el verdadero lobo viene a matar. A robar. A destruir.

—Entonces, prefiero no mirarlos —contestó ella.

Él sonrió y cerró el libro con un ruido sordo.

—No. No, supongo que no. Y esto es bueno para ambos —afirmó, bajando los ojos a las tapas del libro y frotando el repujado con el pulgar—. Te preguntas qué es lo que me convierte a mí y a mi grupo en algo tan único —dijo, alzando la mirada y taladrándola. Caminó hacia ella—. Tan mágico.

—Sí —susurró ella.

Él alargó la mano y frotó suavemente la barbilla de ella con su dedo índice.

—El mío es un mundo en el que el listón del verdadero amor está más alto de lo que puedes imaginar.

Sintió que su respiración se hacía más densa mientras él hablaba.

—La belleza que ves aquí no es más que una fracción de todo lo que poseo. Si quieres entrar conmigo en las páginas de esta historia que ves acerca de ti, yo podría mostrarte un nuevo tipo de amor.

Ella no supo qué decir.

Vlad sonrió, se dio media vuelta, caminó hasta su escritorio, dejó el libro y salpicó un poco de vino en una copa alta de bronce.

Lucine se aclaró la garganta para poder hablar.

—¿Esto es lo que me quería enseñar, su libro mágico? —preguntó.

—No —respondió él, levantando la copa y cruzando la habitación hasta donde ella estaba.

La joven tomó el vaso.

—No lo bebas aún, amor mío. Es un vino muy especial —comentó guiñándole un ojo—. Es del tipo que abre los ojos de los mortales a los verdaderos lobos, al amor verdadero y a Dios mismo.

Ella se rió.

—Sin duda, se trata de lo que Natasha ha estado bebiendo.

—Sin duda.

—Correr detrás del amor no ha sido nunca un problema para ella.

—Pero tú, mi querida Lucine, eres la más bella con creces —dijo apartando el cabello de su mejilla con sus dedos—. Eres exquisita y, si tuviera el honor de tenerte como mi reina, gobernaríamos juntos el mundo y mostraríamos todo el amor.

—Y meteríamos a todos los lobos en jaulas —replicó ella.

—¿Puedo besarte?

Ella sintió que el corazón se le paraba, para volver a latir con más fuerza.

Vlad deslizó un brazo alrededor de su cintura y la atrajo suavemente hacia él. Luego acerco sus labios a los de ella y la besó. Como una paloma. Y la cabeza empezó a darle vueltas.

Apartó sus labios y le habló en un susurro, a solo unos centímetros de la boca de ella.

—¿Me recordarás siempre, Lucine?

El corazón de ella latía con fuerza y dejó que decayera su compostura.

—Sí.

—Entonces bebe este vino en memoria de mí —dijo, y empujó la copa hacia los labios de ella.

Solo bebió una gota de aquel líquido que olía a rancio, apenas suficiente para que resbalara por su garganta, y la copa desapareció de sus labios. Él volvió a besarla y esta vez ella le devolvió el beso, suavemente al principio, pero luego con hambre.

—Pronto serás mi novia, Lucine. Mi única novia para siempre.

VEINTE

Ellos eran doce y yo uno. Nos pusimos frente a frente en el salón, yo el león solitario enseñando los dientes, ellos la manada de lobos de ojos muertos.

No contestaron a mi petición. Ni dieron señal de haberla oído.

No me rodearon ni echaron mano a sus armas. Se quedaron simplemente de pie sobre aquella galería con la vista fija en mí como generales que observan una batalla en el valle. Nueve varones y tres hembras.

Titubeante, di tres pasos y me detuve; mantenía la espada caída. Iban todos vestidos con pantalones negros, unos con la camisa abiertas en V hasta la barriga, otros a pecho descubierto.

Todos eran delgados y musculosos, pálidos como la luna.

Únicamente reconocí a dos: Stefan y Dasha.

—¿Dónde está ella? —resonó mi voz por la estancia.

—Ya no eres bienvenido, gemelo oscuro. Déjanos —dijo Stefan en voz baja.

Era verdad, *Toma* significa «gemelo», y mil infieles muertos podrían haberme llamado «oscuro», pero en el castillo Castile yo seguramente era como un faro de luz.

—Que me diga Lucine que no soy bienvenido —dije.

—Ella ama a otro.

Me empezó a temblar la mano.

—¡Entonces llevadme con vuestro señor!

Juraría que pude ver una sonrisa en la cara de aquel ruso, aunque sus labios estaban planos.

—Está en brazos de ella. Tu amor está de más aquí, oscuro pretendiente.

Hasta aquel momento no sabía hasta dónde podría yo llegar, ni siquiera si blandiría la espada, pero cuando oí aquellas palabras mi mente perdió todo pensamiento de escatimar la vida de ni uno de aquellos infieles. Me convertí en ese hombre a quien no le importa entrar en cualquier campo de batalla sin temer por mi vida.

El frío cálculo, no la rabia ciega, determina el destino del guerrero, así que me volví de hielo.

Mi mente dio un repaso a las armas que tenía a mi alcance. Dos dagas arrojadizas, una pistola, una espada. La sala era amplia para maniobrar. Con mucha suerte, podría encargarme de doce hombres; ya lo había hecho antes. Pero mi primer objetivo era encontrar a Lucine, no matar a estos idiotas.

Estaba seguro de que su señor vivía en la torre oeste, porque había tomado aquella dirección cuando nos dejó a Sofía y a mí la última vez que estuve allí. La puerta que había cruzado estaba cerrada al otro lado de la sala, a mi izquierda. Ese sería mi objetivo.

Despacio, me desplacé hacia el centro, con la mirada fija en todos ellos, alerta ante el más leve movimiento.

—Entonces denme a mi hombre, Alek —dije, esperando distraerlos—. Entréguenmelo y me iré.

En respuesta, el gemelo de Stefan, el hombre a quien disparé en el Baile Estival de las Delicias, lanzó las piernas a un lado, saltando sobre el pasamano como el que pasa por encima de un arbusto en el bosque. Las mangas de su camisa revolotearon en su caída de tres metros, y juraría que no me quitó un ojo de encima mientras caía, ni un momento.

Amortiguó su aterrizaje con una leve flexión de rodillas.

—Pero Alek ya no es tu hombre, Toma —dijo Stefan, dando un paso hacia mí, indiferente, con el cuchillo todavía sujeto a su muslo con correas negras—. Es el hombre de Dasha.

Dasha saltó sobre el pasamano y se posó con la misma facilidad que Stefan antes. Así que estaban hechos unos gimnastas, pero esa manera de caer no podía parar la hoja de una espada.

Stefan se detuvo a diez pasos de mí, con labios torcidos en una mueca caprichosa.

—Y deberías saber que Natasha es mía. Se volvió mía cuando la besé en tu baile.

El pensamiento me distrajo un momento. ¿Entonces fue a este a quien disparé?

—Sanamos bastante rápido —dijo.

Mi espada todavía tocaba a tierra y yo seguía como el hielo, a pesar de ese sonido de alarma que sonaba en mi cabeza.

Dasha se detuvo al lado de Stefan.

—¿Te gustó nuestro vino, Toma?

—Han hechizado a mi hombre con esta droga.

—No, droga no. Sangre, joven amante.

—¿Entonces es esta su manera de amar? ¿Drogar a sus víctimas con sangre para que caigan rendidas en sus brazos?

—No forzamos a nadie a beber. Y nadie puede beber de nosotros a no ser que lo pida. ¿Te gustaría que bebiera yo de tu sangre? Entonces serías mi amante.

Natasha. Y Alek.

Yo no sabía en qué clase de aquelarre me había metido, qué tipo de brujería o maldad. La religión no es mi fuerte, como ya he dicho. Pero mi falta de fe se estaba agotando. Lo más seguro es que lo que decían no fuera verdad del todo. ¡Solo un loco de remate bebería sangre!

Beban esta sangre en memoria de mí. La Sagrada Comunión. Yo nunca había entendido cómo alguien civilizado podía hablar tan abiertamente de beber sangre. El cristianismo estaba obsesionado con la sangre: la sangre de Cristo, la sangre del cordero, la sangre de los santos, siempre la sangre. Esta era una razón que me hacía ver a los sacerdotes en su mayor parte como dementes y a las iglesias como sus manicomios.

Yo era alguien que derramaba sangre en el campo de batalla, no sobre un altar.

¿Y ahora Lucine estaba en los brazos del monstruo, bebiendo su sangre?

Ese pensamiento me estremeció los huesos.

—Déjenme pasar.

Stefan dio un paso adelante.

—Tú me disparaste —dijo—. Ya no es más que un recuerdo, pero no puedo decir que no me dolió. ¿Te gustaría volver a intentarlo?

La puerta estaba a mi izquierda, a más de veinte pasos. De un buen salto, podría llegar antes de que me alcanzaran.

—No estoy aquí para matarte. He venido por Lucine.

—Pero Lucine es propiedad de mi señor. A ninguno de nosotros nos caen bien los ladrones.

—¡Pues la has confundido y has tomado lo que no te pertenece!

—No me has estado escuchando —dijo Dasha.

Yo lo había escuchado, pero no podía meterme en su conversación de sangre. No me parecía plausible. Estaba claro que tenían alguna potente droga, pero no eran demonios. Yo no era tan ingenuo.

—Lucha conmigo —dijo Stefan—. Mátame otra vez y te dejarán ver a Lucine, la que has perdido para nuestro señor.

Tenía solo tres opciones. Podía retirarme y volver más tarde con más hombres. Podía saltar hacia la puerta de mi izquierda y confiar en mi velocidad para dejar atrás a estos dos. O podía enfrentarme a Stefan.

Matarlo.

Nunca fui hombre de dilaciones, a menos que me supusiera una clara ventaja.

Y no la había.

Respiré hondo.

—Entonces debo insistir...

Mi brazo se convirtió en un relámpago.

Solía llevar una daga arrojadiza perfectamente preparada como parte de la empuñadura de mi espada, que se soltaba con un sencillo movimiento del índice. La desabroché mientras respiraba hondo.

Y ahora, con un chasquido de mi brazo, la hoja de acero voló hacia Stefan.

Voló hasta su pecho y se clavó hasta la empuñadura. Él no hizo ni un conato de apartarse o esquivarlo. No creo que se moviera ni un pelo, no hasta después de que se le clavara.

Nadie se movió. Yo esperaba que se cayera, obtener una victoria incontestada. En cambio, él agarró tranquilamente el puñal y se lo sacó del pecho.

Le salía sangre hasta el abdomen. Sostuvo la hoja un momento, luego la dejó caer ruidosamente al suelo.

—Buen tiro —dijo. Y luego se movió.

No vi ni una corrida, ni un salto, ni un viraje. Era una figura borrosa que se desplazó desde donde estaba, a más de cinco pasos de mí, hasta llegar a mi lado, echó atrás la rodilla y luego me hizo pedazos las costillas al alcanzarme.

Solo me dio tiempo de prepararme para el golpe y caer. Aterricé sobre mi hombro y rodé, agarrando el puñal, que estaba a mi lado.

Eché un vistazo a la sala al incorporarme. Seis de ellos descendieron desde la galería como cuervos en postura de aterrizaje; otros cuatro se pusieron a mi izquierda para bloquearme el paso a la torre occidental. Cubrieron los veinte pasos de la estancia como una exhalación.

Pero vi más. La cara de Dasha parecía haberse emblanquecido y estaba contraída.

Tenía los ojos al rojo vivo. Y los dedos se le habían alargado, como zarpas que extienden las uñas.

Entonces supe que no tenía nada que hacer. Las espadas, cuchillos y balas no servían contra un grupo de ellos. Sin embargo, lancé mi segundo puñal.

Este le dio casi en la frente. La fuerza del puñal le echó la cabeza para atrás hasta hacerle mirar al techo. La sangre le mojó el pelo y cayó sobre su espalda como un árbol talado.

Si tuviera más dagas...

Tenía mi pistola en la mano y vacié el cargador en el hombro de Stefan. La bala lo hizo girar una vez y lo hizo caer sobre una rodilla. Pero solo tardó un momento en volverse a poner de pie.

Estaba atrapado. Olvídate de los puñales. La pistola era demasiado lenta. Había únicamente una puerta sin cubrir y no tenía ni idea de a dónde conducía.

Me partía el corazón pensar en Lucine. ¡Le había fallado! Prefería morir antes que vivir con ese pensamiento. Pero mi muerte solo cortaría su último hilo de esperanza.

Entonces corrí hacia aquella puerta, seguro de que no lo iba a conseguir.

VEINTIUNO

El ardor del vino en su boca lo calmó rápidamente un cálido revoloteo en su vientre. Vlad la miraba fijamente a los ojos y el mundo pareció reducir la marcha. No sabía cómo había logrado resistirse tanto tiempo a la atracción del amor. Ahora que ella lo había abrazado, al abrazar la seducción de Vlad, se sentía como si estuviera en el cielo.

—¿Te gusta? —preguntó él.

Ella lo asió de la cabeza y se la acercó más, entonces cebó sus labios con los de él.

—Me encanta —suspiró ella.

—Imaginé que te gustaría, mi amor.

Vlad se puso en pie, la levantó de la mano y bailó con ella. Ella echó la cabeza atrás y le rió al techo. Los truenos retumbaban sobre ellos, solo eran la amenaza más distante.

—Vas a ser mi novia. ¡Gobernaremos el mundo, Lucine!

—Seremos héroes.

—Vamos a enseñarle a ese infame pretendiente por qué me perteneces.

—Nos alimentaremos de él.

Ella no tenía ni idea de lo que decía con todo ese discurso poético.

Ni falta que hacía. Ya habría tiempo de sobra para entender mañana.

—Ahora deberías irte a casa, antes de que el camino se quede bloqueado del todo —dijo él.

—No —dijo ella retrocediendo—, no, ya no puedo irme.

—¿Por qué no, querida?

Ella buscó sus ojos. ¿Hablaba él en serio? ¿La estaba mandando a casa?

—Yo... La noche es joven. Afuera hay tormenta.

—¿Entonces quieres quedarte conmigo?

—¡Sí!

Él dio un giro brusco, encantando, y gritó en la azotea, con un puño alzado:

—¡Lo sabía!

Lucine se reía a carcajadas y se dejó llevar por él, por encima del suelo. ¡Ah qué dicha! ¡Qué placer! ¡Qué maravilla! La música fluía de las paredes ahora, del cuarto de al lado quizás, no lo sabía, solo sabía que el lloroso violín sonaba como un ángel que le canturreaba al oído.

—¡Natasha, perdóname! —dijo ella riendo—. Perdóname, hermana, por todas mis feas palabras. ¡Tenías tanta razón! ¡Dame más vino!

—Vino no, cariño. Hay algo más.

—¿Más? ¿Dónde? Muéstramelo.

Un fuego resplandeció en los ojos de él.

—Te lo voy a enseñar —dijo, apretando las mandíbulas, con una mirada tan animalesca y hambrienta que por un instante ella se alarmó. Pero entonces la tomó y la llevó a su dormitorio. A ella le resultó chocante.

La luz aquí era más tenue y totalmente ámbar. Ondulantes llamas de placer. Vlad la dejó al pie de su cama y le acarició el mentón. Ella nunca había estado tan ansiosa, tan abrasada por un hombre, y su anhelo por eso era su propia especie de éxtasis.

Tenía las manos sobre los brazos de él; podía sentir sus músculos, nudosos y contraídos. Como los músculos que había visto en el hermoso cuerpo de Toma.

Él se llevó un dedo a los labios, muy suavemente.

—Viste a Stefan besar a Natasha.

—Sí.

—Había sangre en sus labios.

Ella vaciló.

—Sí.

—No puedes ni imaginarte el placer, Lucine.

—¿Quieres morderme el labio?

—Más que morder es compartir. Intercambiar sangre. Un sello de amor entre dos personas. Es algo que te gana el corazón, no es solo beber sangre. Simplemente es como si deshiciera las barreras.

Vlad acercó su boca a la de ella. Se relamió los labios.

En ella se inflamaba el deseo y con cuidado encogió el labio superior, entregándole el inferior. Natasha lo había hecho así.

—Bésame, Vlad —suspiró—. Bésame como quieras hacerlo.

Él tomó su labio entre los dientes. Se le escapó una sonrisita de la boca y ella se la devolvió. Apretaba los dientes lo suficiente como para pincharle sin romper la piel.

—Pídemelo otra vez —dijo él.

—Bésame, Vlad. Muérdeme.

Sintió un latigazo de dolor hacia el interior de la boca. Pero luego desapareció, reemplazado solo por un dolor apacible y constante. Ella se rió.

—¿Eso es todo, mi señor?

—No.

Y le mordió otra vez.

Esta vez el dolor fue más agudo, más profundo. Agujas paralelas que se clavaban en sus labios. El ardor se le extendió hasta la barbilla y entreabrió la boca. A los tres segundos, el dolor se le filtró en la sangre antes de aliviarse durante un momento. Entonces vino otra vez, extendiéndose por sus huesos como un relámpago de fuego.

Quiso gritar, pero se reprimió. Sintió como si fuera a desmayarse como Natasha. Pero Natasha había despertado sin el dolor.

Vlad gimió de placer. Comenzó a temblarle el cuerpo al sostenerla allí en sus brazos.

—Te hago mi reina —dijo— y voy a ser tuyo.

—Duele —dijo ella. Le brotaron lágrimas. El pánico le afectó la mente y su densa respiración.

—Mi sangre es mucho más fuerte que otras. Pero ese dolor será tu éxtasis y tú serás mi prometida —dijo él tocando sus labios con delicadeza, luego apartó su dedo sangriento y se lo llevó a la boca.

—Harán falta unos días para que mi sangre te transforme —dijo él, con voz tan baja que ella apenas pudo oírlo—. Algunos se alimentan de la yugular, pero eso es tan grosero, ¿no te parece?

El dolor llegó más hondo, bajando por el abdomen, por la pelvis, hasta las piernas y se le agarró al diafragma. Ella se dobló, gritando.

—¡Esto duele!

—Abraza este dolor.

Su mente comenzó a caer por un agujero; su mundo se volcaba hacia él, uniéndose con una oscuridad que ella no entendía. Pero, en lugar de sentirse horrorizada por él, de alguna manera extraña le atraía.

—¿Qué me está pasando? —dijo, agarrándose con una mano a un poste de la cama para no caerse—. ¡Algo va mal!

—No seas tan patética —espetó él.

¿Qué? ¿Qué estaba diciendo?

Ella alzó la vista hasta él, suplicante.

—Vlad... Vlad, tengo miedo.

—¡Silencio!

—Vlad...

En un instante, su comportamiento pasó totalmente de amante a bestia. La agarró de la cintura, clavándole las uñas en el vientre, la alzó en el aire y la echó de golpe sobre el colchón.

—¡Silencio! —dijo con una voz que hizo temblar el techo.

Y Lucine pensó que había cometido un terrible error. Pero no podía creer que él hablara en serio. No después de todo lo que le había dicho, después de que sus ojos la hubiesen devorado con tal deseo.

—Qué estás...

Le estrelló la mano abierta contra la cara con un fuerte *¡crac!*

—Vas a aprender que no soporto a los llorones. ¿Te he mostrado mi amor y tú lloras por eso?

Tenía los ojos rojos y la cara blanca como papel. Se le habían alargado las uñas. La sangre le traspasaba el vestido por donde se las había clavado.

—¡Por favor! ¡Por favoooor!

—Me das asco —dijo Vlad con una mueca de desagrado—. Quédate aquí.

Dio media vuelta y salió de la habitación.

La mente de Lucine había perdido su lucidez. Estaba sobre su cama y le ardían los huesos, era todo lo que sabía. Pero estaba confundida en cuanto por qué él la había golpeado, por qué la había abandonado. ¿Es que le había molestado? Habría dicho algo malo y lo había herido.

¿Pero por qué se había desquitado así? Un hombre la había golpeado años atrás por traer un niño. ¿Esto era lo mismo? No. Seguro que no. Esta vez se merecía esa reacción.

No tenía fuerzas para levantarse, mucho menos para irse. Aun así, no se atrevía a salir del espacio; eso solo le molestaría más. Ella no podía hacerle eso.

Empezaron a caer lágrimas de sus ojos. Se abrazó las rodillas y se las arrimó al pecho para guardar el dolor dentro, y lloró. No podía entender por qué decía eso mientras se estremecía allí de angustia.

—Toma —gimió—. Querido Toma...

El tiempo se desvaneció.

Una puerta se abrió y ella detuvo sus sollozos en la garganta. Pero ahora estaba demasiado débil para girarse y ver quién era. Así que se quedó quieta intentando no molestarle.

Sintió moverse la cama. Alguien se subió junto a ella. Una mano le tocó suavemente el brazo. Entonces la persona se acostó detrás de ella, abrigándola con su propio cuerpo.

—Shh, shh, shh...

¿Quién era? Él no. No era él.

—Lo siento, hermana. Será mejor cuando te despiertes.

Natasha.

Lucine lloró.

VEINTIDÓS

Di un salto y ya estaba a mitad de camino de aquella única puerta que no tenían defendida cuando me di cuenta de que ninguno de ellos había dado un paso para detenerme. Se quedaron quietos, como si mi carrera hacia esa puerta fuese justo lo que esperaban de mí.

O es que sabían que estaba bloqueada.

Tiré con fuerza del pomo. Di un empujón. La puerta cedió a mi peso. Pasé al otro lado de un salto y la cerré con seguro.

Verlos ahí de pie, mirando sin más, me inquietaba hasta la médula. Sus ojos al rojo vivo, sus rostros blancos como algodón, la equilibrada expresión de sus labios, como aquellos retratos de la pared. Inmóviles. Rígidos. Irreales pero demasiado reales.

Entonces dos volaron, como una ráfaga de negro, como bocanadas de humo.

Directamente hacia mí.

Cerré de golpe la puerta y chocaron contra el otro lado.

El cerrojo estaba ahí, en mi mano, y lo encajé en su sitio.

Puede que tuvieran mejores planes o que no pudieran romper la puerta, no lo sé, pero no hicieron ningún intento de abrirla o derribarla.

Me encontré a un extremo de un vestíbulo de piedra que iba hacia el mismo lado del castillo por donde yo había bajado a los túneles con Sofía el día antes. No había para mí más salida que correr.

Entonces corrí, con toda mi velocidad, seguro de que estas criaturas de la noche ya levantaban el vuelo para cortarme.

Solo unos minutos antes, yo dudaba de todo lo que se pudiese considerar sobrenatural; ahora sabía que había sido un ingenuo. No conocía ni su alcance ni el modo de tratar con ello, pero estaba seguro de que el mal existía. Tenía suficiente experiencia en enfrentarme a él y sobrevivir como para saber al menos eso.

Y Lucine estaba bajo sus garras.

Me vinieron lágrimas a los ojos mientras corría, enturbiando mi visión del camino. Pero no me atreví a reducir la marcha, porque la única esperanza de Lucine era que yo escapase de esa casa infernal y regresase con los sacerdotes para liberar al mundo de ese lugar, o con un ejército para arrasarlo.

El pasillo terminaba en dos puertas a los lados y tomé la de mi derecha porque la otra parecía conducir de nuevo a la sala principal. No me apetecía nada reunirme con aquellas criaturas sin armas con las que acabar con ellos.

Acababa de cerrar aquella puerta cuando los oí al otro lado. Considerando la velocidad con que podían moverse, me sorprendía que no me hubiesen alcanzado antes.

Otro cerrojo, lo aseguré con fuerza.

Esta vez oí solo un puñetazo al otro lado de la puerta.

Toc, toc. ¡Estaban jugando conmigo!

Di media vuelta y corrí por otro pasillo, que acababa en una única puerta. Al abrirla, vi que daba acceso a una salida con escaleras de piedra, que llevaba abajo. A la oscuridad.

Mi experiencia de esa noche había dejado una impresión tan negra en mí que me quedé petrificado al final de la escalera. Pero no tenía alternativa, así que me sumergí en la oscuridad, sin una llama que me alumbrara el camino.

Resonaban a mi alrededor mis botas al pisar la piedra y tuve la clara sensación de estar descendiendo al infierno, más real de lo que jamás hubiera imaginado.

Encontré el final de la escalera cuando me faltó un escalón y me golpeé las rodillas con la más completa oscuridad. Pero había un puntito de luz anaranjada detrás de una puerta a mi derecha. De un traspié, llegué a ella, encontré el asa y la abrí.

Cuesta describir el hedor que me recibió. Era como el olor de un campo de batalla abandonado una semana después de haber dejado allí a los muertos para pudrirse. La luz procedía de una única antorcha que estaba al lado de otra puerta, a mi izquierda. Era la que usarían los rusos para alcanzarme si sabían a dónde había ido, y seguro que lo sabían.

Me dirigí a la derecha, por un túnel no muy distinto de donde había estado la tarde anterior, solo que este estaba húmedo y tenía las paredes cubiertas de hilachas de musgo. No tenía sentido que empleasen una antorcha para iluminar este pasadizo, a menos que fuese una salida de uso frecuente. ¿Para qué otra cosa iba a servir si no?

Me precipité por él, esperando que la luz que se iba extinguiendo detrás de mí diese paso pronto a otra antorcha. Mi mente estaba en las últimas. Los acontecimientos que habían llevado hasta allí me impedían entender lo que era real y lo que no. Yo podía presentarme en cualquier batalla con espada y pistola y enfrentarme a cualquier hombre o ejército. Podía ser capturado por un enemigo y permanecer en sus mazmorras hasta que me quitaran las ganas de vivir.

Pero en este lugar mi corazón y mi mente habían sido despojados de la noción de lo que se podía asumir como normal.

Una tenue luz parpadeó ante mí, a la derecha.

Corrí hacia una verja de entrada junto al muro y me agarré a los barrotes. Al otro lado estaba lo que parecía ser un estudio con un escritorio a la izquierda y estantes en las demás paredes. No muy distinto de una prisión. Una antorcha ardía al lado de un cuadro grande en el que estaba retratada la criatura. Yo había visto representado antes en este castillo ese horrible murciélago de alas plegadas. Una criatura de la noche. Un demonio del infierno.

Pero pude ver que había también una puerta detrás de aquel gabinete.

Un rugir de truenos enmudecidos se metió en el túnel. Me giré y miré a la oscuridad del pasillo. Ni asomo de luz.

Yo no podía regresar por donde había venido. Ellos estarían allí, esperándome.

El sonido de aquellos truenos tenía que venir de alguna parte. Abrí el cerrojo y tiré de la puerta de hierro con un crispante rechinar de metal contra metal. La cerré para no dejar indicio de que había entrado.

Otro rugir de truenos, ahora desde el otro lado de aquella puerta, si es que Dios existe y es misericordioso. No misericordioso conmigo, sino con Lucine. Mi escapatoria era una especie de abandono, y reconozco que una gran parte de mí no quería más que subir corriendo y compartir el destino de ella, fuera cual fuese. ¿Sería todavía posible encontrar una manera de rescatarla, por improbable que fuera?

Ella no te quiere, Toma.

Maldije a mi mente por ese pensamiento mientras me apresuraba a la puerta de madera.

Había un nombre grabado al agua fuerte en la plaquita de cobre del cuadro.

Alucard. Así que los demonios tenían nombre. Valerik, Alucard o Belcebú, los nombres no me importaban. Pero había algo de verdad después de todo en las palabrerías de los sacerdotes, y esto sí era importante.

La puerta no estaba cerrada con llave. Me detuve un momento para escuchar por encima del latir de mi corazón, luego la abrí.

Ahora podía oír la tormenta. Un relámpago iluminó un instante el largo túnel vacío que terminaba en una escalera de subida.

Yo ya estaba corriendo, sin molestarme esta vez en cerrar la puerta. En mi mente se precipitaban nuevos pensamientos. Un nuevo temor por Lucine, ahora que había visto al descubierto el poder de esos rusos.

Pero en absoluto eran rusos, ni siquiera eran humanos.

Me deslicé hasta un descansillo en el fondo de la escalera. Ahora podía ver cómo caía la lluvia, iluminada por relámpagos.

¿Pero cómo podría yo abandonarla? ¡No podía! Yo no podía bajar la montaña sabiendo que Lucine estaba en sus garras.

¡Tenía que volver!

Y casi lo hice.

Pero, antes que amante, yo era un guerrero, y sabía que mi persona de carne y hueso no podía hacer nada en la lucha desatada por esos poderes.

¡Tenía que escapar y regresar con ayuda!

La escalera de piedra acababa en un pequeño recinto que los resguardaba de la lluvia. Se me cayó la chaqueta en la entrada frontal; no había tiempo para recuperarla. Solo esperaba que mi caballo siguiera amarrado como lo había dejado.

Ya estaba fuera del castillo. Esto era...

—Hola, Toma.

Me volví a mi izquierda. Estaba de pie allí al borde del camino de entrada. Y no sabía quién era, porque llevaba una capucha que le mantenía el rostro en la sombra. Solo podía ver aquellos ojos rojos, mirándome fijamente como cerezas simétricas. Tenía la voz baja y grave, distinta de cualquiera que yo hubiera oído antes, con seguridad no del todo humana.

Con la misma seguridad con que yo sabía que en mi sano juicio no me atrevería a golpearle.

—Ella es mía ahora —dijo el hombre—. Esta vez les he dicho que te dejen marchar. Si no, estarías muerto, amigo. Pero si vuelves te mato. Y a Lucine también.

Ahora ya lo conocía. Era la voz de Vlad van Valerik.

Me llené de amargura y rabia. Lanzando un feroz grito contra él, me lancé hacia la figura en dos zancadas, de cabeza.

Me estrellé contra la pared que había detrás de él: las palmas, los codos, luego el pecho.

Escuché una risita a mi izquierda, pero yo no podía ver a dónde se había evaporado tan deprisa. ¡Estos rusos podían moverse con velocidad sobrehumana!

—¡Déjala! —grité—. ¡Déjala y no te haré daño! —amenacé con palabras del corazón, no de la cabeza.

La risita ya se había desvanecido. Me encontraba solo, con el viento aullando a mi espalda y la lluvia mojándome la camisa. Les aseguro que todo lo que podía hacer era dar con una hebra de cordura en mi vapuleada mente.

Y di con ella. En cuanto la encontré, di media vuelta y crucé a zancadas el torrente, alrededor del castillo, sin dejar de maldecir mi fracaso.

Mi fiel caballo estaba adoptando la postura para protegerse de la tormenta, tal como yo le había enseñado. Corrí a él, salté sobre su lomo y me encaminé montaña abajo, como un patético aporreado.

Pero volvería.

Iba a regresar, aunque me costara la vida.

VEINTITRÉS

Era tarde y la lluvia caía con la ira de Dios sobre aquellas montañas. Me sentía como un idiota por haber dudado de su existencia. Estaba claro que el diablo existía, porque me había encontrado con él, o con su descendiente. Si él existía, tenía que haber Dios, o ya no había esperanza para mí.

Luchando contra la acuciante urgencia por volver y luchar, bajé retumbando por el resbaladizo camino sin preocuparme por mi seguridad. Mi garañón había sido entrenado para la batalla y se había abierto paso entre torrentes de sangre antes. Mi única preocupación ahora era Lucine, y sabía que para salvarla iba a necesitar más recursos de los que disponía.

Tenía que ir a ver a aquel obispo de Crysk que tenía la jurisdicción de esta diócesis de Moldavia. Julian Petrov, de la Iglesia Ortodoxa

Rusa. Unos días antes, yo había viajado para presentarle mis respetos y granjearme el suyo, así como para saber todo lo posible sobre la evolución de la guerra.

Pero él estaba ausente y me reuní con un sacerdote que no se mostró muy dispuesto a ayudar. Esta vez tenía que encontrar a Su Eminencia, al obispo Petrov.

Esta vez tardaría una hora, o quizás dos, en llegar al monasterio. No había tiempo para visitar la hacienda Cantemir para rearmarme ni para poner al día a señora Kesia. Así que en cuanto llegué al cruce donde se tomaba el camino del sur hacia Crysk lo tomé sin pensármelo un segundo.

La lluvia había aflojado cuando llegué al pie de los Cárpatos.

Al este había un cielo claro con una brillante luna observándonos. Pero las nubes detrás de mí eran tan siniestras como antes, derramando su ira sobre las cumbres y los secretos que tan bien ocultaban.

Estaba claro el camino que ahora seguiría. Iba a encontrar a Petrov y a sentarlo para que me escuchara aunque tuviera que sacarlo de la cama. Él me iba a decir algo que yo ya sabía, que el demonio había salido a escena.

Pero también me iba a decir lo que yo no sabía: cómo derrotar a ese diablo.

Por primera vez en muchos años, musité unas oraciones. No llegaban a más que balbuceos incoherentes que se unían a los distantes truenos, súplicas a un Dios que no sabía de mi existencia, porque yo nunca había ido a su iglesia en todos estos años.

Aun así, yo iba a encontrar al siervo de Dios en la tierra y a hacerme con los medios necesarios para echar al diablo. El religioso y yo iríamos a la montaña y echaríamos al maligno de vuelta a la oscuridad.

Eso es lo que decía mi mente, pero mi corazón no estaba convencido. Y no podía ver cómo ningún instrumento de la iglesia podría resultar contra un hombre como Stefan, que había recibido una bala en la cabeza y unos días más tarde se movía como el viento. ¡Qué devastación podría causar en el campo de batalla con un ejército de personas así!

Pero yo había oído que el mal temía al crucifijo. El agua bendita podía quemarle la piel a una bruja. Quizás había algo de verdad en esos rumores. Me aseguraría de cerciorarme de ello.

El tiempo se despejó y mi viaje iba ya sobre suelo seco, aunque enlodado. La camisa y los pantalones se habían secado con el viento.

No me molesté en atar mi caballo por el pórtico de la iglesia; estaba demasiado agotado como para dar un paso más.

La entrada estaba abierta, a Dios gracias. Entré, sin preocuparme por mi presentación sobre la alfombra roja que se extendía entre los asientos de los que eran como yo, incrédulos. Esta parte se llamaba nártex, si no recordaba mal.

—¿Hola? ¿Hay alguien? —grité.

Al pasar a la siguiente estancia, la nave, la encontré también vacía. Pero la puerta estaba abierta, así que alguien estaría asistiendo a la iglesia.

—¡Hola! Traigo un recado urgente en nombre de Su Majestad, Catalina. ¿Quién hay?

Ni un alma. Entonces me dirigí al pasillo, bajo la gran bóveda con su pintura de Cristo, pasando por delante del escaño del obispo y del coro, hasta el pie de la escalinata que conducía a lo que llamaban las Puertas Hermosas: la puerta hacia el santuario de atrás. Bueno, yo no era un hombre de iglesia, pero sabía que esta pared tan lujosamente pintada con sus imágenes de ángeles y de Cristo bajo un crucifijo de oro era una barrera a todos los laicos.

Pero ahora necesitaba al clero. Así que subí a la plataforma, por delante de los candeleros de oro, hasta el santuario.

—¿Hola?

Allí estaba el altar con el incensario y más parafernalia religiosa con la que yo apenas estaba familiarizado. Pero no había ningún sacerdote.

Había un Evangelio abierto sobre el altar y lo agarré al instante.

Este instrumento era el más santo de todos los objetos religiosos, seguramente.

Si la iglesia tenía alguna herramienta para la lucha con el diablo, tenía que ser una parte de este libro.

A un lado se cerró una puerta de golpe; sonaron pasos lejos; una voz llamaba desperada. Alguien me había visto y había ido a traer una autoridad superior.

Yo anduve por el lugar, esperando que se dieran prisa.

Estuve más de una hora cabalgando hacia el sur, lejos de Lucine. Estaba seguro de que, por lo menos, ella había probado la misma sangre que me habían ofrecido. En un estado tan debilitado estaría sometida a cosas mucho peores. Ella, como Natasha y Alek, podría sucumbir y abrazar cualquier hechicería que le estuvieran sirviendo.

¡Y yo la perdería!

Y sin embargo yo estaba ahí, tan lejos de aquella montaña que muy bien pudiera encontrarme de vuelta en Moscú, durmiendo en una cama caliente.

¡Era imperdonable!

—¿Qué hace usted? —estalló una voz.

Me volví hacia la puerta lateral, donde había un religioso de pie, con mirada de espanto ante mi intrusión en su espacio sagrado.

—¿Es usted Julian Petrov? —pregunté.

—Yo soy el obispo —dijo. Me recorrió el cuerpo con los ojos hasta detenerse en mis botas. Estaban llenas de fango seco. Yo había dejado trozos de barro en su rojo suelo.

—¡Márchese! —exigió.

Su tono no era de la clase que me gusta.

—Creo que no lo entiende, Su Eminencia. Tengo un asunto de máxima urgencia de parte de Su Majestad, Catalina la Grande.

—Entonces cuéntemelo donde debe. ¡No en el santuario de Dios!

El tipo tenía una nariz y unas orejas demasiado grandes para una cara tan estrecha.

Llevaba sus ropas rojas sueltas y su gorro negro ligeramente torcido, me dio la impresión de que se había vestido a toda prisa justo antes de entrar.

—He venido para solicitar la ayuda de Dios —dije—. Seguro que él lo entenderá.

—Al poner el pie en este santuario y enojarme, usted ha profanado su cuerpo. ¡Cualquier creyente lo sabe! ¡Fuera, vamos, fuera! —gritó señalando con un dedo tembloroso hacia la puerta.

Ahora era yo el que estaba furioso.

—Pero no soy creyente. Así que no estoy sujeto a sus reglas. Ahora escúcheme, señor cura, acabo de pasar por la más aterradora visión de mal. He venido para encontrar a su Dios y ver si él puede salvarme. ¿Me está usted diciendo que su gran Dios está molesto por este barro?

—La limpieza está unida a la piedad. Pero si no se lo han enseñado no tiene por qué saberlo. Ahora, por favor, si no le importa, salga del santuario.

—¿Sabe usted quién soy?

—¿Debería?

—Mi nombre es Toma Nicolescu. Fui enviado por Su Majestad para supervisar la seguridad de la hacienda Cantemir. ¿Recuerda la carta que le dejé a su hombre?

El obispo vaciló. Estaba claro que había captado su atención. Dirigió otra mirada a mis botas sucias.

—¿Y qué?

Dio unos pasos ante él.

—Lucine Cantemir ha sido tomada cautiva. Tengo razones para creer que su vida está en peligro. Pero no dispongo de los medios necesarios para liberarla.

—Yo no tengo un ejército.

—¿Pero tiene poder sobre el diablo, ¿no? Porque ella ha sido capturada por el infierno mismo, se lo juro, y debemos volver inmediatamente para liberarla.

Posó la mirada sobre mí durante un buen rato, tratando de analizarme.

—¿Qué diablo?

—Se le conoce como Vlad van Valerik y vive en el castillo Castile con su séquito, un aquelarre de brujas bebedoras de sangre y seductoras de inocentes.

Ni un atisbo de alarma cruzó por su cara. Comprendí que debí de parecerle un demente.

—Yo he estado allí —irrumpí—. Yo también bebí de esa sangre ¡y trastornó mis pensamientos!

—Me han dicho que él corteja a Lucine.

—¿Sabe usted del asunto? —exigí, sorprendido.

—Me informó un mensajero de la señora Cantemir, sí. Y debe usted saber que lo apruebo. El duque es un hombre de gran categoría. ¿Qué tonterías son estas de beber sangre? ¡Es una barbaridad!

—¡Yo bebí de esa sangre! ¡Vi lo que le hicieron a Natasha y a mi hombre, Alek Cardei! Ahora solo son sombras de sí mismos.

La duda le ensombrecía los ojos. No iba a ayudarme. Lo vi en su expresión y me reprimí para no perder el dominio propio. ¡No había tiempo para esto!

Agarré un candelero y lo sacudí, echando a volar el cirio.

—¡Por el amor de Dios, deme algo con lo que luchar! ¡Dígame qué debo saber!

—¡Esto es sacrilegio! —gritó.

—¡Pues muéstreme algo de respeto!

Él extendió la mano con cuidado hacia el candelero.

—Por favor, déjelo en su sitio. Está profanando nuestro santuario.

—Dígame que tiene los medios para someter al demonio.

—Los tengo. Sí... por favor.

Le devolví su preciado candelero.

—Pues cuénteme. Haré lo que haga falta. Conviértame, bautíceme, encomiéndeme, deme los medios.

El obispo suspiró.

—Casi diría que aquí el diablo es usted.

—¿Quiere el diablo luchar con el diablo?

Él me miró con ceño fruncido, luego salió a grandes pasos del santuario. Yo le seguí.

—Gracias —dijo él—, ahora cuénteme lo que sabe.

Y lo hice. Le conté la historia entera, empezando con la primera visita de Valeri a la hacienda de Cantemir y la muerte y la resurrección de Stefan. Le expliqué los acontecimientos de la noche anterior, cuando me hechizaron bebiendo sangre, y no me salté ni un detalle de mi encuentro con Valerik cuando me escapé del castillo, solo dos horas antes. Él miró con una ceja levantada la mitad del tiempo.

Cuando terminé, me miró fijamente a mí como si realmente estuviera loco.

—¿No me cree?

Caminó hacia un pequeño armario y se sirvió un vaso de *brandy*, se lo llevó a la boca y lo apuró de un trago.

—¡No tengo toda la noche, oiga! —dije—. Ella está allí en este momento, convirtiéndose en lo que quiera que sean ellos.

—¿Está usted bautizado? —me dijo a la cara el obispo, severo.

—No.

—¿No es cristiano?

—Desde luego que sí.

—Pero usted no es un miembro del cuerpo de Cristo. Usted no está en la iglesia. Así que no puede ser cristiano.

—¡Soy un guerrero al servicio de esta iglesia, amigo!

Traté de calmarme.

—He dado muerte a un millar de sus enemigos. Perdóneme, Su Eminencia, pero debo saber cómo derrotar al mal. ¡Amo a esa mujer!

—Aunque aprecio su lealtad al derrotar a los enemigos de Cristo, es evidente su ignorancia. ¿Usted habla de amor? Le aseguro que las pasiones del corazón no sirven de nada para vencer al mal.

—¿Entonces qué sirve?

—La obediencia a la iglesia. Dejar la inmoralidad y limpiar sus manos de todo pecado. El ayuno, las limosnas, la sagrada comunión, el arrepentimiento, la unción; eso le limpiará. Debe creer en el Dios trino, en la muerte y resurrección de Cristo, y en su Desposada, que es su iglesia.

—No tengo tiempo para todo eso esta noche. Venga conmigo.¡Puede desenmascarar a ese demonio como lo que es! Traiga su crucifijo y su libro santo y ayúdeme a quitarle el disfraz a Vlad van Valerik.

—Él es cristiano, necio.

—Entonces es un cristiano del demonio que bebe sangre de inocentes.

Estas palabras hicieron de inmediato fruncir el ceño al obispo, y lamenté haberlas dicho.

—Ningún cristiano puede ser del demonio —dijo—. Están limpios por la iglesia.

—Por favor, yo no sé lo que hace que un hombre sea bueno ante Dios. Lo único que sé es que le necesito para rescatar a Lucine de ese malvado. Si yo fuera un buen cristiano, lo haría yo mismo.

El religioso me escrutó.

—Seguro que se ha encontrado con este tipo de cosas en su servicio —insistí.

Se quedó mirándome de arriba a abajo.

—No, personalmente, no. Pero he oído cosas al respecto. Cuentos de bebedores de sangre.

—¿Y?

—Demonios cárpatos —dijo en voz baja, como si a él mismo le costara creerlo—. Convertidos en eso por beberse la sangre de los muertos. Criaturas de la noche que tienen poderes extraordinarios y se alimentan de sangre inocente. Dicen que se les mata atravesándoles el corazón con una estaca de madera. Se cuenta que le tienen miedo al agua bendita —comentó. Apartó la mirada de la pared y me volvió a mirar—. ¿Está seguro de que era sangre lo que usted bebió?

—Sí, creo que lo era.

El obispo se apartó unos pasos.

—Mm... Entonces le ayudaremos. Tiene usted que volver a Cantemir y esperarnos. Al amanecer.

—No puedo esperar hasta...

—No podemos ir de noche. ¡El mal es siempre más fuerte en la oscuridad! Si quiere mi ayuda, será al amanecer.

¡Una eternidad! La idea de esperar me retorcía las entrañas.

—Estas son mis condiciones —dijo, y apuró otro trago de *brandy*.

—¿Entonces, puede usted ayudarme?

—Ya veremos. Con la ayuda de Dios, creo que podemos poner las cosas en su sitio respecto a usted.

—Lo que me preocupa no soy yo. Es ella. ¡Es él!

—Usted lo ha dicho. Echaremos al maligno, se lo prometo.

Yo no tenía mejor alternativa, así que asentí con la cabeza.

—Quedamos así. Le esperaré. Al amanecer.

—Al salir el sol.

—Ni un momento más tarde.

Se dio la vuelta y entró por la puerta de su santuario.

VEINTICUATRO

Lucine se despertó y estaba oscuro, pero no podía estar segura de si estaba de verdad despierta. Más bien parecía un sueño. Una pesadilla.

Tenía los ojos abiertos. Se había esforzado para abrir los párpados y luego se los había levantado, a pesar de la sensación de que alguien le había puesto arena debajo mientras dormía. Una luz anaranjada hacía bailar sombras en la pared. Todavía estaba en el dormitorio. Era la habitación de Vlad van Valerik. Ese hombre era una bestia.

Una sombra con la forma de una enorme rana avanzaba lentamente por la pared. Un fantasma. Pero era su imaginación, estaba soñando. Tenía que estarlo. Seguro que todavía estaba soñando, posiblemente mientras dormía en su cama en la hacienda, intranquila por lo que le había pasado a Natasha en estos días.

Nada de lo que había soñado podía ser verdad. No le había dado la espalda a Toma ni había aceptado la oferta del duque. No había permitido que Vlad la llevase al prado o la besara. No había comido con ellos ni había probado esa amarga sangre cuando le pusieron la copa en los labios. Y seguro que no le había dejado que la mordiera y probara su sangre. Ni que él le inyectara su sangre en la boca.

Todo era una pesadilla. Estaba a salvo en su cama y Toma se encontraba cerca, dedicada a salvarla de cualquier peligro.

Algo le apretaba en la parte de atrás de la pierna y la sacó de sus pensamientos. Un suave gemido y después un grito agudo.

¡Natasha! Su hermana había venido para consolarla después de que aquella bestia la hubo maltratado y abandonado. ¿Era también parte del sueño?

La risa de su hermana interrumpió el silencio.

—No, Stefan —suspiró, luego volvió a reír, como si le hicieran cosquillas.

Lucine se quedó boquiabierta. Un dolor se le extendió desde la barbilla, bajando por el pecho, hasta las piernas. Fue como un martillazo. Ahogó un grito.

—¡Natasha!

La figura que había detrás de ella dio una sacudida.

—¿Lucine?

No se atrevió a moverse otra vez. Las lágrimas le escocían en los ojos.

—¿Natasha?

Un momento de silencio. Luego una tierna mano en el hombro.

—Shh, hermana—susurró Natasha—, trata de tranquilizarte.

—Duele.

—Lo sé. Ya lo sé, es la conversión. El dolor es parte de tu transformación. Acéptalo, se pasará.

—¿Estoy cambiando?

—Te gustará, Lucine, te lo juro. Hay momentos en que parece terrible, esta apariencia, pero hay tanto amor y miedo juntos, ¿sabes?

—¡Yo no quiero esto, Natasha! ¿Qué me pasa? ¿Qué he hecho?

Su hermana estaba letalmente quieta. Lucine trató de darse la vuelta para verla, pero le dolían demasiado las articulaciones. Apretó el colchón con la mano para intentar aliviarse y entonces vio su brazo.

Tenía la piel gris. Cubierta por alguna afección. ¡Escamas!

Estaba aterrorizada. Rodó sobre sí a pesar del dolor.

—¡Natasha!

—Shh, shh, shh —la calló su hermana, con lágrimas en los ojos—, esto se pasará.

—¿Estoy muerta?

—No. Shh, por favor, tranquila. Él te ha dado su sangre. Es mucho más fuerte que la de los otros, así que tu cambio es más rápido. Vas a ser su novia, Lucine. Él es el señor, el descendiente directo de una reina. Solo puede tener una esposa. Vas a ser muy especial para él. Es un gran honor.

—¡Yo no quiero ser su esposa!

—No. Querrás serlo. Cuando te transformes, querrás.

—¿Por qué no me advertiste de este dolor, Natasha? ¡Me has traicionado!

Natasha se sorbió la nariz. Apoyó la cara en el hombro de Lucine y empezó a sollozar.

—Lo siento... Lo siento mucho, Lucine. Todo se vuelve borroso —dijo, levantó el rostro y la miró con ojos llorosos—, pero le adorarás. Serás muy feliz. ¡Te lo juro, yo nunca te haría daño, hermana!

—¿Qué...? —preguntó levantando el brazo y mirando fijamente su piel escamosa—. ¿Qué me está pasando?

—Cuando emerjas, tu piel será blanca y pura, bellísima. Todos se sobrecogerán ante ti. ¡La prometida! Será maravilloso, Lucine.

Ella tenía la lucidez suficiente para ver que su hermana había perdido toda capacidad de juicio. Seguro que ella misma no le andaba muy a la zaga.

—¿Natasha?

—Shh, Hermana. Duerme.

—Natasha...

Natasha empezó a llorar otra vez.

VEINTICINCO

Yo no podía dormir esa noche.

No podía comer. No podía peinarme, ni cambiarme de camisa, ni darme un baño. Estas tareas me parecían insustanciales, completamente triviales comparadas con mi temor por Lucine. Pensé en hacerlas, pero no podía reunir las fuerzas para distanciarme de mi miseria.

En lugar de ello, me quedé en el balcón de mi cuarto y me puse a dar pasos, abrigándome el pecho con los brazos, con la mirada puesta en los montes Cárpatos al oeste. El tiempo estaba despejado, pero unas siniestras nubes seguían abrazando las montañas. Era todo lo que podía hacer para no lanzarme al camino en mi caballo.

Me puse a considerar cada posibilidad de rescate. Un sigiloso ascenso por la pared de la torre o una arriesgada entrada por el frente, hasta la torre, y salir bajando por una cuerda.

Si no se lo hubiera prometido al obispo, habría intentado algo que tuviera la más mínima expectativa de éxito. Los rusos no esperarían un regreso tan rápido después de la buena paliza que me habían dado.

Al menos eso jugaría a mi favor. Pero yo sabía que me había enfrentado al maligno en aquel castillo, y la iglesia era ahora la mejor esperanza para Lucine. Si yo fuera y fracasara, sería su condenación.

Así que estaba paseando y preguntándome acerca de este amor que me había esclavizado, Y fue en esas escasas horas cuando volví a recordar al anciano con el cuervo, el mensajero de Dios que había venido a advertirnos.

¿Por qué su advertencia? ¿Por qué a mí? ¿Por qué tanta molestia para entregarme unas palabras? Habiendo descubierto que Dios tenía que ser real, encontré un nuevo significado a la visita del anciano. Dios había venido a mí en la forma de aquel grotesco pájaro.

Recordé sus palabras directamente:

—*Pero fue Dios quien me dijo que dijera a Toma Nicolescu que el diablo está en guerra con él.*

¿Sabía él algo? ¿Qué guerra? ¡Solo podía referirse a Lucine! Quizá eso explicase mi inmediata y casi inexplicable atracción por ella.

Que el anciano conociera a Vlad y yo me encontrara en este atolladero me resultaba asombroso. ¡Si yo hubiera sabido que ese desconocido estaba allí esperando a llevársela, le habría besado pies y manos y le habría jurado mi amor en cuanto me enamoré de ella!

¿Y significaba eso que *yo estaba destinado* a amarla? ¡Sí, eso debía ser!

Lo cual solo podía significar que ella ahora dependía únicamente de mí.

A partir de ese momento pensé en mí de manera diferente. Ya no era el siervo de Su Majestad, Catalina la Grande, sino siervo de Dios mismo, con la misión de salvar a la persona cortejada por ese demonio.

Yo era el salvador, sufriendo para amar y salvar a la que debía ser amada y salvada. Era escandaloso pensar en mí en unos términos tan elevados. ¡Pero así tenía que ser! Yo era su único salvador, y la bestia de lo alto de la montaña era el demonio con las alas del murciélago, como el anciano había dicho.

En el momento en que lo vi claro, sentí rabia. Yo no podía quedarme ahí parado mirando a las montañas ni un momento más.

Entonces entré corriendo en mi cuarto, saqué mi diario y me puse a escribir a la luz de las velas.

Lucine, mi amor:

¡Perdóname! Sería capaz de cortarme las manos por tomar las tuyas más pronto. Sería capaz de cortarme la lengua para que hablara mi corazón. Ahora estás ahí, en el castillo de esa bestia, soportando su tortura...

Levanté la pluma y pensé. Por lo que sabía, ella se había estado riendo a carcajadas allí arriba, como Natasha y Alek. Yo no tenía ninguna prueba de que Lucine no estuviese locamente enamorada del duque. Pero espanté esa idea de mi mente, porque no me hizo sino rabiar más.

... y aquí estoy, esclavizado por mi propia desolación.

Estoy hecho pedazos por este amor sobrenatural por ti, mi dulce y hermosa dama. Nada me importa ya, salvo acabar con el malvado que te pone en peligro.

Traeré todos los ejércitos de Rusia aquí para arrasar estas montañas si es lo que debo hacer para salvarte. Dispararé mil cañones contra esa torre, aplastaré a esos infieles haciéndolos estallar cien veces a cada uno.

Tomaré a Dios de la mano y lo traeré a esos muros hasta que la oscuridad tenga que salir corriendo. Entonces seré la luz que irrumpe en la oscuridad y te arrebataré en mis brazos.

Mojé la pluma y me volqué en aquella página. Sentía como si el pecho me fuera a reventar.

Lucine, mi amor, te lo ruego, escucha mi clamor en tu corazón ahora. Quiéreme. Ámame, te lo ruego, ámame...

¡Era demasiado! ¡Menuda súplica patética! Dejé caer la pluma en el escritorio y apoyé mi cabeza en las manos para contener las lágrimas.

Cuando apenas se atisbaba el gris en el cielo negro, yo ya estaba en el camino, andando de un lado a otro, como el padre que espera a su pródigo.

La oscuridad retrocedía mucho más tercamente de lo que imaginé que podría, pero por fin llegó el día.

Y no había en ninguna parte signo alguno de aquel maldito obispo ni de sus grandes orejas.

De todos modos, no tenía mejor alternativa que permanecer allí y esperar, así que eso hice.

—¡Toma!

Me volví hacia la casa y vi que Kesia estaba en la puerta. Había un clérigo de pie al lado de ella. ¡El obispo! Vestido con sus ropas rojas y su sombrero negro. Ni sabía ni me importaba cómo había llegado Petrov allí. Probablemente había venido antes de la salida del sol.

Fui corriendo hacia las puertas.

—Gracias, Su Eminencia. Gracias por venir. Estaba preocupado.

—Soy un hombre de palabra —dijo, pero más bien parecía un hombre de piedra.

Me detuve y eché un vistazo entre ellos.

—¿Ha traído lo que necesitamos?

—¿Qué es lo que necesitamos?

—¡Las armas, hombre! Los libros, el agua bendita, el crucifijo, la estaca esa de madera, lo que sea que tenga para derrotar al maligno. ¡Tenemos que salir inmediatamente!

—Primero unas palabras, si no le importa.

—Pues dese prisa. Diga.

—Venga adentro, Toma —dijo Kesia, volviéndose hacia la casa— . ¿Una taza de té?

—Señora, le ruego me disculpe, pero no tenemos tiempo para charla.

Yo no había hablado con ella desde mi viaje al castillo Castile, pero asumí que el obispo lo habría hecho.

—¿Sabe usted a qué nos enfrentamos?

—Su Eminencia me lo ha explicado, sí. Y es un asunto delicado. Siéntese.

Habíamos cruzado el salón principal hasta una mesita de té en la que había un pote plateado echando vapor. Yo estaba muy lejos de tener ganas de sentarme, pero, cuando al obispo ocupó su silla, me pareció una arrogancia quedarme de pie, así que me senté sobre el borde del sofá.

—Está bien, hable —dije.

Kesia miró al obispo, que tenía la frente muy arrugada. Él movió la cabeza y me miró.

—Usted es consciente de quién es el hombre al que está acusando.

—Sí. Y, francamente, no me preocupa quién sea. Aunque fuese el rey de Francia, mantendría mi acusación.

—Si lo fuera, tal vez yo sería un poco menos reacio. Pero usted está acusando a un hombre que puede tener el futuro de Rusia en sus manos. Brujería, nada menos. ¿Sabe usted el castigo para las prácticas ocultistas?

—¡No me importa su castigo! Solo quiero arrebatarle a Lucine. ¡Hice un juramento a la emperatriz!

—Eso he oído. —Aceptó un poco de té de Kesia. No había nadie más en el salón, que yo pudiera ver. —También he oído que está usted bastante prendado de Lucine.

Yo no podía negarlo después de mi confesión a Kesia.

—Mi corazón ha tomado un giro inesperado, sí.

—En contra de la orden de nuestra emperatriz, nada menos.

Me puse en pie, la cara encendida.

—Estoy aquí para cumplir mi encargo. ¿Cómo se atreve a insinuar que está en entredicho mi compromiso con la persona a quien sirvo?

El religioso sorbió un poco de la ardiente taza de té, sin mostrar señal de prisa alguna.

—¿Cómo cree usted que su corazón quedó tan fuertemente ligado pese a sus órdenes?

—Eso no importa. Ella está en peligro.

—Eso dice usted. Y el castigo para la causa de este problema, asumiendo que hay brujería por medio, es la hoguera. Está pidiendo que quememos al duque, Vlad van Valerik, porque usted se ha enamorado de la mujer que le ha dado a él permiso para cortejarla.

—¡Esto es absurdo!

—¡Siéntese! —estalló.

Nos miramos a la cara, él sentado, yo de pie, y vi que, si quería tener alguna posibilidad de que me ayudara, debía mostrarle respeto. Así que me volví a sentar.

—Discúlpeme —dije—. Es una situación totalmente nueva para mí.

Sus oscuros ojos no mostraron ninguna atenuación al aceptar mis disculpas.

—Usted ha dicho algunas cosas terriblemente preocupantes para cualquier hombre de Dios, caballero. En mi opinión, solo puede haber tres explicaciones.

La señora Kesia no era esa persona tan jovial, sino inmóvil y distante. Algo iba mal. Yo podía ver que se habían reunido y habían llegado a algún acuerdo. No iban a ayudarme.

—La primera es que está usted equivocado —siguió el obispo—. Que lo que usted vio era algo inofensivo. Una sencilla expresión de pasión común entre los de alta alcurnia.

—No, yo sé lo que vi.

—La segunda es que usted vio una inexpresable maldad en el duque y que él y su séquito son obra del maligno —dijo y se persignó—, que Dios perdone mis palabras.

—Yo solo puede decir lo que vi —dije.

—Una atroz acusación más atroz que destrozaría a la corte real y afectaría a la mismísima emperatriz.

Yo no había tenido eso en cuenta.

—¿Y la tercera? —pregunté.

Noté un objeto romo en base del cráneo.

Lo supe al instante: una pistola. Me estaban arrestando. Mis músculos reaccionaron y estuve a punto de girar y alejar el arma de un manotazo, como habría hecho estando entre enemigos. Pero estaba con un obispo y al servicio de Su Majestad para proteger esta casa.

Así que me quedé totalmente quieto.

La mirada del obispo no se apartó de la mía.

—La tercera es que *usted* ha sido infectado por el mal, Tom Nicolescu. Y yo no me movería. Este hombre tiene órdenes de dispararle si se mueve; todas las salidas están cubiertas.

Me turbó ver la plena dimensión de su traición. Consideré mis alternativas y decidí en seguida que mis posibilidades de fuga serían mejores más tarde, si es que optaba por ella.

—Esto es un ultraje —dije con la voz ronca, cortada por la furia.

—No es raro que un infiel resulte embrujado sin saberlo. Ha expuesto usted ideas que me colocan en una difícil posición. O usted o el que han caído en las garras del maligno. No puedo quemar a un hombre, mucho menos de la realeza, por la palabra de alguien cuya cabeza y corazón están en entredicho.

Eso era. Yo no había previsto esta posibilidad por mi gran ignorancia de los modos de la iglesia. Si la conociera mejor, yo podría haber agarrado al obispo por la fuerza la noche antes y haberlo llevado al castillo para que lo viera él mismo.

Miré a Kesia

—Señora, se lo ruego. Usted tiene que tener en cuenta lo que digo. Yo estaba allí. ¡Bebí la sangre! ¿Cómo se explica si no el comportamiento de Natasha y Alek? ¡Usted los vio!

—Ha bebido sangre —dijo el obispo— ¡y ahora nos habla de cuentos que solo alguien que ha visitado el infierno podría contar!

—¡Pues sáquenme ese infierno y encarguémonos de esto!

—Vamos a intentarlo.

—Pues vamos.

—En su momento.

—¡No hay tiempo! Señora, sus hijas se están convirtiendo en algo que no eran. Le ruego que me deje hacer aquello para lo que he nacido.

—¿Y qué es, Toma? ¿Amar y hechizar a Lucine?

Me puse hecho una furia. Estos necios pensaban que yo era el demonio, mientras la persona a la que todos amábamos estaba atrapada en la jaula del auténtico malvado.

Aquella pistola estaba todavía contra mi cabeza. Dos soldados de uniforme gris de la milicia local pasaron junto al sofá portando grilletes. Yo, un héroe de Rusia que tenía la autoridad de la emperatriz, encadenado por un obispo.

—¡Esto es un error! Tengo una autoridad superior —grité.

—Y yo tengo la autoridad de Dios —dijo el obispo—. ¡Arréstenlo!

Me agacharon y me aseguraron los grilletes a la muñecas. Por mucho que quisiera resistirme, sabía que solo conseguiría una bala en la espalda, porque no me apuntaba una pistola, sino tres. Y yo no tenía ningún arma.

—Llévenlo a nuestra mazmorra en Crysk —ordenó el obispo, volviéndose para salir de donde estábamos.

¡Crysk!

—No, reténgame aquí y vaya a explorar Castile. ¡Le aseguro que volverá y me liberará!

—Estas cosas llevan tiempo —dijo el religioso sin volverse—. Se enviará una citación al duque. Se le dará la oportunidad de explicar cualquier malentendido.

—¿Una citación? Sabe que dirá lo que le convenga, ¡idiota!

—¡El dirá lo que deba! —estalló el obispo, revolviéndose—. ¡Es un cristiano!

Y salió del salón.

Yo debería haberme sentido humillado, pero temía demasiado por Lucine como para preocuparme de mi situación.

—Señora, le aseguro que está usted tomando una decisión que le traerá una total desgracia, si aprecia a sus hijas —dije con voz áspera—. ¡Todavía puede deshacer esto!

Un destello de interés alumbró los ojos de Kesia, pero se limitó a alejarse.

—Esto le está grande, Toma —dijo y salió también del salón.

Fui arrastrado sin contemplaciones a un carro donde solían llevar a los borrachos, luego me encadenaron a una argolla a mi espalda. Ya no había resistencia ni argumento que me pudiese ayudar. Me dirigía al sur, hacia Crysk, lejos de Cantemir, lejos de Castile.

Lejos de Lucine.

VEINTISÉIS

La luz se filtraba entre las cortinas cuando el mal sueño empezó a salir de la mente de Lucine como si fuera una capa de alquitrán despegándose del cráneo bajo un sol de justicia. Tan profundo fue su sueño que no podía recordar nada de él. Apenas era consciente de su propia existencia, solo de que se estaba despertando. Se desvanecían las capas de muerte. Estaba naciendo. Una mariposa que sale de su capullo.

Y no obstante sentía como si sus párpados fueran de plomo.

Notó una fresca brisa que resbalaba por su cuerpo, que le traía el olor de la tierra mojada tras una fuerte lluvia. Y, además, el olor a rosas y agujas de pino. Agua fresca de un arroyo de montaña, que borbotea entre rocas y musgo. Podía oírlo. Relinchó un caballo; una risa resonaba suavemente a lo lejos.

Sus ojos se abrieron un poco y los tuvo que cerrar ante el brillo de la luz. Los volvió a abrir, despacio. Estaba tumbada abrazándose el vientre con las manos. Tenía delante el dosel de seda blanca de su cama. De la cama de Vlad van Valerik.

Estaba sola. Sentía los músculos y huesos pesados, como la piedra, pero sus sentidos chillaban de vitalidad. Relucían prismas de rojo y verde donde la luz golpeaba las cintas de oro labradas en las columnas de la cama. En alguna parte ardía una vela perfumada de vainilla.

Se deslizaron en su mente los recuerdos de la víspera. Vlad, la cena, la sangre. Su mordedura. Ella debía de ser su prometida.

Lucine parpadeó y movió los dedos. Las manos. Luego levantó un brazo para poder verlo. El dolor ya no estaba. Las escamas le manchaban los brazos, como la muda de una serpiente. Pero debajo había una capa nueva y hermosa de piel blanca.

Se sentó, pensando que le costaría incorporarse. Sin embargo, se levantó sin esfuerzo, como si su torso hubiera perdido todo su peso durante la noche. Una colcha de Borgoña le abrazaba el cuerpo, muy convenientemente sujeta sobre sus pechos. Se frotó distraídamente los brazos. Las escamas muertas se le cayeron y se le veía una piel tan pálida que parecía translúcida en algunas partes.

Con cuidado, separó la ropa de cama de su cuerpo desnudo. Las sábanas estaban cubiertas de escamas blancas, y de su carne colgaban muchas más, tan frágilmente que la mayor parte se cayeron cuando se movió.

Se había transformado.

Ella no estaba segura de qué hacer al respecto.

Un olor fuerte, que podría ser sangre, sudor o bilis, le hizo cosquillas en la nariz y levantó la mirada para ver a Vlad en la entrada, mirándola. Ella podía olerlo.

—Eres preciosa, cariño.

Lucine abrió la boca para hablar, sintió los labios cortados. Se tocó el labio inferior con la lengua y probó la sangre seca. Ya no le dolía el mordisco.

—Preciosa —dijo él, acercándose.

Vlad iba vestido de negro, como era su costumbre: un largo gabán y pantalones negros. Camisa blanca bajo un chaleco de cuero con botones de cobre. El cuello de la camisa estaba suelto y abierto, dejando ver su blanco pecho, marcado por venas azules a flor de piel.

Ella recordó vagamente que él la había golpeado aquella noche. Pero el recuerdo parecía ahora distante, obscurecido por la explosión de sensaciones que le palpitaban en la mente.

Él se inclinó hacia ella y el olor de su aliento le llegó como un hedor repentino que no sabía muy bien si catalogar como de flores o de fango sucio.

Su boca alcanzó la de ella y le lamió los labios con la punta de la lengua.

—Ahora eres mía, mi prometida.

Un afilado pavor le atravesó la mente y se fue. Su respiración era pesada. Vlad se puso en pie y empezó a andar. Durante un momento que se convirtió en un rato, siguió mirándola. Ella no sabía qué decir. Qué preguntar.

—La tercera noche será la boda, aquí en el castillo —dijo él.

—¿No te emociona?

—Yo...

Ella no sabía.

—No, estás demasiado confundida todavía —dijo entre dientes—, pero ya llegará. Voy a hacer que me ansíes y me supliques el dolor que te va a salvar. El castillo será tuyo. Más poder y amor del que podrías haber esperado, aquí, bajo mi mando. Una reina. Mi prometida —dijo, dando unos pasos—. ¿Qué me dices?

Ella no sabía realmente qué decir. Solo quería bañarse y ver qué le había pasado a su cuerpo. Quería salir de ese dormitorio. Quería ver a su madre. Quería beber y aliviar su seca garganta.

Pero tenía que decir algo.

—¿Qué me ha pasado?

Él rió, pero de mala gana, en opinión de ella. Se sentó sobre la cama y pasó sus largos dedos por debajo de su pierna, limpiando las escamas como una varita podría limpiar la ceniza de una estatua de mármol.

—Te he dado mi sangre. Algunos lo llamarían enfermedad; yo lo llamo vida. Mi estirpe es antigua y vivimos mucho tiempo, cientos de años o más, dependiendo de la pureza de la sangre. Yo soy el último mestizo. Solo hay uno de pura raza, llamado Alucard, que podría hacer mestizos, naturalmente, pero por ahora opta por no hacerlo. Hay miles de menor grado en numerosos aquelarres secretos. Hay otros que toman muchas compañeras, pero los mestizos tomamos solo una —dijo mientras le recorría el costado con la mano hasta llegar al hombro y al cuello—. Tú, cariño, eres la prometida de un mestizo. Mi sangre es muy poderosa. La transformación que has visto ahora suele tardar días y nunca llega tan lejos. Tú vas a ser muy especial, Lucine.

—¿Sí? —sonó áspera su voz.

—Te van a tener miedo.

—Yo so... soy... —tartamudeó por las vueltas que la daba la mente ante sus palabras. La idea la aterrorizaba y fascinaba a la vez.

—No balbucees, es indecoroso.

—¿Soy una mestiza?

—Un poco de sangre no te confiere tan alto estado. No seas ridícula. Eres portadora de la sangre de un mestizo. Salida de mí. Yo te ofrecí mi sangre y la tomaste de buena gana. Soy tu serpiente y tú eres mi Eva. Y, en nuestro mundo, querida, eso es algo muy hermoso.

—Pero no me explica lo que soy —dijo ella, recuperando su voz. Se miró el antebrazo, blanco—. ¿Qué es esta enfermedad que me has pasado? Soy... ¿Puedo librarme de ella?

—¿Librarte? Acabas de nacer a ella. ¡Mi amor por ti no tiene límites! Te he entregado un regalo por el que cualquier mujer daría con gusto la vida. ¿Qué te haría renunciar a él?

—No lo sé —contestó, sintiendo la presión de las lágrimas que se le estaban formando—, solo estoy asustada, Vlad.

Durante un momento él pareció enfadado por su confesión. Pero entonces una sonrisa de consuelo le estiró la boca en una leve muestra de simpatía.

—Eso es solo porque no lo entiendes aún, querida. Has renunciado a la vida que conocías, así que, sí, debe de ser terrible. Pero yo te he dado el mundo, ya lo verás.

—¿Estoy muerta?

—Por Dios, no —se mofó—. Si así fuera estarías en el infierno, ¿qué te parece? Estás viva, y con mi sangre permanecerás viva más tiempo que la mayoría. Vas a tener sed de más sangre; es nuestra medicina. Cualquier otro alimento es solo por gusto y para crecer. Pero la medicina es la que nos mantiene fuertes. ¡Es genial! Llenos de amor y pasión.

Vlad se cernía con un aire poderoso sobre ella. Como un dios, y ella su víctima. Lucine miró sus labios entreabiertos, recordando el modo como la había besado la noche antes. Sus blancos dientes estaban ocultos.

—Van a venir por ti, mi amada. Mi enemigo tratará de arrebatarte de mí. Así actúa. Tratará de hacer que me tengas miedo —dijo, acariciándole suavemente la mejilla con el pulgar—. Entonces yo sería incapaz de controlar mi furia. Aquí no has visto ira, el amor nos colma. Pero ni eso evitaría que yo destruyera a tu familia. ¡Desolaría este mundo!

Se sintió inquieta por la confusión que le provocaban sus palabras.

—Por favor, no hables así —dijo Lucine.

—En su momento, entenderás toda la dimensión de mi poder. Pero primero ven.

Levantó la mano y ella se deslizó hasta poner los pies en el suelo, luego se puso en pie. Sentía hormigueo en los dedos de los pies.

—¡Baila conmigo! —exclamó, chasqueando los dedos. Un violín comenzó a sonar, a lo lejos, pero ella podía oírlo con total claridad, como si tocara a su oído.

Vlad le puso la mano en la cintura y la llevó en volandas.

Las escamas se le desprendían de la piel como semillas de diente de león al soplarlas. Se sentía ágil y vigorosa como una gacela.

Vlad se la arrimó y la presionó contra su pecho.

—Déjame alimentarte, cariño.

En un instante, sus labios estaban sobre los de ella, que abandonó su primer impulso de apartarse. No la mordió, aunque ella lo esperaba, lo deseaba.

—Pruébame —dijo él.

¿Morderle?

En respuesta a su pregunta retórica él abrió la boca y le ofreció su labio inferior. Ella lo apresó en su boca y él gimió.

—Por favor —dijo él.

Lucine mordió, con cuidado al principio.

—Más fuerte.

Y así lo hizo, hasta que un calor le inundó dientes y encías y le fluyó en la boca. Ella tragó su sangre.

El mismo hormigueo que le había hecho cosquillas en los pies le trepó por las piernas y el vientre, pululando como un enjambre en pecho y garganta, dejándola mareada.

Un suave gemido le subió por la garganta. ¿Qué clase de éxtasis era este? ¿Qué tipo de droga? Un afrodisíaco, opio o más; seguramente, mucho más.

El cuerpo de Vlad tembló contra el suyo. Y luego relajó un poco el abrazo y le tomó la barbilla en la mano.

—Esto, mi amor, es la oscuridad que te ofrezco. Una vida eterna conmigo, alimentándonos mutuamente de nuestras almas oscuras. El poder que ofrezco va más allá de toda comparación. Es algo que no tiene precio.

—Sí.

—Cuando vengan por ti, recuerda esto.

—Lo recordaré.

—Ahora báñate. Vístete. Enviaré a Sofía para ayudarte. Luego les mostraremos a todos lo que hemos hecho.

Por lo que creía, Lucine debía de llevar como una hora en el agua. El tiempo estaba fuera de lugar, casi sin dimensión. Las células muertas desaparecieron con el agua caliente, dejando ver su piel pura y pálida de pies a cabeza.

Soy una serpiente, pensó. *Un reptil albino. Flotando en un cálido cielo.*

Sofía entró y la ayudó a lavarse el pelo, mirando en silencio a Lucine con ojos grandes y oscuros. Cuando el agua se enfrió, Lucine se levantó y dio un paso hacía un vestido negro sostenido por Sofía. Sintió como si la piel le ardiera, al meterse en aquel traje, estaba demasiado sensible para el contacto con una tela tan tosca.

—Gracias —dijo.

—Es un honor, mi reina.

Reina. Era todo tan embriagador. Tan suculento. ¿Por qué entonces se sentía tan impotente? ¿Tan vacía y hueca bajo esa piel translúcida?

Se puso frente a Sofía, que dio un paso hacia atrás y agachó la cabeza.

Una terrible tristeza la abrumó y pensó que ella podría echarse a llorar allí mismo, la reina de las serpientes.

Como no hablaba ni se movía, Sofía levantó la cabeza y la miró fijamente a los ojos. Se leía comprensión en lo que se transmitían. Las lágrimas empañaban los ojos de Sofía.

Lo siento, Lucine.

Las palabras se oyeron claras, puestas en su mente por Sofía. ¿Sentir qué?

¿Algo iba mal, verdad? Bajo toda esta belleza y poder había un pozo profundo de oscuro dolor que se mantenía oculto.

Natasha lo había dicho. Vlad la había golpeado a diestro y siniestro. El miedo volvió a Lucine, abrasador, un doloroso temor que parecía salirle de los huesos.

—¿Qué es lo que anda mal? —dijo con un vacilante susurro.

Una lágrima solitaria salió del ojo derecho de Sofía y descendió por su mejilla.

No puedo...

Nada más. Solo esto.

—Por favor, Sofía. Estoy asustada.

Otro lágrima, de otro ojo de Sofía. Entonces empezaron a correr abundantes por su cara. Pero no había palabras, solo ese llanto silencioso que quebró la decisión de Lucine de ser reina de lo que fuera.

Se puso también a llorar. Pero ella no fue tan reservada como Sofía. Caminó hacia una silla tapizada con seda roja, cayó sobre sus rodillas, apoyó la cabeza en el asiento y lloró. No podía expresar el remordimiento que le sacaba esas lágrimas. Su mente era un pozo de vacío sin fin. Su corazón parecía haberse detenido, aunque podía oírlo palpitar en el pecho.

—¿Estoy muerta? —sollozó.

Sofía habló quedamente, con cierto esfuerzo.

—La esperan, mi reina.

—No, hasta que me digas qué ha pasado conmigo —la enfrentó Lucine.

La mujer se limpió las lágrimas con el dorso de la mano y dirigió una mirada a la puerta.

—La han convertido en una mestiza. Entre nosotros, eso la convierte en una reina.

—Yo no quiero ser reina.

Por favor, Lucine. Por favor, no me haga llorar otra vez.

—Pero eso cambiará —dijo entonces en voz alta—. Su... mente está todavía muy trastornada por su... —Sofía vaciló.— Por su transición.

A Lucine se le ocurrió que Sofía se había puesto en alguna clase de peligro por lo que había dicho sin hablar. Tal vez tenía aquí una amiga de verdad.

—Cuéntame más —le susurró—. Dime que no estoy muerta.

—Se ve usted espléndida, mi reina. Y ya verá lo viva que está.

Lucine la miró fijamente.

Por favor. Por favor, ya no más.

Entonces Lucine se puso de pie, ligera como una pluma, y anduvo por el dormitorio.

La vistieron con polainas tejidas como una red de pescador y le calzaron botas hasta las rodillas. Luego un largo, negro, vestido largo con mangas acordadas que se abría a la altura del muslo y rozaba elegantemente el suelo por los lados y por detrás. Le peinaron su extensa cabellera negra, dejándosela en naturales y suaves ondas. Sofía le puso una gargantilla de terciopelo negro con una pieza de rubí.

Y todo el tiempo sin una palabra. Sin siquiera un pensamiento de parte de Sofía.

La criada que le habían designado la condujo abajo, por el comedor donde habían comido la tarde anterior, hasta el magnífico salón de baile.

Fuera hacía un día radiante, primera hora de la tarde quizás, pero en ese salón solo había una vidriera oscura en la cúpula que dejaba pasar leves atisbos de luz adentro, atravesando la figura de una criatura alada. Un centenar de velas en candelabros de pared y una enorme lámpara de araña iluminaban con un matiz anaranjado a los presentes.

El séquito por completo estaba de pie esperando en grupos, al final de la escalera, a lo largo de la galería. Docenas. Quizás un centenar, todos vestidos de negro, incluidos Natasha y Alek, que estaban de pie a la derecha con Dacha y Stefan.

Vlad estaba en el centro, con la mirada fija en ella. Un absoluto silencio envolvía la sala. Todos los ojos estaban puestos en ella. Podía sentir sus miradas como si fueran cien lunas observándola.

Lucine se sentía más bien desconectada ante lo que veía. Pero luego penetró en su interior la apreciación de esa muestra de honor y se le reanimó el pulso.

Sofía se apartó de su lado y se unió a su hermana.

Vlad sonrió, abrió los brazos y recorrió la estancia con la mirada

—En la tercera noche, dentro de dos ciclos, me casaré. Amigos, ¡les presento a mi prometida y mi reina!

Empezó a sonar como un simple toque rítmico de pies, luego aumentó hasta ser fuertes pisotones, todos al unísono. *Bum, bum, bum, bum*.

Vlad caminó despacio hacia ella, bebiéndose sus ojos con la mirada, atrayéndola con tal compulsión que apenas podía impedir que sus pies se adelantaran.

En un abrir y cerrar de ojos, cruzó el salón. De repente ya estaba a su lado, con un brazo por la cintura y su ardiente boca cubriendo la de ella. Los pies llenaron el aire de truenos.

—Entonces, querida, no habrá vuelta atrás —suspiró él.

La besó suavemente y, mientras sus labios se demoraban en despegarse, el sonido de pisotones iba *in crescendo*. Ella vio, más allá de él, las miradas, todos fijos en ella, relucientes, alimentándose maravillados de ella y Vlad.

Pero en aquel momento un nuevo sonido le vino a la mente. Un distante grito de angustia que se hinchó y reventó el golpeteo de las botas en un chillido que partiría cristales. En vez del hombre que la abrazaba, vio a la bestia. Un encorvado lobo con alas.

El terror que le atravesó en ese instante fue tan atroz que no pudo ni pensar en gritar. Entonces desapareció, reemplazado por los vítores de los rusos, levantando sus copas de metal.

Todos humanos.

Vlad recogió su bebida de una mesa y la alzó.

—¡Por mi prometida, reina de ustedes, Lucine!

—¡Por la reina!—

Bebieron. Lucine respiró. El recuerdo de aquella visión se desvaneció.

VEINTISIETE

La mazmorra a la que me arrojaron estaba anexa al monasterio y tenía su propia entrada, que podría proporcionar acceso al muro externo si me las ingeniase para escapar. Pero me dejaron sin la más mínima opción de fuga. Me encadenaron piernas y brazos antes de soltarme del carro y arrastrarme escaleras abajo hasta un malsano y húmedo rincón.

Yo era el único preso; no era un lugar de retención para la gente común, era exclusivo para aquellos a quienes la ortodoxia deseaba retener hasta que la iglesia investigase el delito. Había tres celdas más, todas con barras de hierro, y una sala grande al final cuya utilidad iba pronto a descubrir. Mi celda tenía solo cuatro pasos de longitud, los muros eran de piedra y ladrillo, con algo de mugrienta paja para absorber un poco de humedad del suelo. Olía a moho y sudor.

Pero nada de eso me molestaba. Tenía la mente ocupada en otros asuntos.

Tenía que fugarme. Sentía como si el demonio me hubiese disparado una flecha y me hubiese traspasado el corazón.

No había ventana que me dejara saber la hora del día, pero a cada hora que pasaba me sangraba más la herida. Me agarré de los barrotes, apreté la cabeza entre ellos y le grité al guardia que me hiciera caso. Yo estaba al servicio de Su Majestad y al final, cuando se dieran cuenta de que yo era un inocente injustamente recluido, se iban a poner los puntos sobre las íes. ¡Lo iban a pagar con la vida!

Lo grité una y otra vez, pero nadie me oía, o me tenían por loco. Y en algún momento me pregunté si no tendrían razón. Si era así, el amor me había llevado a la locura. Lucine era mi amada. Ya no podía pensar en ella de ninguna otra manera. Mi amada se hallaba en un peligro mortal y yo era incapaz de salvarla.

Apenas había límites para lo que la imaginación veía que Vlad van Valerik le estaría haciendo. Veía al buitre que la tenía asida con sus enormes garras y se la llevaba volando a las cumbres para alimentarse de ella. Y yo gritaba a esas montañas para que me la devolvieran.

Veía látigos y cadenas que rasgaban sus carnes, y yo lloraba con su dolor, con ideas de hacerme jirones la piel para que no fuera ella la única.

Veía cómo la bestia se cernía sobre su rendida figura, estrangulándola con una mano mientras le rasgaba las ropas con la otra.

Veía cómo bajaban las lágrimas por las mejillas de Lucine. Y me senté en un rincón y lloré.

Vinieron a verme horas más tarde, un tipo alto y flaco, con una sonrisa de maldad, y su colega, más bajo, que tenía el aspecto de un perro que llevaba un mes sin lavarse. Estaban de pie fuera de la celda, sosteniendo una antorcha.

—¡Por fin! —grité.

El alto inclinó la cabeza, como si la cortesía importase en este mundo.

—He venido para saber si ha decidido confesar.

Agarré los barrotes.

—¿Qué confesión ni qué...? Por favor, dígame que están comprobando lo que les dije.

—Lo que ha dicho un hombre con el alma trastornada por la brujería no puede ser sino mentira. Su única opción ahora es confesar para que Dios pueda tener misericordia de usted.

—¡Entonces confieso! Ahora déjenme ir a cumplir con mi deber. Suéltenme. O les juro que me cobraré sus cabezas cuando esto haya terminado.

Al tipo se le heló la sonrisa.

—Mejor que no amenace a los siervos de Dios. La próxima vez que baje tendré que someterle a tormento —dijo, señalando con la cabeza la sala del fondo—. Un pincho ardiendo puede hacer que se suelte hasta la lengua más oculta. Entonces clamará por la compasión de Dios.

—*Ya* estoy clamando, estúpido.

¿Querían torturarme hasta que confesara brujería? Para esa confesión solo existía la pena de muerte. Estaba atrapado por estos monstruos. Mi única salida era conseguir algo de compasión o confianza, y no iba bien para ninguna.

Me solté de los barrotes y junté las manos en un gesto de rendición.

—Perdóneme, señor. Perdóneme, pero estoy fuera de mí y a expensas de su misericordia.

—Cierto —dijo.

—Ha habido un terrible error. Si usted pudiera hablar con el general de Moldavia, él le explicaría cuál es mi alta posición. Se me reconoce como uno de los héroes más famosos de Rusia.

—¿Sí?

—Pero aquí, me alegro de ser su criado. Lo que me preocupa no es mi vida, sino la vida de Lucine Cantemir.

Su ojo derecho se abrió más, arqueando la ceja.

—¿La mujer de la que se ha enamorado indebidamente?

¿Toda Moldavia lo sabía? ¡Qué ultraje!

—No sea absurdo, hombre. Yo aprecio a todos los que están bajo mi responsabilidad, ¡solo para protegerlos y servirlos! Le exijo que se ponga en contacto con el general inmediatamente.

—Ah, claro que lo haremos. En cuanto usted descubra la perversidad de su alma.

Entonces el tipo delgado se dio la vuelta y se alejó, seguido de su macabro perrito faldero. Con ellos se fue la luz. Si hubiera podido, lo habría agarrado entre los barrotes y lo habría estrangulado con mis propias manos.

¿Cómo podían ellos saber de mi amor por Lucine? ¡Kesia me había traicionado! Estaba aquí encerrado, expuesto a todos los poderes de oscuridad. Me sacarían los ojos y me comerían el alma. Yo había visto su estilo de tortura antes, de la clase que reduce a una persona normal a excremento para llegar a la confesión religiosa.

Allí estaba en mi celda, temblando, recordando otra vez por qué había desdeñado a la iglesia. Ella afirmaba ser la esposa de Dios, pero yo no podría imaginarme a Dios casándose con el obispo. El único instrumento para la salvación de Lucine estaba hora apagando su única esperanza. Yo. Un hombre que la amaba. No podía hacer nada.

Caí sobre mis rodillas en el rincón y lloré. Podrían sacarme los ojos y arrancarme las venas, pero ninguna de sus torturas podría compararse con el dolor que me asolaba en aquel rincón.

Pedí a Dios que me oyera. Si él no salvaba a Lucine, yo solo quería morir con ella. Mi fuerza y control, todo lo que me había convertido en un héroe de Rusia, parecía ahora una maldición. Algo inútil. Se iban a compadecer de mí como el guerrero que se convirtió en gusano.

Hundí la cabeza entre las manos y sollocé con fuertes suspiros que no podía controlar. No podía respirar; no podía tenerme en pie. Solo podría temblar y gemir.

El hombre que no podía ser vencido por ningún ejército estaba aplastado. Yo habría preferido encontrar la muerte en el campo de batalla, porque esta clase de muerte iba a perjudicar a Lucine, y eso me llevaba al borde de la locura.

Entonces me rendí a ese innato interior mío que nunca había dejado ver a nadie. Incapaz de contenerme, estiré el cuello y lancé un gutural aullido contra la piedra que había sobre mí, un lobo atrapado que le aullaba a la luna, un león herido amarrado con sogas.

Y cuando el grito consumió todo mi aliento, solté un profundo gemido que resonó en aquella celda, y volví a rugir mi rabia y mi remordimiento. Tenía los puños cerrados como mazas, la garganta tensa a reventar, pero yo solo era un gusano.

¿Cómo había pasado de héroe impasible a botarate arruinado en una semana? ¿Qué clase de enfermedad se había apoderado de mi mente y mi corazón? ¿Qué fatal destino me había enviado a Moldavia para encontrar este flagelo que hacía que la peste negra pareciera una bendición?

Me maldije a mí mismo. Maldije a Alek. Maldije a Natasha. Maldije a Dios.

Maldije al diablo. Maldije a aquella bestia. Maldije a todos los poderes que habían conspirado para hacerme caer en tan terrible amor.

Pero yo nunca maldeciría a Lucine. El resto podíamos morirnos, con tal de que ella viviera.

Y cuando mi cuerpo ya no podía soportar ese despliegue de locura, me eché de costado, me abracé fuerte y dejé que el resto de lágrimas salieran.

Mi rostro empapado seguía apoyado en el suelo cuando oí el crujir de una puerta y el distante tintineo de unas llaves. *Han venido para torturarme*, pensé. *Me quemarán las entrañas con un hierro ardiente. Me sacarán los ojos y me arrancarán los miembros hasta que les diga lo que necesitan para justificar mi ejecución.*

Gritaré que soy un brujo, que recibí el toque del diablo.

Entonces me crucificarán.

Y le di la bienvenida a ese pensamiento.

Pero no... no, no podía. Tenía que esforzarme mientras quedara la más leve esperanza de escapar de estos monstruos, de encontrar a otro sacerdote, que no fuese un desquiciado, y volver corriendo a las montañas para enfrentarme a Valerik en condiciones, por improbable que pudiese parecer la victoria.

Entonces me incorporé sobre las rodillas, me levanté y me afirmé apoyándome en la pared conforme se acercaba el sonido de las botas sobre la piedra.

Un hombre, no dos. Aun con grilletes, yo podía con un solo hombre. Podía agarrarlo de los pies, retorcerle la cadena en el cuello y estrangularlo.

Una luz naranja se adentraba en el hoyo. Las botas se detuvieron fuera de la celda. No quise girarme. *Que entren.*

—Toma.

Era una voz baja. Grave. Parpadeé.

—Toma Nicolescu. ¿Es usted?

Yo había oído esa voz antes. Despacio, volví la cabeza hacia los barrotes. Había un sacerdote con ropas marrones y capucha sosteniendo una antorcha en su mano izquierda. Su rostro estaba oculto en la sombra.

Se puso frente a mí un poco de tiempo, luego se llevó la mano a la cabeza y se retiró la capucha. Lo reconocí al instante. ¡No era otro que el anciano que nos había advertido a Alek y mí en el desfiladero de Brasca! Su pelo revuelto le colgaba sobre la cara arrugada y los ojos nublados miraban fijamente sin ver.

—¿Quién es usted? —pregunté, asombrado de verlo.

Él inclinó su oído hacia el pasillo, luego dio un paso más hacia los barrotes.

—No tenemos mucho tiempo.

—¿Quién es usted?—volví a preguntar.

—He escogido el nombre de Tomás, por usted, aunque los nombres no importan. Pero a usted le llaman Toma, que significa «gemelo». Así que llámeme Tomás, que también es «gemelo». O Tomás el santo, si así lo desea —dijo, y soltó una estrepitosa risa—. Me suena bien. Y fue él quien me envió a usted.

—¿Tomás?

—Pero eso no importa. Los nombres no significan nada ahora.

Yo no estaba seguro de poder confiar en el tipo, pero no me encontraba en posición de discutir, así que me mordí la lengua.

El anciano agarró uno de los barrotes con los marchitos dedos de su diestra y habló rápidamente, con voz sosegada.

—No tenemos tiempo, tiene que concentrarse.

—¿Quién es usted?

—Ya le he dicho...

—Su nombre no.

El supuesto santo Tomás suspiró.

—Soy alguien que sabe mucho más que usted. Piense en mí como un ángel enviado a usted desde otro reino para liberarle de su prisión; no es la primera vez que pasa, aunque esta vez no hay terremoto. Estoy seguro de que le sonará absurdo. Solo debe saber que, como le sucede con Vlad van Valerik, soy alguien a quien nunca va a entender del todo.

Me acerqué con cuidado a los barrotes.

—¿Conoce a Valerik?

—Es un mestizo. La sangre de los Nephilim fluye por él. Una criatura de la noche.

—Entonces, él es el diablo.

—Sí, en cierto modo. Nephilim. Como en el libro del Génesis. Fruto de la unión de ángeles caídos y personas. Un día se les conocerá por otro nombre, pero todo se reduce a lo mismo, mi joven amigo. Está usted en un punto crucial de la historia, mucho antes de que se escribieran los más famosos relatos basados en tales criaturas.

—¿Qué relatos? ¿Cómo puede usted saber todo eso?

—Porque soy de ese otro reino. El mal no es la única fuerza que puede manifestarse con forma física.

Agarré los barrotes, sabiendo ahora que, independientemente de su ceguera, edad y fragilidad, ese hombre tenía que ser mi salvación.

—¡Entonces libéreme! Dígame lo que debo hacer. ¡Estoy aquí perdido mientras aquella bestia la tiene!

El anciano me miró fijamente, luego sacó de su capa un antiguo libro de cuero.

—Tendrá que descubrirlo por sí mismo, pero puedo ayudarle. Esto se conoce como Libro de la sangre. Es un diario.

—Hará falta más que un libro para derrotarlos. Si usted es un hombre de Dios, venga conmigo.

—No, Toma. Soy viejo, ciego y debo regresar —dijo poniendo su arrugada mano sobre la mía—. Hay veces en las que las realidades espirituales se manifiestan en carne y sangre, ¿verdad? Ocasiones en que se representan papeles que reflejan algo mucho mayor. «A menos que coman mi cuerpo y beban mi sangre». Hay quien dice que es simbólico, pero aquí y ahora es real.

Yo no le veía sentido. Lucine ya había catado la sangre, como yo, y estaba desarrollando el mal en su interior.

—¿Tengo que presentarle la comunión? ¿Así de simple?

—Los asuntos entre Dios y el hombre no consisten en simples ritos realizados en un altar. Usted la ama, ¿me equivoco?

Las lágrimas inundaron mis ojos.

—Tendrá usted que cortejarla primero, si puede. Es un juego de pasión, se trata de competir por su corazón, no por su servicio. Gánese su corazón y será capaz de salvarla. Entre en su mundo. Sea su Emanuel.

—No se lo he dicho. ¡Ella no lo sabe! —le confesé al anciano entre lágrimas.

—Y puede que sea demasiado tarde, puede que ya se haya convertido en un ser frío. Esas criaturas de la oscuridad tienen un increíble poder de seducción.

El anciano sacó una llave. Se puso el diario bajo el brazo y abrió la celda. Salí de inmediato y miré a los lados para asegurarme de que estábamos solos. Lo estábamos.

—Tome este libro. Le ayudará. Después de leerlo, y solo entonces, podrá atreverse a subir a esa montaña —dijo, empujando contra mis manos el libro, que yo tomé con cuidado.

El sabio inició su despedida.

—Debo regresar.

—¿Por qué? ¿Cómo es que ha pasado todo esto? —reclamé, mientras le detenía sujetándole el brazo.

—Ha ocurrido —contestó él encogiéndose de hombros—. Se han hecho de carne. El mal anda ahora entre ustedes. Eso es todo lo que tiene que saber. Hay un caballo en la puerta de atrás. Apresúrese, Toma.

Entonces me dejó de pie con el libro en las manos y se fue en seguida por el pasillo de las mazmorras. Ya se encontraba al final de la escalera cuando yo empecé a correr. Atravesé el túnel, subí las escaleras y salí por la puerta hacia donde se veía una débil iluminación. Un monje con un cubo de patatas me vio y se quedó pálido como si hubiera visto un fantasma. Le saludé con cortesía mientras pasaba corriendo a su lado, directo a la puerta trasera, que estaba abierta.

El caballo era mi propio corcel, salté agradecido a su lomo.

Se oían gritos detrás. Tañía una campana. Pero ya era libre y montaba un caballo veloz. Galopé para alejarme de las infernales mazmorras del obispo.

Me adentré en la noche, hacia el noroeste, hacia donde los Cárpatos se elevaban contra el cielo como lápidas sepulcrales. Hacia otro infierno en el que seguramente ardería mi carne y acabaría muerto.

VEINTIOCHO

—Es tuyo, amor mío. Todo esto es tuyo —dijo Vlad, girándose con un brazo abierto que señalaba la inmensa biblioteca, con sus altísimas estanterías y sus candelabros de oro. La araña de cristal brillaba como las estrellas. ¿O eran diamantes? A partir de ahora no pensaría que hubiera algo que Vlad no tuviera, ni en lo referente a riquezas ni a poder. Ya Vlad no podía sorprenderla, sabía que él no tenía límites.

La sonrisa suave de ella debió revelarle a él la admiración que ella sentía. Él le apartó el cabello de la cara y volvió a tocar los labios de ella con los suyos.

El dolor de su transformación se había disipado al llegar la noche. Después del espectáculo de honor y baile en el gran salón con el aquelarre al completo, todo el consejo se retiró al ala de Vlad y siguieron la celebración alrededor de la larga mesa familiar, solo que aquella noche, los aromas y los sabores habían cambiado por completo. Era jabalí, según le dijeron, y cada bocado le sabía como el trozo más exquisito después de una semana de inanición. Su hambre casi no podía saciarse. No había comido nunca tanta carne y tanta salsa, tanta remolacha y tanto maíz dulce en una sentada, ni tampoco en diez.

Cuando lo comentó, todos rieron encantados. Se había transformado, según dijeron. Había hallado una nueva vida. Ya nada le sabría insípido ni le resultaría tan banal.

La risa de aquellas personas sonaba a música, y fue entonces cuando Lucine empezó a sonreír.

—Ahora sabrás por qué no podía mantenerme al margen, Lucine —gritó Natasha.

—Sí —dijo Lucine—. Puedo entenderlo.

Aun así, sabía que había algo raro. La mirada que le echó a Sofía se lo confirmó. La mujer se rió con el resto, comió con los demás y se unió al jolgorio, pero, cuando sus miradas se encontraron, Lucine tuvo la seguridad de haber visto un remordimiento inquietante.

Por un breve momento, la inquietud de la muerte la estuvo rondando, pero la belleza del cambio se la estaba tragando y terminaría olvidando por qué se había preocupado. Vio cómo aquellos demonios gritaban alrededor de aquella mesa una vez más. Por un momento eran aristócratas, disfrutando de magníficos banquetes y, a continuación, eran seis criaturas que cenaban en el infierno.

Soltó un pequeño grito ahogado que dejó a toda la mesa en silencio.

—¿Qué ocurre, querida? —preguntó Vlad.

La visión se desvaneció.

—Yo... —se llevó la mano a la garganta y tomó un sorbo de vino—. Solo he tenido una extraña sensación, pero estoy mejor ahora.

Le tomó la mano.

—Las sensaciones de los dioses suelen hacer que uno se sienta mal en un principio. Te quedarás con la boca abierta un ciento de veces a lo largo de la semana próxima. Me aseguraré de ello —declaró posando sus labios de rubí en sus blancos nudillos.

Es un verdadero caballero, pensó ella. *¡Amo a este hombre y me ha convertido en su reina!*

—Eso espero —respondió ella.

Él alzó sus ojos y pareció mudarse a los suyos.

—Yo también —respondió después de una pausa. Luego, dirigiéndose a los demás, con su oscura mirada todavía regalándose con las de ellos, dijo—: Por favor, dejadnos solos.

Cuando volvió a mirar, ya se habían ido. El poder que tenía sobre ellos era fascinante.

Ya a solas, Vlad se puso de pie y caminó hacia ella. Retiró la silla de ella, la agarró por el codo e hizo que se levantara, quedándose él detrás de ella en todo momento. Le apartó el cabello, se inclinó sobre su espalda y respiró sobre el cuello de ella.

—Entiendo por qué algunos se alimentan de la sangre que extraen del cuello —murmuró—. El aroma de la sangre puede ser irresistible.

Hizo que se diera la vuelta, la acercó hacia sí y la besó en el labio inferior mordiéndole en la suavidad de su boca sin titubeos.

Lucine soltó un grito ahogado, esperando sentir el mismo dolor de la última vez que la mordió. Ahora, un agradable calor entumecedor le inundó la barbilla, la garganta y le bajó por los pechos. Se estremeció mientras la sangre de él se extendía por su cuerpo.

Quería beber aquella sangre. Anhelaba aquel sabor en su boca, su calor en la garganta. Pero sabía que no podía hasta que él mismo se la ofreciera. Nadie le había dicho esto; su sangre parecía conllevar el conocimiento.

Su mundo flotaba y oyó a Vlad gemir. Luego, una vez se tranquilizaron, él insistió en mostrarle más del castillo. El salón de baile, las escaleras, el balcón, y una docena de habitaciones repartidas por los pisos superiores que se utilizaban como salas de estar o para almacenar sus colecciones. Las llenaban libros, pinturas y reliquias de muchos más países y épocas de cuanto ella podía imaginar que un hombre pudiera llegar a reunir jamás.

Pero Vlad no era sencillamente un hombre, o uno cualquiera. Era, al mismo tiempo, más que el ser más poderoso que caminara sobre la tierra y menos que él. Y ella era su reina.

Exploraron los salones principales del piso inferior, donde abundaban más cuadros y cofres llenos de monedas de oro, rubíes, esmeraldas, zafiros y ónice negro de lo que ella pensaba que se pudiera extraer de la tierra. Las reliquias no se podían contar: candelabros, espadas, cuchillos e instrumentos de ciencia con bordes afilados para cortar fácilmente la carne humana.

En la parte trasera del castillo había una habitación redonda que le resultó de lo más interesante. Estaba abierta por arriba y se veía un cielo estrellado. Alrededor de las paredes, la piedra caliza estaba tallada, cabezas de leones y cabras de las que una vez manó el agua. En el centro, una gran mesa redonda en la que había una inmensa cruz de piedra caliza se veía sucia por el musgo seco y los hongos. Alrededor de la base de dicha mesa, un estanque vacío que medía dos veces el ancho de la mesa.

—Un balneario —dijo ella—. ¿Pero sin agua?

—No. El agua y las cruces no son lo que más me gusta —contestó, con una mano detrás de la espalda y dirigiéndose hacia el crucifijo que era más alto que él—. Como objeto de decoración no está mal. Lo conservo para recordar que no tiene poder por sí mismo. Pero el agua, aunque solo esté bendecida por este símbolo inofensivo, me enferma.

Ella comprendió que aquello era bastante extraño. Había algo inofensivo en el agua que aportaba vida en medio de la muerte.

—La cruz era una fuente, pero ya no funciona. Quizás la llenemos con agua algún día y verifiquemos que estábamos mal informados. Lo haremos solo por divertirnos.

Ella le devolvió su acto de valentía.

—Por diversión.

Todo el castillo estaba lleno de esplendor y belleza, aunque ella estaba bastante segura de que, en parte, su forma de apreciar las cosas ahora era el resultado de una nueva visión.

Ahora se encontraban en la gran biblioteca que estaba al salir del túnel principal y Vlad parecía muy impresionado por ella.

—Nos enorgullecemos en el conocimiento —le explicó él, inclinando la cabeza y abriendo los brazos de par en par delante de un retrato llamado *Alucard*. Permaneció en aquella postura de reverencia durante unos momentos. Aquel murciélago-lobo, con colmillos y ojos rojos, habría provocado ayer un estremecimiento en Lucine. Sin embargo, ahora, solo sentía asombro mezclado con temor y respeto hacia esa criatura.

Él es tu primer ancestro. Algunos también le llaman Shataiki o Nephilim —dijo Vlad—. Según está escrito en el más antiguo de los libros del Pentateuco, fue cuando los hijos de Dios se unieron a las hijas de los hombres.

—¿Está...? —titubeó ella, queriendo preguntar si estaba muerto.

—Sigue vivo.

¿Habría creado a Vlad? ¿En qué la convertía eso a ella?

—Yo pertenezco a la segunda generación —dijo Vlad—. Una generación me separa de mi padre.

—¿Y qué ocurre con el resto de este aquelarre?

—¿El resto? La mayoría han sido creados, como Natasha, con solo un toque de la sangre de Nephilim en sus venas. Incluso los más antiguos no tienen más de una décima parte.

—¿Y...?

—¿Y tú? —acabó la pregunta por ella. Le tomó una mano y se la llevó a los labios, besándole el dorso—. Tú eres mi novia, te convertirás en la mitad de lo que yo soy. El más fuerte y más dotado de todos los hijos de Dios. Hoy día solo hay unos cuantos como tú que sigan vivos. ¿Te agrada?

—Yo... ¿Pero estoy realmente viva?

Él titubeó.

—¿Tú te sientes viva?

—No sé qué es lo que siento.

—¿Te gusta?

—Creo que sí. Sí. A medida que me voy acostumbrando me gusta más.

Pero también le parecía que seguía habiendo un dolor que ardía furiosamente debajo de la superficie. Era algo que tenía que ver con esta bestia que se parecía unas veces a la muerte y otras a la vida.

—Tengo ochocientos años. Alucard creó a su primer ser humano cuando mordió a una mujer encinta, hace dos mil años. El retoño que nació se convirtió en mi padre, por así decirlo, aunque nosotros no tenemos hijos como tales. Fui creado por otro al que creó mi abuelo. Yo soy el último.

—Entonces, se podría decir que yo soy tu hija —dijo ella.

—No, tú eres mi novia y, como tal, vivirás por mucho tiempo.

—¿Y luego, qué?

Vlad se dio la vuelta.

—Entonces morirás y tomarás el lugar que te corresponde en el infierno.

En su voz no había arrepentimiento, solo amargura. Su rostro se había oscurecido y sus ojos parecían carbón.

—No quiero...

La mano de Vlad se estrelló contra su mejilla con tanta fuerza que ella giró y vino a chocar contra una de las estanterías, antes de caer sobre sus rodillas sobre el frío suelo de piedra. El dolor le bajaba por el cuello y, por un momento, pensó que le había destrozado la mandíbula.

Lanzó un gruñido y se tocó la cara. La sangre manaba de un corte en el labio superior. Su mente se llenó de un odio salvaje hacia aquel mestizo que la acababa de atacar de una forma tan atroz. Por un momento, quiso lanzarse sobre él y sacarle los ojos. ¡Estaba reviviendo su pasado!

—No vuelvas a hablar de ello —la amenazó.

Luego, la recogió del suelo. Besó su herida, saboreando la sangre. Cuando ella probó la suya, su dolor desapareció y sintió que había merecido que la golpeara.

Se alimentaron el uno del otro durante unos pocos minutos vertiginosos y Lucine supo que amaría y odiaría a Vlad por siempre.

VEINTINUEVE

Tomás el santo, el cazador de bestias. Así es cómo empecé a llamar a aquel anciano que me liberó de la mazmorra de la iglesia. Debo confesar que no estaba seguro de que fuese un hombre, como tampoco lo era Vlad van Valerik. Si lo era, no era un hombre como yo.

Tanto en él como en Vlad había mucho más.

Necesitaba un lugar donde poder refugiarme y leer mi diario, y no conocía uno mejor que mi propia habitación en la torre occidental de la hacienda Cantemir. Conocía muy bien aquel terreno, sabía cuál era el diseño de la seguridad, el programa de los centinelas, las idas y venidas de las doncellas y la campiña alrededor.

Lo más importante es que estaba seguro de que la iglesia organizaría un grupo para que me buscara y difundiera cuentos de brujería sobre mí. Dudaba mucho que pensaran encontrarme tan cerca de donde me habían apresado.

Me dirigí al norte de la finca y até mi caballo en un lugar de hierba espesa cerca de un arroyo, donde se las pudiera arreglar durante uno o dos días si fuera necesario, mientras yo regresaba. Luego caminé directamente hasta la casa y me deslicé a mi dormitorio por una ventana que yo mismo había dejado sin cerrar por si tenía que salir de forma precipitada durante un ataque. Era una cuestión de costumbre.

Me quedé allí de pie en la oscuridad durante un largo rato, agudizando el oído por si escuchaba algo que no fuera mi propia respiración. La casa estaba tan silenciosa como una mina abandonada. Satisfecho, cerré la puerta con cerrojo, corrí bien la cortina y encendí una única vela, nada más.

Allí, bajo el suave resplandor amarillo, saqué el libro que me había dado el anciano y lo puse delante de mí, sobre el escritorio.

Una sola correa de cuero ataba las raídas tapas marrones. La esquina inferior derecha estaba doblada hacia arriba y estaba más desgastada por el uso. O mil manos habían abierto aquel libro, o había sido una sola, un millar de veces. Tenía unos dos centímetros de espesor. El título de ese libro estaba grabado en el cuero por encima del trenzado.

Libro de la sangre:
Cuentos, confesiones y rumores
de otro mundo

Tomé el extremo de la correa entre el pulgar y el índice, deshice suavemente el nudo de lazada, abrí la tapa y contemplé la primera página. Estaba escrito a mano, con tinta negra y con una pluma afilada. Era una carta al lector.

A ti que eres un Elegido...

Yo, *Tomás, he escrito y recopilado este Libro de la sangre para
que todos aquellos que tengan ojos para ver entiendan la creación
de ambos mundos, el visible y el invisible. Los secretos escritos entre
estas tapas te conducirán a la muerte si no llegas a comprender, o a la
vida si abres tus ojos y ves.*

*He visto lo que muy pocos han visto, y puedo asegurarte que
el maligno se ha dado a conocer en carne. Se abrió una puerta
para que una de esas bestias entrara en este mundo y difundiera la
enfermedad en forma corporal, como ocurrió en los albores del tiempo.
Como ocurrió con los hijos de Dios, la bestia Nephilim que se acostó
con mujeres y dio nacimiento a mestizos como indican las Santas
Escrituras, entró en tu mundo hace 1700 años y entregó su semilla a
una mujer que dio a luz a ese primer monstruo.*

*¡Hay que detener la línea de aquellos que descendieron de esa
bestia de Nephilim antes de que su semilla se expanda más! De poder
redimirse, tiene que ser mediante el amor y la sangre, no por espada y
martillo.*

*Lo que una vez fue invisible, ahora es visible. Lo que se hizo en
espíritu, se hará en la carne para que todos los hombres sepan que el
mal camina y habla y que el gran romance del Creador es un beso de
amor y una ofrenda de sangre.*

*Si estás leyendo ahora, eres un escogido. Todo lo que necesitas está
aquí. Encuentra el corazón del Cantar de Salomón por esa amada.
Mata a la bestia que quiere ganarla.*

Sé la mano de tu Creador, en la carne, para que todos lo vean.

Sé su gemelo, te lo ruego.

—Tomás

Leí aquella carta tres veces, fascinado por las sugerencias allí contenidas. Hojeé el libro cuidadosamente y vi que la parte frontal del diario estaba llena de dibujos y notas, algunos se habían borrado y no eran más que ligeros trazos sobre el papel borroso, todo con letras muy puntiagudas y líneas cuadradas.

La siguiente sección estaba escrita por otra persona y con una letra distinta. Había una tercera parte escrita por la misma mano que la carta que había leído. ¿Así que ese Libro de la sangre era una recopilación de tres diarios escritos por tres personas?

Volví al principio del libro y examiné las páginas abiertas. Había imágenes de aquellas criaturas, los lobos con alas, muy similares a las que yo había visto en Castile. ¡Eran ellos! Los ancestros de Vlad van Valerik su aquelarre de adoradores del demonio.

La inscripción que figuraba debajo de uno de esos bocetos que representaba a una de esas criaturas partidas por la mitad decía: *Nephilim diseccionado*. Era una imagen espantosa que describía las distintas partes del cuerpo.

Había más, mucho más, en esta primera sección. Eran detalles escritos por alguien llamado Baal acerca de una realidad que yo apenas podía creer que existiera. Miré aquellas páginas con detenimiento, conservando apenas un hilo de razón para poder concentrarme. ¡Con seguridad todo aquello era el producto de la imaginación de un loco!

Yo siempre había considerado que la religión era el recurso del poderoso para arrancarle el control al débil, un instrumento de temor y de poder político. Pero aquí, en aquellas páginas, la división entre lo conocido y lo desconocido estaba entretejida de forma muy clara y con todo detalle. O los escritores estaban verdaderamente locos, o habían visto algo que yo no conocía.

¡Pero es que yo *había* visto! Allí en el castillo Castile había visto cosas que solo se podían explicar por medio de lo que yo estaba leyendo en aquellas páginas. Después de todo, quizás todas aquellas fábulas contenidas en las Santas Escrituras tenían alguna base real.

La vela se iba quemando. Mi respiración era constante y pesada. Solo se oía el suave crujido de aquellas páginas antiguas al pasarlas y el crepitar de la mecha encendida. Me sentí transportado a una nueva esfera de conocimiento que me sacudía hasta los huesos.

Los escritos de Tomás, al que veía ahora como un ángel de Dios mismo, planteaban el resto del tema. Su diario empezaba con un simple descargo de responsabilidad por escribir solo lo que un mortal pudiera captar, no habiendo cruzado nunca la realidad como él lo había hecho. Confieso que mis dedos temblaban sobre cada página mientras leía su interpretación de esta lucha entre el bien y el mal hecha carne, para que algunos puedan verla. En sus propias palabras:

Esto no es distinto de lo que algunos ya han conocido, que ángeles y demonios han caminado por esta tierra en forma humana, que se ha sabido de bestias que hablaron y de ballenas que se tragaron a hombres. Que vendrán dragones del cielo para consumir y que Cristo vendrá sobre un caballo blanco para matarlos.

Está escrito en las Santas Escrituras que los ángeles caídos, los hijos de Dios, se emparejaron con las hijas de los hombres y que estas dieron a luz a monstruos llamados Nephilim.

Está escrito que un cordero en un matorral salvó la vida de Isaac. Que Jacob luchó contra un ángel. Que el diablo poseyó a una manada de cerdos. Pero lo que pocos saben es que Alucard, el siervo de ese diablo, cruzó hasta esta tierra en los días de Noé y que fue seguido por sus proles, algunos a sabiendas y otros sin saberlo. Su lujuria por quitarle el amor de los mortales a Dios no conoce límites.

Me detuve aquí, sabiendo que había conocido a la prole de este Alucard la primera vez que posé mis ojos sobre Vlad van Valerik. Mis dudas se disiparon y empecé a leer con más intensidad, buscando la manera de enfrentarme con esa cosa inmunda.

No podría decir todo lo que leí aquella noche, porque mucho de ello era demasiado «de otro mundo» para que yo pudiera captarlo en su totalidad, y aquel Libro de la sangre se perdió muy pronto sin que se volviera a encontrar. Pero el quid de todo aquello quedó grabado en mi cerebro como con un hierro candente y aquí lo detallo:

El bien y el mal existen verdaderamente y ambos caminan sobre la tierra. Pero el bien tiene poco que ver con las formas de la religión y el mal tampoco se identifica con muchas de las conductas que esta condena. Tanto el bien como el mal rivalizan por las pasiones del corazón. ¡Por el amor! Por el Cantar de romance de Salomón y por el deseo. El amor es el don de Dios a su creación y el mal impugna este mismo amor con amarga ira, para que le amen de la misma forma que a Dios.

Esto era la seducción del mal que se manifestó en cuerpo allí en las sombras de los Montes Cárpatos, una manifestación de esa misma batalla que ruge en cada corazón humano.

Mi única esperanza de comparecer en la presencia de un mal semejante sin convertirme en uno de ellos era ser limpio por medio de todo lo que era santo. Encontrar una nueva vida lavada con un nuevo poder, con sangre que hubiera tomado el significado de la vida.

Según el Libro de la sangre, la vida estaba en la sangre. Tomaba una cita del Libro Santo: «Si no coméis la carne del Hijo del Hombre, y bebéis su sangre, no tenéis vida en vosotros». Y de nuevo, acerca de los santos dice: «Tú les has dado a beber sangre».

De repente cobraba sentido todo lo que yo había oído acerca de los sacrificios de sangre que, hasta ese momento, me habían parecido una barbarie. Esa sangre, aunque simbólica sobre el altar, tenía verdadero poder del mismo modo que el mal se había manifestado en la sangre de aquella bestia. Indudablemente, esta era la razón por la cual Cristo se había desangrado sobre aquella cruz de tortura. No fue por una religión, ni por el cristianismo o la ortodoxia, sino por el corazón del hombre. En palabras de Tomás:

> *Emanuel, Dios con nosotros... que pudiera vivir en el reino espiritual y estar presente en carne y sangre en un acto tal de humildad es una noción asombrosa. Como también lo es que diera su sangre de manera voluntaria, en la carne, para que otros pudieran encontrar la vida, porque escrito está: «No vino sólo mediante agua, sino mediante agua y sangre». Y también: «Sin derramamiento de sangre no hay perdón». De manera que la sangre es necesaria para dar una nueva vida a los muertos.*
>
> *Debes saber que no se limitó a dar una pequeña cantidad para satisfacer este requisito. Fue golpeado, machacado y traspasado hasta que su sangre fluyó como un río por causa del amor. Murió por amor, no por religión.*
>
> *Hay una fuente llena de sangre sacada de las venas de Emanuel. Aquellos que se sumerjan en esa tumba de agua para beber de su sangre, no volverán a ser los mismos.*

Me levanté de mi silla, me derrumbé en el suelo y eché mi vida en las manos de Dios, suplicándole que me diera su sangre y su corazón para que la bombeara. Lloré sobre la piedra, tendido boca abajo delante de aquel mismo Dios al que yo había descartado de toda mi vida y prometí amarle si él amaba a Lucine y daba su sangre por ella.

Estaba hecho un lío y no conocía más que unos susurros de la verdad, pero incluso ellos arrasaron mi mente. Podía sentir el calor de Dios mismo fluyendo por mis venas.

Cuando por fin me puse de pie, seguía sin saber qué debía hacer. *Cortejarla*, me había dicho el anciano. *Conquistarla*. ¿Pero cómo? ¡Ella estaba allí, con el demonio y yo estaba aquí abajo sin nada más que una espada inútil!

La respuesta tenía que estar en el diario, de modo que cambié aquella vela tenue, salpiqué un poco de vino tinto en un vaso y me puse a escudriñar el libro.

No fue hasta leer las últimas páginas cuando encontré las palabras que tanto había anhelado. Allí, Tomás solo había escrito una simple guía para mermar o matar a aquella especie.

La sangre de Alucard alargaba sus vidas. Dependiendo de la pureza de su sangre, un mestizo podía vivir unos cuantos centenares de años o más. Poseían una fuerza increíble y tal velocidad que incluso no se les veía moverse. Vista la distancia de sus saltos, uno podría decir que volaban. Según Tomás, a lo largo del tiempo se les había atribuido otras características, muchas de las cuales eran exageraciones basadas en la fantasía. Pero la verdad era que esos mestizos tenían embriagantes poderes de seducción. Hasta los descendientes de menor categoría, que solo tenían un toque de aquella sangre, podían hacer que las cabezas se giraran cuando entraban en una habitación.

Al final, de lo que se trataba era de esto: conseguir ganarse el corazón y el poder que hay en la sangre. Pero, en esta lucha manifiesta entre el bien y el mal, al menos había formas de mermar o matar a los mestizos.

Les aterrorizaba el agua asociada con su gran enemigo.

La madera tenía un efecto profundo sobre ellos si entraba en contacto con su corazón, esto era algo relacionado con su origen en un bosque negro.

Preferían dormir en sótanos, donde se encontraban escondidas las guaridas de Nephilim. Muchos tenían atributos que traicionaban su estirpe: dedos y uñas largas, rasgos más angulosos, una piel pálida que era el resultado de haber mudado su antigua piel. Sus ojos también eran oscuros, con frecuencia ribeteados de gris, aunque a la luz del sol el iris tenía una apariencia bastante normal.

Si se ingería, su sangre era como una droga potente que podía debilitar la mente, pero los efectos pasaban pronto. Sin embargo, si su sangre se inyectaba directamente en el torrente sanguíneo de una persona, esa persona quedaría infectada y se transformaría.

Y esto es lo que yo sé, había escrito Tomás en la última página.

Utilizan muchos nombres, como Shataiki. Aunque he oído que alguno de ellos se restaurara, pero tampoco hay evidencia de que las almas infectadas por este azote no consiguieran encontrar la forma de volver a la humanidad.

Lo que ahora sé es que el mal se ha manifestado de forma física y hay que ocuparse de él del mismo modo, físicamente. No hay ninguna fórmula de la iglesia en la que se pueda ondear un crucifijo mientras se pronuncian unas palabras. El amor, la sangre, la vida y la muerte, todo... tiene que ser real y estar a mano, de lo contrario no hay esperanza alguna de poder imponerse.

Que Dios tenga misericordia de tu alma.

—Tomás

Cerré la tapa del libro y me puse en pie. Caminé de un lado a otro. Luego me volví a sentar y volví a pasar las hojas. ¡Tenía que haber una forma más clara! Había aprendido mucho, pero esto no eran las instrucciones para una batalla. Si mi instructor no había matado nunca a uno de esos mestizos, ¿cómo se suponía que yo debía hacerlo?

A pesar de todo, el anciano había dicho que todo lo que yo necesitaba saber se encontraba allí, en el Libro de la sangre.

De modo que lo leí y lo volví a leer, y cada vez que lo hacía descubría un poco más. Comprendí que la religión, aunque defectuosa, no se basaba en tonterías. Que rugía una batalla entre el bien y el mal que hacía palidecer a mis propias guerras cuando se comparaban. De alguna manera yo era un personaje central en la historia de esa batalla, aunque terminara siendo solo una estaca en la tierra para marcar dónde se había hecho que esas fuerzas de la oscuridad salieran por primera vez de su escondite.

Cuando por fin cerré el libro, una delgada rendija de luz se coló entre las cortinas cerradas. ¿Era tan tarde?

Me precipité hacia las cortinas y las abrí unos centímetros. Lo que vi allí hizo que un escalofrío me recorriera la columna vertebral. Docenas de tropas recorrían a caballo la hacienda. Era un ejército normal, no la guardia de la iglesia. Uno de ellos conducía a mi caballo hacia el establo.

Dejé caer la cortina, helado. ¡Me habían encontrado!

TREINTA

Hacer lo inesperado es, con frecuencia, la única esperanza para sobrevivir. Había aprendido la lección muchas más veces de lo que me gustaría recordar. Debo decir que no sentía temor por mi propia vida en aquel momento, pero confieso que el miedo que me embargaba era mayor que el que hubiera tenido en muchos años, porque lo único en que podía pensar era que si yo caía, Lucine perdería a su salvador.

Agarré mi pistola, mi espada y el libro. Después de comprobar que no hubiese nadie en el pasillo, corrí fuera de la habitación en dirección a las dependencias de Kesia. Ella tenía un armario bien asegurado con madera maciza en el que yo le había dicho que se escondiera en caso de problema, hasta que hubiera pasado el peligro. Cualquiera que disparara contra la casa lo haría a través de ventanas y puertas, de modo que quien estuviera en el interior podría morir, a menos que estuviera dentro de ese armario.

El pasillo que conducía a su habitación pasaba por un vestíbulo que daba al gran salón de baile y al atravesarlo a toda prisa, me vieron. Dieron la alarma con gritos, pero yo seguí corriendo porque había visto lo que quería: Kesia no estaba con ellos.

Su puerta estaba cerrada, pero yo sabía que el mecanismo era de madera, de modo que pude tirarla fácilmente abajo con el hombro.

Detrás de mí, los soldados me daban caza y sus botas retumbaban sobre la piedra. Cerré la puerta de un portazo, salté sobre el tocador y lo coloqué en posición para que bloqueara un acceso fácil.

—¡Si entran, la mato! —grité.

Luego corrí hacia el armario, abrí la puerta de par en par y me encontré cara a cara con Kesia, cuyas manos temblaban por el peso de una pistola.

—Juro que no le haré daño —dije, levantando ambos brazos—, solo quiero que me escuche, porque le aseguro que soy su única esperanza.

—Usted es el diablo —gritó ella, pero su voz no era firme.

—Si sigue pensándolo después de oír lo que tengo que decirle, dispare a este diablo. Pero, por favor —le rogué, sacando el libro de mi cintura y sosteniéndolo en alto—, tengo algo que usted debe ver.

Sus ojos se dirigieron al libro, y luego me volvió a mirar.

—¿Qué es eso?

—Un antiguo diario que explica con gran detalle quién es realmente Vlad van Valerik.

—Es un miembro de la realeza.

En ese momento retumbaron puñetazos en la puerta.

—Sí lo es. Pero es más, mucho más y mucho menos que todo eso. Dígales que si intentan entrar la mataré.

—Tengo la pistola.

—Sí, y yo tengo el libro. Dígalo.

Ella titubeó, luego les gritó que se detuvieran o ella moriría. Los puños dejaron de aporrear la puerta.

Kesia bajó lentamente su arma.

—Juro por la tumba de mi primer marido, Toma, que si esto es un truco lo pagará con su propia vida.

—Conociéndome, ¿diría usted que soy del tipo que recurriría a un truco para mi propio beneficio?

Kesia soltó la pistola en su estantería.

—Gracias —le dije. Luego, le conté lo que me había ocurrido en la mazmorra, le hablé de Tomás el santo y perfilé cuidadosamente mi argumento a favor de la existencia de criaturas de la noche que procedían de la unión impura de ángeles caídos con mujeres humanas. A medida que iba haciendo mi exposición, ella comenzó a callarse y sus ojos se abrieron como platos.

—Y ahora, este libro, Kesia —le dije, entregándoselo. Ella lo abrió con sumo cuidado—. Aquí encontrará dibujos y casi al final, la forma de detener a esas bestias, e incluso de matarlas.

—Usted no puede estar hablando en serio. ¡Es imposible que crea que el duque es uno de estos! —susurró.

—Entonces, venga conmigo. Véalo con sus propios ojos. ¡Tomás el santo me dijo, en términos muy concretos, que Valerik era una de aquellas bestias! Vuestras hijas están en sus garras. Muertas a este mundo.

Seguía con la boca abierta y sus dedos temblaban mientras ella miraba fijamente a las distintas secciones del libro. Alzó los ojos hacia mí.

—¿Es posible? ¡Estas son historias de campesinos!

—Créame, hace una semana yo habría dicho lo mismo, pero ahora se trata de una historia que he visto y vivido. Tan cierto como que Dios es mi testigo, señora Kesia, yo amo a Lucine con todo mi corazón y con todo mi ser. Si tengo que hacerlo, saldré de esta casa en una granizada de babosas solo por salvarla. Y si muero, usted también habrá perdido a su hija.

Observé en sus ojos que su resistencia se desvanecía. Se le llenaron de lágrimas y me devolvió el libro.

—Entonces vaya a ella. Tráigame a ambas de vuelta. Perdóneme por mi ignorancia.

—No se preocupe —le respondí, saliendo de aquel armario e inspeccionando la habitación.

De nuevo golpeaban la puerta.

—Señora Kesia, por favor...

—¡Déjenos! —gritó ella—. ¿Qué quiere? ¿Qué me corte el cuello? ¡Usted tendrá la culpa, patán!

Silencio.

—Necesito agua bendita, al parecer les disgusta. Madera... —dije. Me giré hacia ella—. ¿Tiene usted estacas?

—¿Para qué? —preguntó corriendo hacia su escritorio—. Esto es absurdo. Está rodeado. ¿Cómo va a salir de aquí?

—Con usted. No se atreverán a dispararle.

—¿Conmigo? ¡No puedo ir con usted! Le creo y no me parece necesario subir allá con usted para verlo con mis propios ojos.

—Entonces no la llevaré allá.

—Si no va conmigo, entonces...

—Solo necesito su colaboración para salir —le expliqué—. Nos dirigiremos a Crysk. Tan pronto hayamos salido de la hacienda, la dejaré y rodearé por el norte, de regreso a Castile. Dígale al obispo que huí en busca del general. Ellos le creerán.

—Y, mientras, usted subirá a atacar el castillo Castile. ¿Solo?

—Solo. Llevaré agua, un crucifijo y fuego. ¡Rápido, necesito todas esas cosas!

Una vez tomada la decisión, Kesia se entregó a ayudarme. Buscó un bolso de cuero en su armario en el que coloqué algunas velas con un encendedor, una botella de aceite y un crucifijo que tomé de la pared de su habitación. Medía más de treinta centímetros de largo y sobresalía un poco por la abertura del bolso.

Naturalmente, sin un cura, el agua bendita suponía un problema, pero tomé un bote de mermelada y la llené con agua del lavamanos..

—No tema, no la voy a herir —dije, desenfundando mi cuchillo.

—Por favor, no lo haga.

Asentí una vez con la cabeza y aparté el tocador de la entrada. La puerta se abrió y yo agarré a la dama desde atrás, colocando la hoja contra su garganta y empujándola hacia delante.

—¡Quédense donde están! La tengo.

—¡Atrás, patanes! —gritó—. ¡No disparen!

En el pasillo había ocho de ellos que se quedaron boquiabiertos cuando vieron el cuchillo. Se retiraron al salón de baile, mientras nos apresuramos en salir.

—¡Tiren las armas!

Titubearon hasta que Kesia reforzó la exigencia. Con mi cuchillo en la garganta de ella, no tuvieron elección. Una sola bala de mosquete fallida podía acabar con su vida.

Los soldados que estaban en el exterior se encontraban aun a mayor distancia como para poder luchar y solo podían observar sin esperanzas mientras yo empujaba a mi prisionera por delante de ellos hasta el establo, recogía a mi caballo y montaba detrás de ella.

Cinco minutos más tarde, perdimos de vista la hacienda al subir y luego bajar la colina en la parte sur de la propiedad. La dejé allí, junto al camino.

—Dígales que me he ido al sur en busca del general. No se preocupe, pasarán muy pronto por este lugar.

Ella alzó la mirada hacia mí.

—Todo esto sigue siendo difícil de creer.

—Muy difícil —asentí, e hice girar a mi corcel.

—Tráigamelas de vuelta, Toma. Cumpla con su deber, se lo ruego.

Espoleé a mi caballo y me dirigí a los árboles sin contestar.

Me llevó tres horas alcanzar la cima desde la que se vislumbraba el castillo Castile desde el norte. El camino se acercaba por el sureste, pero yo sabía que ellos vigilaban aquel paso. Guié, pues, a mi semental barranco abajo durante una milla, desde la curva que ofrecía la primera vista de la fortaleza.

El terreno era empinado y traicionero. El viento había traído oscuras nubes que se abrazaban a los picos de los Cárpatos, pero ya había pasado casi dos días desde aquella densa lluvia y esto hacía que el terreno no estuviera tan liso. No había manera de detener la grava que mi caballo iba soltando y que no paraba de caer. Solo podía esperar encontrarme lo suficientemente lejos para que aquellas criaturas me escucharan.

Me detuve durante un largo rato junto al riachuelo de aquel barranco y fabriqué cinco estacas con los troncos más finos de árboles jóvenes, de unos treinta centímetros de largo y unos dos centímetros de ancho. Con ayuda de mi cuchillo las afilé como agujas. Esperaba que esto satisfaría la sugerencia de Tomás acerca del temor que aquellas criaturas sentían por la madera, por muy extraño que pudiera parecer.

De todos modos, todo aquel asunto era mucho más que extraño. Allí sentado en el barranco, con un arroyo gorgoteando a mis pies, me pregunté qué clase de locura se había apoderado de mi mente. Pero la evidencia de todo lo que había sentido, visto y oído apartó toda aquella locura.

¿Acaso no me había enamorado de Lucine de una manera tan completa e inexplicable?

¿No había visto a Natasha saltar una altura mucho mayor que su estatura y caminar en el aire? ¿No había bebido su sangre y me había despertado en mi cama perdiendo el día?

¿Era Tomás una obsesión de mi imaginación? Y el libro... Me eché la mano al cinturón para asegurarme de que seguía allí. ¿Eran aquellas palabras las de un loco?

Pero, por encima de todo, estaba el horror que sentí al pensar que le pudiera ocurrir algún daño a Lucine.

Monté mi caballo y abandoné aquel arroyo con mi bolso de cuero lleno de armas extrañas: cinco estacas de madera, una botella de agua bendecida por mí mismo, un gran crucifijo, lo necesario para hacer fuego, una larga cuerda con un gancho, una pistola en mi cinto y el diario, aunque no veía su utilidad por el momento.

Escalar el lado más alejado fue incluso peor que el descenso al barranco. Con toda seguridad, otro caballo habría resbalado y se habría desplomado hasta el arroyo. Pero nos las apañamos.

Ahora contemplaba fijamente el castillo Castile, y mi bolso de herramientas se me antojaba palos y piedras inútiles. Las nubes habían formado una oscura manta plana exactamente sobre mi cabeza, coronando la montaña que se encontraba a mi derecha, por debajo de su pico. Dos cuervos planearon en silencio cruzando el cielo por encima del castillo, como centinelas que informaran de que alguien se acercaba. Por un momento imaginé que no eran cuervos, sino algún tipo de hermano de los que se escondían en el interior de los altísimos y consistentes muros del castillo.

El establo se encontraba en silencio, en la parte trasera. Tres caballos comían heno en un corral.

Me estremecí en el aire húmedo, intentando centrarme en mi tarea.

Mi estrategia era simple y la había probado muchas veces en una docena de campos de batalla. ¡Tantas veces había tenido a Alek junto a mí y ahora deseaba tenerle de nuevo!

Si tenía suerte, él sería mi primer objetivo. Si ganaba a Alek, conseguiría abundante información y un guerrero que me había salvado la vida en numerosas ocasiones.

Desde allí bajaría a pie para entrar sigilosamente. Una vez dentro, tendería mi trampa, con ayuda de Alek si tenía suerte. Luego haría saltar esa trampa y rescataría a Lucine.

Pero no era ningún necio. Llegar hasta ella sería una tarea monumental. Y aunque pudiera encontrarla, no sabía en qué condiciones estaría. Luego había que salir y descender por la montaña sin que nos capturaran.

Las palmas de las manos se me quedaron frías. Era un suicidio.

No puedes hacer esto, Toma. No puedes tirar tu vida por la borda de este modo. No hay esperanza de éxito.

Si fueran hombres normales, no me sentiría tan desconcertado. Pero me había enfrentado a ellos y me habían echado de una patada como se hace salir a un perro de la cocina. Miré el bolso lleno de herramientas simples que tenía en mi mano.

Debería rezar, pensé. De modo que alcé mi barbilla y hablé al cielo gris, aunque no sabía cómo orar: «Dios, si tú eres realmente el creador de la carne y de la sangre, te suplico que me des la tuya». Lo absurdo de mi situación me pudo: yo no tenía ningún poder en mí mismo, necesitaba que la sangre de Dios me fortaleciera para poder llevar a cabo aquella batalla sobre las almas. Las lágrimas llenaron mis ojos.

«Úsame como siervo tuyo para matar a esta naturaleza maligna que habita esta fortaleza. Si Lucine muere, yo también moriré. ¡Pero permíteme ser el martillo que aplaste a esta bestia! Me di cuenta de que estaba hablando en voz alta y miré con atención hacia el castillo para ver si alguien había oído mi voz.

Los cuervos seguían volando en círculo; la neblina seguía flotando tranquila en el aire. Yo sería la encarnación de Dios en aquel mundo de ruina y oscuridad que tenía cautiva a Lucine. Al descender hasta allí, me estaba entregando a mí mismo.

Mi cuerpo se estremeció.

Agarré mi bolso y descendí al mundo de los caídos.

TREINTA Y UNO

La tarde declinaba y yo me encontraba a medio camino de mi descenso por la montaña, cuando el primer trueno retumbó en el cielo como un monstruo que gruñera su advertencia al único ser humano que cruzaba un territorio prohibido.

Las oscuras nubes bloqueaban ahora todo y no dejaban pasar más que una luz tenue convirtiéndose en una pizarra gris que se apoyaba en los picos, sellando toda escapatoria a los cielos. El resplandor lejano de relámpagos escondidos se veía intermitente por detrás de aquella cubierta. Era un verdadero presagio de mal augurio. Me colgué el bolso al hombro, agarrándolo fuertemente para no dejar caer nada si me resbalaba y seguí bajando.

¡Que Dios y todo lo bueno que haya por encima de mí, tengan misericordia!

Todo el camino iba murmurando plegarias y me preguntaba si habría forma de que fuesen oídas por encima de aquella masa negra. Labios de fantasmas susurraban a mi mente las palabras de Tomás. *Cortéjala, Toma. Tú eres su Emanuel, Toma. La respuesta está en la sangre, Toma; no se puede deshacer el mal sin la sangre, Toma.*

Toma. Tomás. Gemelos. Esto me hizo pensar si este extraño santo llamado Tomás había dado alguna vez su sangre o si, como criatura de la luz, tenía sangre para dar.

Cuando me acerqué a los muros de aquel castillo antiguo, de la manta de nubes se desprendía una neblina visible a través de la copa de los árboles. Conseguí abrirme camino hacia el borde de los terrenos donde no había árboles, y una niebla brumosa se agarraba ya al suelo.

Me detuve detrás de un gran tronco y miré fijamente a los gruesos muros de grandes piedras, ennegrecidos por el tiempo. No se oía más que los latidos de mi sangre en mis oídos. Se oyó el bufido de un caballo que no estaba a la vista. La entrada al sótano se encontraba a la vuelta del muro oriental, a unos cien pasos de donde yo estaba.

Antes de cada batalla llega un momento en el que se tiene que tomar una decisión para seguir adelante o para retirarse en espera de una mejor oportunidad. Al mirar toda aquella extensión de césped, supe que seguir adelante sería terriblemente imprudente. Pero también comprendí que no habría una mejor oportunidad para rescatar a Lucine.

En realidad, no habría ninguna otra ocasión, porque el obispo y su iglesia pronto sabrían que yo no había ido en busca del general. Enviarían a un ejército contra mí y me pasaría el resto de mis días en una mazmorra, si la emperatriz tenía misericordia, o me ejecutarían si su merced para conmigo era aún mayor.

De modo que la suerte estaba echada. Ahora solo podía esperar en la misericordia de Dios mismo.

Decidido, bajé el bolso y saqué el crucifijo de hierro. Había visto muchos crucifijos por el castillo, pero Tomás dijo que ellos le temían a los elementos que estaban bendecidos y directamente vinculados con Dios mismo. De modo que traté de bendecir el crucifijo que tenía en mi mano, haciendo una cruz sobre él y murmurando una oración que yo había oído alguna vez a los curas.

«Usa esta cruz como tu instrumento, cubierta por tu propia sangre. En el nombre del Padre, del Hijo y del Espíritu Santo». El gran crucifijo seguía tal cual en mis manos. No había rayo o relámpago que sugiriera que algún poder mayor me hubiese oído.

Comprobé las estacas pinchando el aire con ellas como si fueran espadas. En realidad no había lanzado nunca una estaca, aunque sí lo había hecho con un cuchillo, pero estas eran pesadas por la savia y probablemente volarían más rápido y serían más certeras si se lanzaban del modo adecuado.

El tarro de agua que había traído parecía un elemento inútil. ¿Qué se suponía que debía hacer con ella? ¿Lanzarla sobre ellos como si fuera una bala de cañón?

Metí dos estacas bajo mi cinto, en el lado opuesto al que llevaba la pistola, agarré el crucifijo con la mano izquierda y, tras llenar mis pulmones de aire, corrí hacia delante agachado. La niebla era tan densa que podía sentir un cosquilleo en el rostro al atravesarla.

Cuando llegué al muro oriental, frené mi carrera con la mano derecha y me di la vuelta, para poder apoyar la espalda contra la piedra con un único movimiento. No podía estar seguro de que no me hubiesen visto, pero pronto lo sabría. Ellos se movían con rapidez.

Yo también lo haría.

Veinte pasos a lo largo del muro hasta el límite frontal. Eché un vistazo mientras volaba y no vi señales de ellos. Luego me puse en el rincón, mirando fijamente a mi alrededor.

Seguía sin ver indicios de que se hubieran percatado de mi presencia.

El muro tenía unos noventa centímetros de espesor, de modo que tuve que dar dos pasos antes de poder ver si el pasadizo que había utilizado para escapar del sótano estaba abierto.

La verja seguía abierta, en la misma posición en que yo la había visto la última vez. ¿Pero estaría abierta la puerta al final del túnel?

Me agaché en el hueco y me interné en los escalones descendentes de piedra. Eso me alentó e hizo que mi corazón latiera más rápido por el temor. Estaba adentro, eso era bueno. Pero estaba adentro... con *ellos*.

Hasta ese momento no noté ninguna alarma.

La antorcha al final del túnel no estaba encendida, pero tras mi inspección vi con satisfacción que contenía combustible y que ardería cuando yo la necesitara. Tras colocarla de nuevo en su abrazadera, me acerqué sigilosamente a la puerta.

El pomo se movió bajo mi mano. No me atrevía a respirar. Aflojé la puerta y abrí solo una rendija, lo suficiente para ver que la caverna estaba oscura. Cerré y me calmé. Allí estaba el camino de entrada.

Me pegué a la pared del túnel y miré fijamente a la luz gris durante varios largos segundos, sabiendo que tendría que volver a salir si esperaba tener éxito. Allí, dentro del pasadizo, nadie notaba mi presencia, y me sentía momentáneamente tapado por una mano cercana de oscuridad reconfortante. Si entraba, estaría en su hogar, a su disposición, y no contaba más que con unas cuantas armas extrañas: estacas de madera y un crucifijo.

En el exterior estaría expuesto y si me descubrían no tendría ninguna posibilidad de entrar. Sellarían las puertas o se quedarían esperando para aplastarme en el momento en que entrara.

De una forma u otra, el riesgo era terrible. Mi mente luchaba contra la incertidumbre y, por un momento, no pude moverme. En cualquier otro campo de batalla confiaría en mi habilidad y mi fuerza para tratar con cualquier enemigo, porque era capaz de abrirme camino a golpe de espada entre una docena de infieles si me apretaban. Pero contra estos amos de la oscuridad...

El salvador de Lucine era un loco sin poder que no tenía ninguna posibilidad. ¡Estaba condenada! Ya me sentía derrotado, allí encogido en aquella oscuridad, abrumado por una desesperación tan grande que pensé que podría caer de rodillas y llorar.

En lugar de ello, coloqué el bolso en el rincón donde se pudiera ver y empecé a bajar lentamente por el túnel. Subí las escaleras pegándome a la pared de piedra. La penumbra a la que me acercaba permanecía en quietud. Seguía sin haber indicio de que supieran de mi presencia entre sus muros.

Volví hacia atrás, deslizándome a lo largo del mismo muro por donde había venido, luego corrí hacia el rincón trasero. Apartando todo de mi mente menos mi tarea inmediata, conseguí recuperar alguna compostura. Tenía que saber más acerca de la disposición de este campo de batalla antes de precipitarme a la lucha.

Los establos estaban a cincuenta pasos detrás del muro trasero. No había sirvientes a la vista, pero esperé algunos minutos en el aquel rincón hasta asegurarme. No había centinelas a lo largo del muro superior, pero la puerta trasera del castillo podría abrirse en cualquier momento. Era un riesgo que escapaba a mi control.

Saqué mi pistola, comprobé la carga y me apresuré a lo largo del muro trasero.

La puerta estaba cerrada —un rápido tirón del pasador me lo confirmó—, pero yo no tenía ninguna intención de utilizarla entonces, porque no sabía qué podría haber detrás.

Cuando llegué a la esquina más alejada, la sangre me atravesaba el corazón a oleadas. La torre se levantaba hasta el cielo gris oscuro y yo sabía por Sofía que allí era donde Vlad van Valerik tenía su hogar real.

Los truenos crujían en lo alto; los relámpagos apuñalaban el horizonte como un largo dedo torcido perteneciente a Dios o al diablo, no sabía a cuál de los dos. Apenas podía ver las ventanas en lo alto de la torre, que tenían un destello naranja por la luz del interior.

Todo en mí quería subir a toda prisa por la torre, escalar el muro de la forma que fuese y entrar por la ventana para salvar a Lucine. Con toda seguridad, ella estaba allí adentro, o lo estaría pronto.

Seguramente caería en mis brazos y me prometería su amor. Seguramente se pondría de mi lado y rechazaría a aquel otro pretendiente.

Pero si yo subía ahora mientras los rusos tuvieran toda su fuerza, ellos nos acosarían y nos aplastarían antes de que llegáramos al camino. Ya me sentía demasiado irracional para mi consuelo, pero no era lo bastante necio como para precipitarme a una muerte cierta. Muerto, ¿de qué le serviría a Lucine?

Me acerqué a la torre, estudiando el diseño del muro y las ventanas por si necesitaba escalar la fortaleza.

Las primeras gotas de lluvia empezaron a caer cuando me di la vuelta y regresé corriendo. Cuando llegué al rincón más lejano, el agua caía como una cortina desde el cielo. Era un don de Dios, pensé, porque ahora no se veía a más de diez pasos. Rápidamente aseguré mi pistola debajo de mi camisa, rezando para que el arma permaneciera lo suficientemente seca como para poder disparar.

Eché una única mirada a mi derecha para confirmar que la puerta trasera seguía cerrada y atravesé el césped en dirección a los establos. Mi propio caballo estaba agachado en la cima de la montaña donde le había atado. En el caso de que consiguiera escapar malherido, quizás no podría arrastrarme montaña arriba, sobre todo si llevaba a Lucine conmigo. Tenía que asegurar al menos una montura.

Solo había diez caballos en el establo. A causa de la tormenta no irían muy lejos aunque los azotara con un látigo. Aquel era su hogar y sin duda eran tan leales a Valerik como su aquelarre.

Si hubiera tenido una pócima para hacerles dormir, la habría utilizado. Todos ellos eran unos animales hermosos, pero representaban una amenaza para Lucine, por muy pequeña que fuera. Así pues, hice lo que había venido a hacer.

Los até y los degollé con mi cuchillo, dejando que se desangraran. Los maté a todos menos a uno.

Era un imponente garañón que podía llevar a tres personas en caso de necesidad. Lo até en un compartimento aparte, esperando que el olor de la sangre de los otros caballos no le agitara demasiado.

La lluvia me lavó la sangre de las manos y atravesé corriendo el césped, rodeando la fortaleza hasta la entrada subterránea donde había dejado mi bolso. Di gracias al cielo por aquel don.

Pero, cuando bajé las escaleras y entré donde la lluvia ya no importaba, todo el consuelo que sentí al haber inspeccionado la zona con éxito se desvaneció. Allí, al final de aquel pasadizo, se encontraba la puerta de la mazmorra y en ese nido me enfrentaría a un enemigo terrible. Y seguramente no sobreviviría.

TREINTA Y DOS

Recuperando la respiración, conseguí encender la antorcha con la piedra que había traído. Una llama naranja brilló y mi impulso inmediato fue apagarla antes de que la vieran. Pero más allá el túnel estaba oscuro y necesitaría luz para poder pasar rápidamente.

Tomé una larga bocanada de aire, abrí un poco la puerta, que hizo *crac*, vi que seguía estando oscuro y luego la empujé hasta abrirla lo suficiente para deslizarme al interior. Cerré la puerta detrás de mí y me interné por el pasadizo a grandes zancadas. El pulso me latía en los oídos.

Yo soy alto y musculoso, pero allí me sentía demasiado frágil mientras me movía por el túnel en dirección a la puerta que conducía al estudio por el que yo había escapado anteriormente.

Esa puerta también estaba abierta y el espacio más allá estaba oscuro. Entré y, una vez dentro, cerré la puerta detrás de mí. Ahora ya estaba completamente dentro del nido. La llama de mi antorcha alumbró el escritorio y el retrato de lo que, según sabía ahora, era un ángel caído que había cruzado a este mundo para dar vida a aquellos Nephilim.

Me moví con rapidez, encendí la antorcha junto al retrato y apagué la mía. Saqué el aceite que había traído y lo derramé por el suelo cerca de la puerta por la que había entrado. Luego hice lo mismo a lo largo de la estantería y sobre el escritorio. Agarré una lámpara de ese escritorio y salpiqué más aceite sobre la puerta y el sofá.

Satisfecho, dejé la antorcha encendida y salí del estudio al túnel exterior. A excepción de la luz naranja que procedía de la única antorcha que había detrás de mí, el pasadizo estaba a oscuras. Pero ahora estaba demasiado cerca de los pasillos principales como para arriesgarme a llevar luz. Al final había una puerta. Tenía que llegar hasta ella en la oscuridad.

Saqué mi pistola y comprobé la carga por última vez. Seguí adelante. El hedor sulfúrico era tan fuerte que no podía respirar más que de forma superficial, pero el suelo estaba húmedo y resbaloso. Sin más luz no podía correr sin arriesgarme a caer.

Cómo me las arreglé para permanecer derecho, no lo sé, pero solo rocé el musgo de las paredes una vez. Luego, llegué al final sin aliento a causa de los nervios más que por el esfuerzo. Detrás de mí, a lo lejos, no veía más que el ligero resplandor de la llama del estudio.

Por debajo de la puerta no se veía ninguna luz. La abrí y entré. Ahora estaba en el momento más crítico. Hasta ese punto conocía el camino por haber estado allí anteriormente. Pero no tenía ninguna intención de seguir el camino de la primera vez que me llevaría de vuelta al salón de baile principal del que había huido.

Tenía que llegar a los túneles inferiores donde me había encontrado con Alek, a aquella biblioteca donde, según Sofía, este prefería estar. Durante el tour que hice con Sofía no nos habíamos encontrado con nadie que estuviera deambulando a solas por ninguno de los pasillos. Era como si todos supieran dónde querían estar y no perdieran tiempo para ir hasta allí.

Al menos eso esperaba.

Un fino hilo de luz indicaba la base de una puerta directamente delante de mí. Había pasado antes delante de esa puerta y la había evitado porque conducía al *interior* del castillo cuando yo intentaba *salir* de él.

Caminé hasta aquella puerta. No estaba cerrada.

Ahora tenía que elegir. Si me encontraba con alguno de los rusos, tendría que golpearle sin titubear ni un momento, antes de que pudiera volar hasta mí o avisar. Normalmente utilizaría la pistola, porque no había camino más corto hasta la cabeza de un hombre que la trayectoria de una bala de mosquete.

Pero la explosión serviría de aviso al estar tan cerca del salón principal. Podría arriesgarme en las profundidades de los túneles, pero aquí no.

De modo que volví a meter la pistola en mi cinto y saqué mi cuchillo de lanzar y una de las estacas de madera. No me importa confesar que aquel palo de madera parecía un juguete en mi mano.

Abrí la puerta y asomé la cabeza para poder mirar. De haber alguien en el pasillo, ya se había marchado. Conducía hacia mi derecha e iba en dirección a la parte trasera del castillo. Una única antorcha en la pared alumbraba el camino.

Me interné en él rápidamente y a grandes zancadas.

Muy bien, Toma. En cualquier momento se abrirá una puerta y te dejará a la vista de un equipo que te ha estado observando y esperando. Saben que estás aquí.

Pero me negaba a creerme y reanudé el paso, fortalecido por una experiencia salvaje. Era esclavo de mi instinto y me aferraba desesperadamente a la esperanza en una sangre mayor que la mía.

El camino me resultaba desconocido. Lo único que sé es que atravesé dos puertas y giré en una esquina que me llevó directamente al tramo de escaleras que descendí con Sofía. Y no me había encontrado a una sola alma.

Estaba tan sorprendido que me acerqué bruscamente y busqué en mi memoria para asegurarme de que se trataba del pasillo correcto.

¡Lo era! De un salto me interné en él.

Quizás no sabían que yo estaba allí. Quizás me había tropezado con la mayor de las fortunas, o quizás había otra fuerza detrás de mí que supervisaba mi camino hacia esta noble tarea.

De haber sabido lo que me esperaba, habría salido huyendo.

En vez de ello, bajé los escalones de dos en dos hasta llegar al atrio redondo, a través de la puerta oscura y luego a la derecha hasta entrar en el mismo túnel por el que Sofía me había llevado a la parte inferior. Corrí por aquel pasadizo, convencido de que podía escuchar susurros procedentes de las habitaciones por las que pasaba, y esto solo hizo que apresurara el paso. Tenía un único objetivo y me movía a toda prisa hacia él apurando hasta la última reserva de velocidad.

Y llegué al sitio, a la entrada de la biblioteca. Entré jadeando.

Estaba vacía. La puerta que llevaba a la habitación donde había encontrado a Alek estaba cerrada. No me atrevía a esperar que mi buena fortuna durara un momento más. Podía incendiar aquella habitación utilizando la antorcha de la pared y luego retirarme, habiendo llevado a cabo algo de lo que había comenzado a hacer, pero si Alek estaba detrás de aquella puerta, podía enviarle a la muerte. ¡Preferiría caer sobre mi propia espada!

Así que, por el amor que sentía hacia Alek, lo arriesgaría todo atravesando aquella puerta aunque solo fuera para ganarle a él primero. ¡La locura se estaba apoderando de mí!

Me deslicé silenciosamente hasta la puerta y pegué el oído a ella. Se oía una suave risa. ¿Pero cuántos habría allí? Estaría Alek...

Entonces le oí reír.

El sonido me inundó con una espantosa mezcla de rabia y optimismo. Decidí utilizar todas las armas de las que disponía. Saqué el agua del bolso, empujé el pestillo y me lancé por aquella puerta.

A primera vista pude comprobar que allí solo había tres de ellos. Alek y Dasha estaban en una silla, juntos, frente a un macho al que reconocí pero que no sabía quién era.

Mi entrada los pilló por sorpresa y yo ya me apresuraba hacia delante. Arrojé el tarro de agua sobre el macho con la mano izquierda y volé hacia ellos. Luego, con un grito gutural, saqué una estaca de mi costado y me lancé por Dasha.

Ella estaba empezando a reaccionar, retorciéndose hacia su derecha cuando la estaca la alcanzó con el impulso de todo mi cuerpo. La punta afilada entró en su cuerpo, justo por debajo de la axila y penetró profundamente en su pecho, hasta mi puño. Juraría que aquella estaca le atravesó el corazón.

Emitió un fuerte grito, agarró la madera que salía de su cuerpo y se derrumbó en los brazos de Alek. El impulso me hizo caer sobre ellos. Golpeé el suelo, rodé y me levanté con la pistola en la mano.

Tan solo ese momento vi que el tarro de agua se había estrellado en la pared y no había conseguido nada.

Pero la impresión de verme clavar esa estaca en el corazón de Dasha había dejado helado al otro macho por un momento. Ajusté mi objetivo y le atravesé la cabeza de un disparo.

Un boquete, y cayó desplomado.

—¡Aaah!

Salté hasta la puerta y la cerré, luego me di la vuelta. Alek se había levantado del diván y miraba fijamente el cuerpo muerto de Dasha. Su cara estaba blanca y temblaba de horror.

—¿Qué...? ¡Oh, no! ¿Qué es esto?

—¡Alek! ¡Soy yo! Toma, tu comandante.

Me miró, estupefacto por lo que había ocurrido. No era de extrañar: la mujer que le había seducido yacía ahora muerta ante él. Por primera vez se me ocurrió que quizás estuviera demasiado fuera de sí como para recuperar el sentido común. Pero era Alek. ¡Alek! El hombre más fuerte de todos.

—¡La has... la has matado!

Cayó de rodilla y empezó a sacudir el cuerpo de ella, gimiendo y gritando.

—¡Despiértate! ¡Dasha, levántate! ¡Despierta! —decía a voces mientras las lágrimas caían de sus ojos. Agarró el extremo del palo para sacarlo e inmediatamente retiró la mano bruscamente como si le hubiera quemado.

Yo no había previsto esa reacción. Había logrado hacer aquello sin que, hasta ese momento, me hubieran detectado, pero con seguridad alguien llegaría pronto.

Salté y me coloqué a su lado, agarré la estaca y la arranqué. La sangre fluyó de la herida de Dasha.

—¿Ves, Alek? A ti te quema, pero a mí no me hace nada. Estás infectado por la sangre de Nephilim. ¡Debes liberarte de esta maldición!

Se puso en pie de un salto y se volvió hacia el macho muerto.

—Has... ¿has matado a Petrus?

—¡Son infieles! Mucho peor que cualquier enemigo al que nos hayamos enfrentado. Te lo ruego, Alek.

Abandonó el sofá. Los brazos le temblaban.

—Has matado a Dasha.

—Volverá a la vida —le dije—. ¿Acaso no lo hizo Stefan?

—¡Has utilizado la madera! ¡No puede volver!

Sabía más que yo.

—Necesito tu ayuda, Alek. ¡Si todavía te queda una pizca de sentido del deber, debes encontrar tu camino más allá de tus pasiones y ayudarme a salvar a Lucine!

Parecía afligido.

—¿Lucine? Ella es la novia. Es la nueva reina. ¿Qué has hecho?

No sabía qué era peor: que Alek estuviera tan ido o esta nueva información acerca de Lucine.

—¿Cuándo? —pregunté.

—A media noche.

—¿Esta noche? —le apremié. Me sentía consternado.

—Esperábamos que tú... —empezó a decir, pero parecía que el pensamiento se le escapaba. Volvió a mirar a Dasha. Cerró la boca firmemente y poco a poco se le tensó la mandíbula. La amargura empezó a remplazar el horror.

—Alek, por favor. Son perversos.

Al mismo tiempo que lo estaba diciendo, un nuevo pensamiento se estrelló contra mi mente. Si ellos eran perversos ¿lo sería Lucine también? ¿Y Alek y Natasha? Los humanos infectados con la sangre mala ¿serían también perversos hasta lo más profundo? Aunque así fuera, si Lucine debía ser cortejada y amada, ¿no ocurriría lo mismo con todos ellos?

Su sangre era mala, ¿pero no había nada redimible en ellos? Seguí insistiendo.

—He aprendido tanto, Alek. No hay tiempo, pero...

El macho al que había disparado en la cabeza, gimió. ¿Se estaba despertando? ¿Es que no había forma de matar a aquellas criaturas?

El pánico se apoderó de mí, me precipité sobre él y le clavé la estaca en el pecho. Se sacudió una vez y luego se quedó quieto. Pero debo decir que hacer aquello hizo que me sintiera enfermo. Pude ver que no solo había matado al Nephilim que había en él. También había un ser humano.

Pero ahora el tiempo iba corriendo y me empezaba a sentir atrapado en aquella tumba subterránea. Corrí hacia Alek, le agarré por los hombros y lo sacudí. Sus ojos ardían y tenía la mandíbula apretada.

—¡Te necesito! ¡Despierta ya, Alek! No podemos dejar que se case con Lucine. Ella no puede amarle. Dios mismo me ha enviado aquí para salvarla. Y a ti y a Natasha. Estoy bajo las órdenes directas de Kesia para...

Agachó la cabeza y se lanzó contra mi pecho. Mi barbilla recibió el golpe y la cabeza se me fue hacia atrás. Luego caí de espaldas sobre el diván en el que Dasha yacía muerta.

Alek gruñó y arremetió contra mí, golpeándome con ambos puños. Grité e intenté quitármelo de encima, pero no se movió. Sus nudillos aporreaban mis intestinos como arietes. Era mucho más fuerte de lo que yo recordaba.

Se había infectado con la sangre que Dasha había puesto en sus venas.

Otro puñetazo me alcanzó y sentí cómo me crujía una costilla. Sus ojos, que unos momentos antes estaban negros, ahora eran rojos por la rabia. Fue entonces cuando comprendí que intentaba matarme. Su mente estaba perdida en la lujuria de sangre y no pararía hasta verme muerto a sus pies.

Levanté mi rodilla con la fuerza que pude, intentando darle una patada a pesar del dolor que tenía en el pecho. Le golpeé en la ingle y debía haberle lanzado por encima de mi cabeza con facilidad.

Solo gruñó una vez, luego me golpeó con el codo en la cabeza con la suficiente fuerza para dejar inconsciente a cualquier hombre corriente.

Lleno de pánico, agarré la estaca que seguía metida en mi cinto.

—¡Alek! Alek...

Me volvió a golpear y esta vez pensé que ese sería el último golpe. La cabeza me daba vueltas.

Saqué la estaca y con un movimiento brusco la levanté hasta el punto en que hiciera ángulo con su pecho. No creo que la viera en su furia ciega, porque echó todo su peso encima de ella en su siguiente golpe.

La estaca hizo estallar una costilla y se hundió en su pecho. No olvidaré jamás la mirada de sus ojos, en un momento roja y mirándome como si yo fuera un demonio y, al siguiente, oscura, fija, extrañado de que algo hubiese cambiado. Su golpe rebotó sobre mi hombro y resbaló hasta el suelo produciendo un chasquido vacío.

Gruñó y la sangre le salió a borbotones por la boca.

¿Qué había hecho?

—¿Alek?

Por toda respuesta, sus ojos se quedaron en blanco y se desplomó sobre la estaca quedándose apoyado en ella como una lona a modo de tienda de campaña.

Le aparté y me puse sobre él para administrarle vida. «¡Alek!», grité. Saqué la estaca que tenía clavada e inmediatamente intenté que volviera a la vida, pero mis esfuerzos fueron inútiles.

Incliné la cabeza sobre mi pecho y me tiré del pelo. ¿Qué había hecho? ¡Acababa de matar al mismo hombre al que venía a salvar! ¡Aquel que podía ayudarme a salvar a Lucine!

Le golpeé en el pecho con mis puños. «¡Alek!». Pero no respondió. ¿Qué tipo de calamidad había echado sobre mí mismo? El temor me destrozaba.

Me puse en pie tambaleándome y eché un vistazo a la habitación, rodeado ahora por tres muertos, a los que había matado con aquellas estacas. Durante un momento no me fue posible pensar. ¿Qué debía hacer ahora? ¿Cómo arreglar aquella masacre llevada a cabo por mis propias manos?

Agarré una lámpara y la lancé contra el suelo. El aceite salpicó a mis pies. Salí de allí y me precipité a la biblioteca, agarré tres lámparas y las estrellé contra las estanterías. Ahora, mi única oportunidad era moverme antes de que los demás supieran lo que había hecho y pudieran montar un esfuerzo coordinado contra mí. Tenía que salvar a Lucine y Natasha o ya no podría vivir conmigo mismo.

Arranqué una de esas antorchas y lancé la llama contra el aceite derramado en la habitación interior. El combustible prendió inmediatamente, convirtiéndose en un fuego crepitante que se arremolinó en el diván.

¡Perdóname, Alek! Me sentí enfermo.

Con mi bolso de cuero en la mano, corrí alrededor de la biblioteca exterior acercando la antorcha a los libros y las estanterías. Las llamas se desataron por todo el suelo y lamieron hambrientas el papel y la madera empapados en aceite. Un chisporroteo seguido de un zumbido me obligaron a salir de la habitación. Bajé a toda prisa por el pasillo, con la antorcha ardiendo en mi mano.

—¡Fuego!

Bramé aquella advertencia con toda la fuerza de mis pulmones.

—¡Fuego!

El humo salía por la entrada de la biblioteca detrás de mí. Obtuve la primera respuesta cuando me encontraba en la mitad del pasadizo. Una cabeza oscura se asomó a una puerta, mirándome fijamente con unos ojos negros. Enseguida desapareció en una imagen borrosa que voló más allá de mí hacia el infierno que ardía por detrás.

—¡Fuego!

Aunque corrí directo a las escaleras que me llevarían arriba, donde estaban la mayoría de ellos. Corrí hasta el límite de mis fuerzas escaleras arriba. Otros dos me rozaron al pasar mientras yo saltaba hasta el rellano.

—¡Fuego en los túneles, Dasha!

Solo tenía una esperanza: que me vieran y pensaran que me había unido a ellos. Después de todo, les estaba avisando. Yo gritaba mi preocupación de la forma más enérgica posible. Había planeado hacer esto mismo, solo que teniendo a Alek a mi lado.

Junto a la entrada había una lámpara de aceite sobre una mesa. La estrellé contra un gran cuadro de uno de sus antepasados y luego lancé mi antorcha contra la tela empapada. Las llamas se agolpaban en el retrato. Cuando me di la vuelta, cuatro rusos me miraban fijamente con los ojos abiertos como platos. Vi en sus ojos que empezaban a entenderlo todo.

—¡Me robó a mi novia! —grité, volviendo la espalda al pasadizo que conducía al túnel por el cual había entrado. Tenía que escaparme o todo estaría perdido—. Ahora ha pagado el precio.

Un quinto ruso apareció junto a los otros cuatro. Miró fijamente al fuego y luego me taladró con sus ojos negros.

—Entonces, tú también —dijo.

Le acerqué el crucifijo.

—¡En el nombre de Cristo...!

Lanzó un gruñido y pasó por delante de mí como una exhalación, haciendo que el crucifijo se me cayera de la mano. Repiqueteó contra el suelo y luego se quedó allí sobre la piedra. Un humo negro y aceitoso hervía por el pasadizo.

Me tambaleé hacia atrás, más cerca del camino de huida. Mi mano derecha encontró dos estacas más y las saqué de un tirón. Los rusos no dijeron nada y tampoco se movieron.

Ese titubeo fue todo lo que yo necesitaba. Corrí mientras controlaba que no viniera nadie por detrás, con la punta de las estacas dirigidas hacia ellos.

—¡Detenedlo! —rugió Stefan.

Algo me golpeó en el hombro cuando yo giraba en la esquina, golpeando el suelo con una de las estacas. El dolor me llegó hasta el cuello.

Luego corrí sin orden ni concierto en busca de la primera puerta que conducía a los túneles. Solo la estaca salvó mi vida, estoy seguro de ello. Quizás sin la distracción del humo ya habrían llegado hasta mí. Tal como iba, entré por la primera puerta y corrí hacia la segunda.

Volé escaleras abajo hasta entrar en el largo túnel, esperando sentir las garras o los dientes en mi espalda de un momento a otro. Mantuve mis ojos en el resplandor del estudio porque sabía que mi salvación me esperaba allí.

Cuando me hallaba a tres zancadas de la verja, algo me volvió a golpear, haciendo que soltara la otra estaca. Se estaban tomando su tiempo, pensé, sabiendo que podían llegar hasta mí cuando quisieran.

Giré y me metí en el estudio, arranqué la antorcha de la pared y me di la vuelta para enfrentarme a ellos. Aparecieron tres, uno justo detrás del otro.

Mantuve el fuego dirigido hacia ellos y retrocedí hasta la puerta que había empapado de aceite. Ellos entraron con mucho cuidado. No estaba seguro de por qué yo daba por sentado que temían al fuego, pero ahora no tenía ninguna duda. Tomás había dicho que el agua les aterrorizaba, pero vi más temor en sus ojos a la vista del fuego. Además, tampoco les había hecho frente con agua bendita.

Sin retirar mis ojos de los suyos, aproximé la antorcha al suelo. Un anillo de fuego se encendió con un zumbido, alrededor y detrás de ellos. Pero las llamas no eran lo suficientemente altas como para impedir que salieran por la verja. Solo sirvieron para concederles una pausa.

Empujé la puerta que había detrás de mí y la abrí, dejé caer la antorcha en el suelo y la cerré de golpe dejándoles allí fuera. Podía oír cómo corrían las llamas haciendo estallar la madera empapada en aceite. Con un poco de suerte, eso bastaría para detenerlos.

Aunque me había costado mucho, conseguí hacer lo que había planeado con respecto a los rusos. Recé para que pensaran que yo era un amante celoso que había venido a vengarme antes de huir para salvar mi vida. Ahora los tenía bien distraídos. Con toda seguridad emplearían los medios a su alcance para apagar las llamas.

Me volví de espaldas a la puerta y corrí bajo la densa lluvia sin preocuparme por el sigilo, solo me importaba la velocidad.

Había colocado mi trampa y la había hecho saltar, pero la noche no había hecho más que comenzar.

TREINTA Y TRES

—**D**ebes saber cuál es tu lugar, mi reina —Vlad habló con un suave murmullo que hizo que Lucine se estremeciera hasta los huesos. Su presencia le hacía sentir temor y asombro a la vez—. Tienes que saber que yo te he creado y que tu carne solo responde a la mía.

Se encontraban en la habitación de ceremonias, en la base de la torre. Era un espacio reservado principalmente para los rituales que marcaban el cambio de poderes, como una boda o la muerte de un mestizo. No había trono, como cabría esperar, sino una mesa de pizarra con candelabros en cada uno de sus extremos. Las velas alumbraban un gran tallado circular en la pared, detrás de la mesa, que representaba a un crucifijo con tres garras encogidas como si quisieran agarrar algo desde arriba, penetrando en el centro donde cruzaban los miembros. Había sangre, que a ella le pareció real, que se filtraba de las heridas punzantes, y que brillaba en largas huellas hasta la base del tallado, donde escurrían sobre una gran pileta de piedra. Se podría confundir fácilmente el salón del trono con una mazmorra. No parecía en absoluto un lugar de alta consideración.

No había más muebles. Lámparas de aceite se alineaban junto a los muros ásperos, suavizados por largas cortinas de terciopelo rojo que enmarcaban las lámparas. Ella estaba en pie en el centro de un círculo negro grabado en el suelo de mármol. Llevaba una fina túnica de algodón blanca que le llegaba a las rodillas como un escaso suspiro. A la orden de Vlad, Natasha y Sofía dieron testimonio desde donde se encontraban, a un extremo del círculo

Vlad caminó alrededor de ella, con los brazos detrás de la espalda. Sus negras botas resonaban lentas sobre el mármol. Sus ojos iban de Sofía a Natasha.

—Tu hermana debería fijarse y saber que su destino sería mucho peor si alguna vez rompiera nuestro pacto.

¿Qué estaba diciendo?

—Sofía debería fijarse y saber que ya veo la fractura en su corazón. Ni el infierno podrá aguantar su dolor.

Lucine parpadeó, asustada por aquellas duras palabras. A pesar de todo, parecían adecuadas ¿o no? Si Natasha o Sofía rompían el pacto con Vlad, deberían pagar el precio que él exigiera. Él era su señor y amo.

Se detuvo delante de ella y sonrió. Le rozó la mejilla con su dedo pulgar.

—Esta noche estaremos casados y el mundo no podrá abarcar mi gozo. Se reunirá el aquelarre y tú te echarás sobre el altar. Te entregaré al infierno y te convertirás en una mestiza, completamente encarnada y plenamente muerta. Juntos reinaremos sobre estos seres vivos. ¿Qué te parece todo esto?

—Es un honor para mí, mi señor.

—Lo es. Pero debes conocer también tu deber. Debes saber que puedo hacer contigo lo que me plazca. Que toda tu existencia depende ahora únicamente de mí. Si quiero secar tu sangre y convertirte en cenizas, lo haré. Si quiero enviarte a mi amo para que te use para su placer, tú correrás a él. Tendrás gran poder en tu carne, pero me pertenece a mí, no lo olvides.

Aquello era aterrador y hermoso a la vez. Lucine sabía que había cambiado, pero los detalles de ese cambio parecían disiparse con cada hora que pasaba. Por su mente pasaban destellos de su ser anterior, pero se desvanecían con tanta rapidez que no podía pensar en ellos. Solo sabía que estaban allí, pero no captaba su significado. Era como si supiera que el diablo vivía, pero no conociera su propósito. O que Dios estaba en el cielo, pero no supiera lo que hacía allí.

—¿Sí? —la apremió Vlad.

—Sí, mi señor.

—Debes saber que ya estás muerta. Que tu carne no es más que eso. Hasta tu belleza es mía. Toda ella.

—Sí, mi señor.

—Y me amarás siempre, como un niño inocente ama incluso a un padre brutal.

—Lo haré.

—Sí que lo harás.

Vlad sonrió un momento, luego su rostro se distorsionó por la rabia. Echó su brazo hacia atrás y la abofeteó con un gruñido. Su zarpa la golpeó en la cara haciendo que ella diera una vuelta sin poner los pies en el suelo. Aterrizó sobre su hombro izquierdo y sintió cómo su cabeza crujía contra el suelo.

Su mundo se oscureció y un alarido lo llenó. Era su propio grito, pensó. Arañó la oscuridad que se cernía sobre ella y luego sintió que la levantaban bruscamente hasta ponerla en pie.

—Ahora, mírate, zorra.

Su amo estaba hablando. Le estaba diciendo lo que quería de ella y lo haría sin preguntas. Solo aquel grito.

Vio cómo parpadeaba aquella luz naranja. Vio que estaba de nuevo en pie, sostenida por Vlad que la agarraba por la parte trasera de su vestido. Sin pensar, levantó un brazo débil y se tocó la cara.

No era normal. Estaba hinchada, gorda y húmeda de sangre. Solo podía ver por un ojo. Pensó que quizás le faltaran otras partes de su rostro.

Lucine empezó a llorar.

—Ahora no eres tan bella, Lucine. Si le arrancara la cabeza a Natasha seguiría esperando que sonrieras.

Pero ella no fue capaz de responder. Se ahogaba con su propio llanto. Podía oír el llanto apagado de Natasha detrás de ella, sorbiendo sus lágrimas.

—Shh, shh, shh, ahora ven, querida. Ven —dijo atrayéndola hacia su pecho y ella se inclinó sobre él—. Shh, shh, shh. Estarás hermosa para nuestra boda.

La sumergió en su abrazo, mordió firmemente sus labios y dejó que la sangre goteara por su rostro.

Lucine sintió el cambio entumecedor inmediatamente. Sintió cómo la cara le hormigueaba y cambiaba. Suaves y pequeñas explosiones mientras la carne se unía y los huesos se conectaban entre sí.

Vlad le lamió la cara suavemente, luego secó el exceso de sangre con la palma de su mano. En aquel momento, le amó más de lo que lo había hecho en ningún momento anterior.

—¿Lo ves? Otra vez bella. Es mi carne y puedo hacer con ella lo que quiera. Nunca más llorarás. ¿De acuerdo?

—Sí.

—¿Y quién soy yo?

—Mi señor y amo.

—¿Soy también el señor y amo de Natasha?

—Sí.

—Sí —dijo soltándola. Caminó hacia Natasha y le rajó el cuello con sus uñas. La sangre salpicó en su vestido. Abrió los ojos como platos e intentó hablar, pero su laringe estaba cortada.

Cayó como un fardo.

—¡Déjala!

Él la sanaría, por supuesto. Lucine sintió que sus manos temblaban por el horror que esta visión le había causado, pero ella sabía que él la curaría y que volverían a bailar juntas.

Los ojos de Sofía estaban húmedos.

¿Por qué, si sabía que esto no era más que una prueba? Un rito de transición. Se convertiría en una reina.

Vlad volvió a Lucine con una sonrisa.

—No te preocupes, querida. Ella verá nuestra boda desde una ventaja muy especial. ¿Sí?

—Sí —dijo ella, pero sonó como un graznido.

—¿Me amas?

—Te amo, mi señor.

Sonó un golpe en la puerta.

—¡Ahora no! —bramó Vlad.

—¡Hay fuego, señor!

Él titubeó.

—¿Dónde?

—En los túneles.

Lucine vio el parpadeo de sus ojos, la impresión del momento. Nada más.

—Sofía, lleva a Lucine a mi torre. ¡Ahora!

Al momento, Sofía estaba junto a Lucine.

—Vosotras dos, recordad lo que habéis visto esta noche.

—¿Y qué pasa con Natasha?

Él buscó su mirada. Le ofreció una sonrisa de compasión y la besó en la frente.

—Ya me ocuparé de ella más tarde.

Luego, se fue.

TREINTA Y CUATRO

El tiempo corría en mi contra. Desde el principio mi plan había sido distraerles lo suficiente como para que el fuego atrajera la atención de Vlad van Valerik. No pensaba que tendría que abandonar pagando un precio tan alto. Aunque acabar con la vida de Alek ayudaría indudablemente a convencerles de que mi propósito eran las represalias, no el rescate. Su muerte me rondaba como un monstruo.

Pero no tenía más que aguantar y utilizar los medios a mi alcance para encontrar a Lucine y sacarla antes de que el fuego se apagara y se solucionaran los asuntos.

Corrí alrededor del castillo, empapado. La fortaleza estaba rodeada por una acera de piedra y el agua hacía desaparecer mis huellas tan pronto como las dejaba.

Yo ya sabía, con toda precisión, por dónde tenía que escalar el muro. La sección más baja que conducía a la torre era el punto medio hasta el lado occidental. Retiré la cuerda, empujé el bolso en mi cinturón para no dejar evidencia de mi paso y miré fijamente el borde del muro, que se encontraba a solo seis metros.

Tuve que lanzar el gancho cuatro veces para que agarrara firmemente y me permitiera la escalada. El muro mojado me dificultaba el agarre, pero me las arreglé para poder escalar la mayor parte de la altura antes de titubear y resbalarme. Arremetí y me agarré a la cornisa con una mano, me quedé colgando por un momento y luego me aferré al mismo borde con la otra mano.

Sin el pleno beneficio del temor no me habría lanzado sobre el muro con tanta facilidad. Escalar aquellos muros mojados era una tarea ardua sin una palanca adecuada. Rápidamente, tiré de la cuerda y la dejé preparada para poder echarla de nuevo hacia abajo.

La parte superior del muro tenía ahora unos sesenta centímetros de ancho y corrí por él con demasiada despreocupación. Cuando pienso en ello ahora, comprendo fácilmente que el pie me podía haber fallado, caer en picado y tener un desagradable final. Pero mi mente estaba absorbida por la torre que tenía delante de mí y aquella ventana que se encontraba a solo una cornisa de mí.

Si Lucine no estaba en aquella torre yo... Sinceramente, habría sentido la tentación de lanzarme al suelo.

Pero al estar allí, en aquella cornisa, me di cuenta de que estaba sellada. Una cortina escondía la habitación que había allí, tras ella. Tendría que romper el cristal y correr el riesgo de llamar la atención. No vi otra alternativa más que retirarme y eso era equivalente a la muerte.

De modo que envolví mi pistola en el bolso de cuero y, con la culata, golpeé el cristal. La ventana se hizo añicos y los trozos cayeron hacia el interior. Gracias a Dios no había viento y la lluvia no penetraría en el interior. Veía en visiones a Vlad o a alguno de sus súbditos empujándome mientras me encontraba a medio camino para entrar por la ventana. Puse el bolso de cuero en el alféizar de la ventana y entré en la torre, indiferente de lo que podía haber más allá.

Cuando ahora lo pienso, me doy cuenta de lo desastroso que había sido ese salto si me hubiese encontrado con unas escaleras y me hubiese matado al caer. Evidentemente, Dios no me había abandonado cuando maté a Alek. Aterricé sobre suelo duro y me encogí como una pelota arrastrando las cortinas conmigo. Me llevó unos segundos de movimiento frenético para desenredarme de aquella tela y ponerme de pie.

Un dormitorio. No era un dormitorio cualquiera, no. Era una habitación lujosamente amueblada con una inmensa cama con baldaquín y cortinas de terciopelo alrededor. La indignación embargó todos mis sentidos y bloqueó mi imaginación para que no pudiera pensar en lo que esa bestia le pudiera haber hecho en aquella habitación.

Un trueno sacudió la torre.

Me quedé allí de pie, temblando y goteando sobre una gran alfombra de piel de oso, sabiendo que hasta ese titubeo jugaba en contra mía. Pero, de repente, me sentí asustado de lo que podría descubrir si Lucine se encontraba realmente en la habitación continua.

No podía permitirme el tiempo de deliberar, así que caminé a grandes zancadas y abrí aquella puerta.

Lucine estaba en medio de la habitación, delante de un espejo de cuerpo entero y solo Sofía estaba con ella. Llevaba un vestido blanco, enrojecido alrededor del cuello con lo que parecía ser sangre, aunque no podía ver sangre en su cuerpo.

Su pelo era largo y oscuro, tal y como yo lo recordaba, pero su piel...

Su piel era blanca y translúcida. Sus labios estaban muy pálidos. Sus ojos eran oscuros. Era la mujer más hermosa sobre la que yo hubiera posado mis ojos. No podía moverme. Si Lucine hubiera tenido el cabello sin lavar, lleno de nudos y chinches pululando sobre su cabellera, sin duda habría sentido lo mismo.

Ambas me examinaron cuando entré y dejaron escapar un grito ahogado. Allí estaban las dos mujeres más involucradas en mi vida. Pero yo solo tenía ojos para Lucine.

Me quedé clavado donde estaba, abrumado por su presencia después de tantas conjeturas y anhelos por mi parte. Allí estaba, de pie como un fantasma, pero yo solo veía a un ángel.

—¿Toma?

Su voz era frágil. Sus ojos oscuros me miraban con incredulidad. Sus labios pálidos se abrían por la sorpresa. Había pronunciado mi nombre. En sus palabras no había malicia ni condescendencia. Era solo eso: *Toma*. Y yo lo oí como si fuera la voz de alguien que me llamaba desde el desierto, suplicándome que viniera a ella para que pudiera saber que yo era real y no solo el amante de sus sueños.

Entré en la habitación y me detuve.

—¿Sí?

—¿Qué está haciendo aquí?

—Yo... —dije, y me faltaron las palabras.

—¿Cómo ha llegado hasta aquí?

Sofía dio un paso a un lado, mientras echaba un vistazo a la puerta que había detrás de ella.

Hice un gesto torpe señalando algo detrás de mí.

—Yo... la ventana.

—¿Ha entrado por la ventana? —preguntó Sofía.

—Sí.

—¡Pero no puede estar aquí! —gritó Sofía—. Le matará si le encuentra.

Vlad. De modo que estábamos solos por el momento. ¡Seguramente teníamos bastante tiempo para salir de allí!

—No tenemos mucho tiempo —dije. Luego, reagrupando mis pensamientos rápidamente—: ¡Tengo la manera de bajar por el muro y un caballo esperándonos, pero tenemos que darnos prisa!

—¿Irnos de aquí? ¿Adónde? —preguntó Lucine.

Solo entonces pensé que estaba cometiendo una locura, diciendo tonterías. Ella podía ser una prisionera allí, ¿pero qué alternativa le había dado? ¡Ella ni siquiera sabía que yo la amaba! Había pasado tanto tiempo acariciando mis fantasías en aquellos últimos días que había llegado a pensar que ella también creía en ellas.

Gánatela, Toma. Sé su Emanuel.

Me precipité hacia delante, dirigiéndome a Sofía.

—Por favor, Sofía, tengo que pasar un momento a solas con ella. Es de suma importancia que hable con ella a solas.

—¿Para qué? —preguntó Lucine.

Mi corazón empezó a desmayar.

Agarré la mano de Sofía y la besé.

—Por favor, se lo suplico...

—No puedo dejarla, está a mi cargo.

—¡Pero en primer lugar está bajo mi custodia! —dije bruscamente— ¡Tengo que decirle algo!

—¿Decirle qué?

Aquello no estaba funcionando como yo había imaginado. Pero
el pensamiento de aquel fuego extinguido y que Vlad volviera me
empujaban a tener un acercamiento con menos tacto.

Me puse frente a Lucine y la miré.

—Decirle que la amo —dije, y mi voz se estremeció con profunda emoción. Sus ojos seguían vacíos. Lo dije rápidamente—. Que
la he amado desde el primer momento en que puse mis ojos sobre
ella, pero que no podía hablar a causa de mi juramento de no amarla,
delante de la mismísima emperatriz. Estoy atado por el deber, pero
ahora solo me veo ligado por un amor hacia usted que me ha estado
asediando día y noche. No puedo dormir, no puedo comer y solo
puedo beber de mis propias imaginaciones acerca del amor que usted
me pueda ofrecer, cualquiera que este sea. Usted será para mí como
un tesoro y ningún hombre, bestia o poder del cielo o del infierno
podrán separarme de mi juramento de dar mi vida por usted.

Ninguna de ellas se movió. Ninguna habló. Ninguna hizo nada
más que parpadear.

¿Por qué no se había abalanzado Sofía sobre mí, ni había dado la
voz de alerta? ¿Había en ella alguna semilla de bondad que anhelara
mucho más de lo que había recibido en su muerte viviente?

La miré suplicante.

—Por favor, antes de que sea demasiado tarde. ¿No queda ninguna luz en ese corazón oscuro? Debe permitirme que compita por
su corazón.

—Es demasiado tarde —contestó ella—. Solo conseguirá que le
maten.

—Entonces permítame morir en el intento.

—Pero usted no es más que un loco —dijo Lucine, y lo dijo como si este fuera el hecho más cierto de su mente.

Sus palabras redujeron mi mundo a añicos. Era como si el cielo se hubiese desplomado sobre mí, aplastándome con su peso sofocante. Yo sabía que tenía razón. A sus ojos yo no era más que un loco y todo lo que yo dijera no haría más que reforzar la opinión que tenía sobre mí. Su mente y su corazón pertenecían a otro amante y yo no hacía más que tirar mis palabras como un redomado loco.

Todo se derrumbó dentro de mí: los días en los que escapé de la hacienda para no tener que encontrarme con ella; las noches que pasé alrededor de la mesa intentando que no me pillaran mirándola; las páginas de mi diario en las que confesaba mi amor eterno; esa primera lucha con los rusos en mi humilde intento por rescatarla; mi confesión a su madre, Kesia, a la que le conté todo; la mazmorra donde me habían echado por confesar mi amor; el encargo que me había hecho Tomás de conquistarla; la muerte de Alek a mis propias manos; el heroico rescate de mi amante que ahora me rechazaba como si yo no fuera más que un niño tímido.

No podía respirar. La sangre se retiraba de mi rostro. Las lágrimas inundaban mis ojos. El mundo empezaba a dar vueltas. El calor subía por mis mejillas y se extendía por mi cuello. Allí había un infierno y las llamas ya quemaban a mi alrededor.

Lucine se limitaba a observarme.

Me di la vuelta y caminé tres pasos sin dirección, luego me detuve, sin saber qué debía hacer. Pero, por muy loca que pareciera, mi carrera ya estaba decidida. Me agarré la cabeza entre las manos y luché por mantener mi compostura.

Intenté hablar, disculpándome por mi reacción. No podía soportar el pensamiento de imponerle mi presencia ni un solo momento más. Pero tenía la garganta agarrotada.

Ahora la emoción estancada en mí irrumpía a través de los muros más espesos para imponerse sobre ella por unos momentos más. La tristeza y la angustia me inundaban y empecé a sentir pánico.

No podía hacer eso, no delante de Lucine. Eso no sería bueno para ella. Preferiría arrancarme los pelos de raíz.

Pero mi cuerpo no atendía a mi razón y mis hombros empezaron a temblar por los sollozos. Me gritaba a mí mismo que acabara con aquel terrible despliegue. Cuanto más me recriminaba a mí mismo, más se rebelaba mi corazón.

Acabando con mis últimas reservas de autocontrol para no tirarme al suelo y gruñir, me puse en pie dándoles la espalda, temblando en silencio con un dolor sin tregua. ¡Tenía que rescatarla! Tenía que irme de allí. Tenía que suplicar el perdón de la emperatriz. Tenía que alejarme del fin de la tierra en un vacío negro. Pero no podía hacer nada.

—Tómate un momento —dijo Sofía detrás de mí. Estaba hablando con Lucine.

—¿Pero qué va a decir Vlad?

—¡No te preocupes de eso ahora! —dijo rápidamente en un susurro—. Escucha lo que tenga que decirte; te lo debes a ti misma.

—Yo...

—¡Hay cosas que tú no sabes, Lucine! La muerte externa es algo que tú no imaginas. Yo vigilaré las escaleras. Este hombre te ama. Escucha lo que tiene que decirte.

Una puerta se abrió y luego se cerró. Estábamos solos.

Llovía sin parar y los truenos retumbaban sin cesar. Lucine estaba allí en pie, asfixiada por la confusión. No escuchaba las voces resonantes de la naturaleza, sino un pequeño murmullo en lo más profundo de su mente que le decía que se pusiera del lado de Toma.

Pero se había entregado a Vlad. ¡Iba a ser su reina! Había encontrado su lugar junto a él y sabía que si se apartaba lo más mínimo de él, la aplastaría y lo habría merecido.

A pesar de ello, Sofía hablaba de muerte eterna y, al oírlo, Lucine sintió un pozo de profunda tristeza en su pecho. Sabía que la sangre del mestizo la había cambiado, robándole los recuerdos de su vida. Pero no podía sentir aquella vida.

¿Toma la amaba?

Apenas podía recordarle, y mucho menos amarle como a Vlad. A pesar de todo, allí estaba él, sollozando. Le estaba confesando un amor que no tenía sentido para ella. ¿Cómo era posible que un hombre amara de la manera en que él decía que la amaba?

Él se había tranquilizado y ahora se volvió para mirarla. Durante un momento se limitó a mirarla a través de sus lágrimas. El dolor de ella creció, sentía empatía por el querido Toma, que había venido a rescatarla sin darse cuenta de que ella no quería que la rescataran.

Querido Toma, lo siento por usted. Siento mucho lo que Vlad le hará cuando le sorprenda aquí, intentando robarle a su reina.

—Lucine —empezó a decir. Luego se quedó callado durante un momento. Más lágrimas corrieron por su rostro y ella sintió que su dolor volvía como una marea lenta.

—Lucine, lo siento tanto. Debería habérselo dicho. Quería hacerlo, pero yo...

Se tambaleó y cayó sobre sus rodillas, agarrando las manos de ella y suplicándole mientras la miraba fijamente a la cara.

—Juro mi amor eterno por usted, Lucine. La he amado desde que la conocí. Arruinó usted mi mundo con su primera mirada y he codiciado el más pequeño de los gestos, el más mínimo reconocimiento. Saber que usted es consciente de que existo. Que corresponda usted a mi amor es mi anhelo más profundo, pero si tan solo besara usted mi mano, yo sabría que ha visto mi amor.

Una lágrima se desprendió de los ojos de ella y resbaló por su mejilla. Él besó el dorso de su mano y siguió hablando con más pasión.

—Usted ha sido mi obsesión. Ha inquietado usted mis sueños. Estoy totalmente preocupado por usted. Le ruego que me dé una única oportunidad de ganar su amor, de hacer que despierte de esta muerte en vida que le ha robado el corazón. ¡Es el mal, Lucine!

Tenía el rostro enrojecido y sus labios temblaban.

—¡Se va a casar con un monstruo del infierno que va a hacer estragos en usted durante toda la eternidad! Pero yo puedo ofrecerle la vida.

Eso fue más de lo que ella podía escuchar. Lucine retiró la mano y se dio la vuelta.

—No, Toma, no puede. Ahora llevo su sangre.

Él estaba allí, detrás de ella. Las manos le temblaban sobre los hombros de ella, hablando en voz baja junto a su mejilla.

—Entonces le encontraré una sangre nueva. Tomará la sangre de Dios.

La repugnancia le subió a la garganta y se apartó de él.

—¡Deténgase! ¡Va a conseguir que nos maten a los dos!

—No, yo la traeré de vuelta a la vida —dijo con la mano sobre la espalda de ella, cálida y firme—. Y si no puedo conseguirlo, vuelva aquí y viva con él. ¡Pero le demostraré tanto amor que no podrá marcharse jamás!

—¡Estoy muerta!

—¡La amaré de todos modos!

Ella se giró para mirarle.

—¡Nadie puede amar de ese modo que usted dice! —dijo bruscamente—. Siempre hay un precio y yo he pagado el mío.

—Entonces, deje que yo pague el precio por usted. Déjeme amarla, Lucine, se lo suplico. Deme un día, solo uno, y si no se siente encantada la traeré de regreso.

Las palabras le martilleaban en la mente como una avalancha de rocas; se sentía abrumada y aterrorizada a la vez. ¿Quién era este héroe de entre todos los rusos que quería salvarla de ellos?

—Toma —pronunció su nombre en voz alta.

Los recuerdos que tenía de él la inundaron: su respiración regular cuando la seguía por los alrededores del castillo aquella primera noche, sus miradas frecuentes, su lealtad férrea a su deber. Más aún, Toma era un guerrero con cicatrices en su cuerpo, un luchador salvaje que había matado a un millar de hombres con sus propias manos que ahora temblaban de amor por ella.

—Toma.

Durante un breve instante quiso echarse en sus brazos y suplicarle que la sacara de aquel infierno.

Pero ese deseo se esfumó con la misma rapidez. Ella pensó que se debía a la sangre de Vlad. Luego dejó de pensar en ello.

Dentro de ella había vida, podía verlo en sus ojos, oírlo en su voz. Una cálida ascua de esperanza lucía en la profundidad de su corazón y yo estaba seguro de que mis palabras conseguirían hacerla arder.

Ninguna persona en su sano juicio elegiría la muerte con Vlad por encima de la esperanza de vida fuera de aquel lugar.

Había pronunciado mi nombre: «Toma», como si lo saboreara por primera vez. Luego volvió a repetirlo: «Toma». Esta vez con deseo. Pero la luz de sus ojos se desvaneció y ella los apartó rápidamente.

—Le he oído —dijo—. Ahora debe irse.

Aquellas palabras pronunciadas por Lucine me hirieron profundamente. Quería postrarme en el suelo y suplicar su misericordia. Quería mostrarle mi fuerza y sacarla de allí aprisa. Anhelaba besarla en los labios y decirle que yo sería el único alimento que necesitaría jamás, que satisfaría hasta la necesidad más profunda y deleitaría sus ansias más salvajes.

Pero no la estaba ganando con mis apasionadas súplicas. ¡Tenía que hacer que escuchara la voz de la razón! Así que hice a un lado el dolor de mi corazón y le hablé con claridad.

—Si tan solo pudiera ver todo sería sencillo, pero esa sangre la ha cegado y no la culpo por ello, yo también bebí de ella. Estuve aquí, borracho por aquella sangre antigua y me hizo perder el control. Está usted engañada, Lucine. Ha sido atraída a un juego de pasión en el que Dios y el diablo están rivalizando por su alma. Ahora está con el diablo, y es una unión impura entre un ángel caído y una mujer. Yo...

—¿Lo sabe? —le interrumpió ella, dándose la vuelta.

—Y sé mucho más —grité, sintiendo cómo surgía en mí una chispa de esperanza. Enseguida le hablé de Tomás y del libro, caminando por delante de ella como un profesor, intentando desesperadamente atraer su mente, que parecía bastante estable aunque extraviada.

Se lo conté y ella me escuchó, pero mi mente solo estaba centrada en ella. En Lucine. A medida que pasaba el tiempo, mi amor por ella parecía aumentar. Quizás se debía a que ella por fin lo sabía.

Era surrealista. Yo estaba allí como un héroe para apartarla a toda prisa de la bestia implacable que podía estar subiendo las escaleras mientras hablábamos. A pesar de ello, mi mente estaba totalmente distraída por aquella pálida mujer de ojos negros que tenía frente a mí, por la forma en la que me observaba, cómo hablaban sus labios, cómo se movían sus dedos y cómo cruzaban sus pies el suelo de madera, por toda ella.

Pero, sobre todo, estaba distraído por aquellos atributos que me hicieron sentir afecto por ella la primera vez. Su tenacidad y su franqueza, su integridad, su risa y su naturaleza delicada, la pasión de sus ojos.

Ahora, además, tenía la esperanza de que Lucine compartiera su ser conmigo y yo hiciera lo mismo con ella. Yo era un hombre solitario por todas mis fanfarronerías y en ella había encontrado una necesidad desesperada de pertenecer a alguien, de conocer y de ser conocido.

Acabé mi relato, dejando al margen la insistencia de Tomás en que la cortejara. Me sentía esperanzado, no obstante, al ver que, aunque había fracasado con mis súplicas apasionadas, el llamamiento que hacía a la razón parecía estar funcionando.

Me miró durante un largo momento.

—¿Eso es todo? —preguntó finalmente.

—¿No es suficiente?

—Aunque lo que dice sea verdad y Vlad sea quien usted dice que es, ninguno de nosotros podemos cambiarlo.

—Puede abandonarle. ¡Debe hacerlo!

—¿Y elegirle a usted en vez de él?

Titubeé.

—Si pudiera encontrarlo en su corazón, sí.

Las lágrimas acudieron de nuevo a sus ojos. Vi cómo se movía su pálida y delicada garganta al tragar saliva.

—Quizás tenga suerte, le encuentre en otra vida y le suplique que me ame —declaró mirando hacia otra parte manteniendo la barbilla en la misma posición—. Pero en esta vida estoy atada a otro amante. Llevo su sangre y soy esclava de su amor.

—¡Entonces dígame qué puedo hacer para conquistarla! —dije bruscamente, odiando aquellas palabras tan pronto como salieron de mi boca. Pero estaba desesperado, y me moví torpemente—. ¿Qué clase de tentaciones y de seducción puede ofrecerle él que yo no pueda? ¿Qué comida, bebida o qué pasiones?

Me mesé el cabello mientras caminaba.

—¿Acaso no soy lo bastante hombre? ¿Quiere que mate a otro millar de infieles? —grité abriendo mis brazos de par en par—. ¿Es él más fuerte que yo?

—Sí, pero eso nada tiene que ver. Por favor, Toma, déjeme —me ordenó con un tono agrio, pero sus lágrimas la traicionaban.

—¡No puedo! Usted es mi única razón de vivir.

—No me conoce.

—La conozco como a mi propia carne.

—Estoy enferma.

—Y yo soy su sanador.

—Estoy atada a Vlad.

—¡Entonces le mataré!

Se le escapó el sollozo que pretendía contener y luego me volvió la espalda en un intento de recomponerse.

—Déjeme, Toma. Si quiere que sobreviva a esta noche, márchese ahora.

Me sentía destrozado. Ni las confesiones de amor, ni los argumentos racionales la conmovieron. Ya no sabía cómo podía cortejarla.

Me precipité hacia ella y la rodeé torpemente con mis brazos y puse mi cabeza en su hombro. Intenté pronunciar algunas palabras pero mi emoción me volvió a ahogar.

—Por favor —conseguí graznar—. Por favor, ámeme...

Era absolutamente patético, lo sabía perfectamente, pero estaba más allá de toda inteligencia.

—Toma...

Levanté la cabeza y besé su cabello.

—Lo siento... Por favor, Lucine, se lo suplico.

—Toma...

—Por favor...

—¡Toma! —gritó y me apartó, mirándome fijamente. Pero la crueldad de su mirada no me convenció. Solo estaba haciendo lo que ella creía que debía hacer.

—Déjeme. Vuelva a salir por la ventana y márchese con su vida. No vuelva nunca, se lo suplico. Nunca.

Era una esclava en la prisión de los artificios de Vlad. ¡Él era el cruel amo de la mazmorra y la tenía en sus garras! No era culpa de Lucine. El único culpable de todo aquello era Vlad van Valerik.

Una bocanada de calor se extendió por mi rostro mientras la rabia me brotaba como una marea.

Me habían dado el libro para matar a esa bestia. Mis palabras anteriores volvieron a mí: *Le mataré*. Entonces supe que debía hacerlo. La única forma de liberar a Lucine de aquel azote era atravesar el corazón de Vlad van Valerik con mi quinta y última estaca.

La conquistaría de ese modo, quitando los grilletes de sus ojos para que pudiese ver.

—Márchese —murmuró. Pensé que iba a romper a llorar—. Por favor, Toma. Váyase, por favor.

Mi mente estalló. Solo veía un objetivo delante de mí y ya no me molesté en pensar en una estrategia. Todos mis planes y mis cálculos me habían llevado a este fracaso absoluto. Ya era suficiente.

Podía lanzarme por la ventana o bajar a matar a la bestia que le había hecho esto a mi Lucine. Yo era un guerrero, de modo que la decisión surgió de mi instinto, no de la deliberación.

Di un paso hacia Lucine, la besé una vez en los labios, agarré la última estaca que me quedaba en el cinto y fui a cazar a aquel mestizo de Vlad van Valerik.

TREINTA Y CINCO

La escalera de caracol que descendía desde fuera de la habitación estaba alumbrada por una antorcha montada sobre la pared, junto a una barandilla de hierro. Sofía, que estaba en cuclillas en el primer escalón, se puso en pie.

No le tenía miedo. En ese momento no temía a ningún alma viviente o no viviente, ni a bestia alguna que no tuviera alma. Pero, en particular, no temía a este misterioso ser que había sido tan buena conmigo. No volvería a matar a nadie de su clase.

La miré fijamente.

—Tengo que matar a ese Nephilim —le dije—. Dime dónde puedo encontrarle.

Sus ojos se posaron sobre la estaca que yo tenía en mi mano y dio un paso atrás.

La alcé.

—Tengo los medios, ahora dime lo que debo saber. Si sobrevive, la ganará. Si venzo yo, seré yo quien la tenga. Si le mato, la ganaré.

Sus ojos se clavaron en la escalera.

—No se le puede matar —susurró—. ¡Es demasiado fuerte! No le alcanzarás nunca.

Pero yo aparté sus dudas y la rocé al pasar, en dirección a las escaleras.

—¡Toma! —murmuró.

Yo estaba demasiado resuelto para detenerme.

—La fuente, Toma. Rétale junto a la fuente de piedra.

Bajé corriendo las escaleras, me interné en un pasillo, salí a una habitación que parecía ser una mazmorra con una mesa de pizarra en el extremo más lejano. Había una silueta en un mar de sangre, pero no era la bestia. Me estaba dando la vuelta cuando mi mente reconoció su rostro.

Me precipité hacia la mujer. ¡Natasha! El parecido entre ella y su gemela hizo que me detuviera, helado. De no ser por el cabello rubio, sería Lucine. Le habían cortado la garganta y se había desangrado en el suelo.

Mis nudillos estaban blancos de la presión que estaba haciendo sobre la estaca. *Querido Dios del cielo, ¿qué he hecho? Alek, mi único amigo, está muerto. ¡Natasha, que estaba a mi cuidado, está muerta! Lucine...* Hice una mueca de dolor. *Lucine está muerta.*

Una ira santa brotó de mis poros. Salí de la habitación corriendo, con la mandíbula tensa y la mente rota. Atravesé un comedor, llegué al gran salón de baile, con las escaleras gemelas, y allí me detuve.

No tenía ningún plan en concreto, ningún camino alternativo, ninguna estrategia de salida que considerar. Lo único que me impulsaba era la convicción de que tenía que asestarle a la muerte el golpe final.

Pero ahora hice una pausa, respirando fuerte por la nariz. El salón estaba vacío. El humo dibujaba encajes en el aire que era más denso en la parte de atrás. Pero a estas alturas el fuego ya estaría apagado. El duque entraría en cualquier momento por las puertas del fondo de esta habitación y me vería. Sofía tenía razón: no tenía ninguna posibilidad en una lucha abierta con él.

Me había dicho que le retara junto a la fuente de piedra.

Corrí pegado a un muro, ansioso por salir de aquel gran espacio abierto donde aquellos espectros podían viajar como el viento, crucé una entrada más alejada que llevaba a la parte de atrás. La fuente de piedra podría estar en un patio, en un balneario o en otro gran salón. Pero ya había visto dos y en ninguno de ellos había nada parecido.

El humo seguía siendo denso en el atrio donde me había enfrentado a Stefan solo treinta minutos antes. Seguía sin haber rastro de los rusos. Debían de estar todos en los túneles ocupándose de la tragedia que yo les había dejado.

Corrí hacia la parte trasera e irrumpí por una puerta. Daba a un espacio cerrado con un techo abierto en el centro por donde caía una cortina de agua. A lo largo de la pared había esculturas de animales en piedra caliza con caños a modo de boca, con un espacio de dos pasos entre ellas. Una plataforma redonda con una cruz inmensa de piedra caliza sobre ella se levantaba en el centro. Alrededor de la base de la mesa había un estanque que tenía aproximadamente dos veces su anchura.

En mi mente se juntaron dos pensamientos. El primero era que había encontrado la fuente de Sofía. El estanque era la prueba de ello. El segundo era que esa agua de lluvia corría por la cruz y había llenado ese estanque.

Agua, y además una bendición en la forma de aquel crucifijo que una vez había sido la fuente central de lo que parecía ser un balneario.

Mi corazón resurgió de esperanza. ¡Eso era! Había llegado a mi propia salvación allí en el corazón del castillo del enemigo, porque ahora solo podría salvarme si Lucine era liberada y eso solo podía ocurrir si se soltaba la garra con la que Valerik apretaba su alma. Estaba seguro de ello.

Salí tambaleándome, y me puse bajo aquella cortina de lluvia. El agua caía a raudales de un cielo gris que no auguraba nada bueno; sin embargo, los cielos enviaban su bendición, no una maldición.

El estanque no tenía más de sesenta centímetros de profundidad. Chapoteé de un lado al otro y luego me subí a la plataforma redonda. El agua chorreaba por mi cabeza y bajaba hasta mi pecho. Me quedé allí de pie empapado de la cabeza a los pies.

Mi mano derecha aferraba la estaca de madera. Di un paso adelante y apreté la palma de mi mano izquierda contra la cruz de piedra. Era una reliquia tosca que había pagado el precio de estar expuesta a la inclemencia del tiempo. Los brazos de la cruz estaban a la altura de mi cabeza, en total mediría unos dos metros. A su superficie se agarraban musgo y pequeñas enredaderas que formaban parches.

El agua fluía sobre mis dedos, bajaba por la cruz de piedra y se extendía a mis pies antes de correr hacia el interior de la gran pileta que rodeaba a la fuente. No vi ningún poder ni magia en aquella agua. Deseé que fuera sangre, porque me parecía que habría tenido más relevancia allí que el agua. Pero el agua era como la sangre ¿no? Fluía sobre la cruz, limpiando y quitando todo el mal.

—Bendice esta fuente, Dios del cielo —grité mirando al cielo—. Lávala con tu sangre. ¡Mata a esta bestia y perdona la vida de tu novia!

No sabía qué más rezar. De nuevo me detuve por no tener nada planeado.

Rétale, había dicho Sofía.

Miré fijamente a la gran cruz que tenía delante y me impresionó pensar lo improbable de todo aquello. Iba a retar a una bestia que dejaba en evidencia incluso a un héroe de Rusia por la fuerza que tenía. Pero tenía una estaca de madera y un crucifijo, y el agua que corría por mis dedos y que aquella cruz bendecía. Y tenía amor.

Sobre todas las cosas, tenía amor.

Dejé colgar mi cabeza bajo mi brazo extendido; el agua salpicaba mis botas. La garganta me dolía por aquel amor. Me sentía el pecho lleno de plomo. Estaba al límite de mis fuerzas, y solo confiaba en el poder de la sangre que salía de las venas de Emanuel para salvar a Lucine y a mí mismo. Esperaba que, de alguna manera, esa sangre se hubiera transferido al agua y a la cruz que tenía delante de mí. No sabía de qué otro modo podría ayudarnos.

Mi respiración se hizo más densa y pronuncié una última oración en un susurro: «No me abandones. Permíteme salvar a aquella que amo, te lo suplico». Me enderecé y saqué el cuchillo de su funda. Ahora tenía un arma en cada mano. «Tráelo a mí».

El sonido de aquellas palabras me reconfortó y alcé mi barbilla al cielo. «¡Tráelo a mí! —rugí— ¡Tráeme a la bestia y permíteme matarla».

—Aquí estoy.

La voz de Valerik era tranquila y venía de la entrada que quedaba directamente detrás de mí. Levanté la cabeza y miré fijamente al agua que corría sobre la cruz. *Está demasiado tranquilo*, pensé. *No le teme a esta agua.*

Mi pecho se hinchaba y se deshinchaba. El miedo me atenazaba de un modo que sentí que no era capaz de darme la vuelta. Se veía una luz naranja que vacilaba sobre los muros. Detrás de mí había fuego.

—¿Me tienes miedo? —preguntó Valerik. Podía detectar la burla en su voz.

Me volví lentamente, arrastrando los pies para no resbalar. El mestizo estaba allí de pie, en toda su altura, en aquella entrada, mientras su camada desfilaba por delante de él, portando antorchas encendidas. Se distribuyeron por todas partes, protegidos de la lluvia por un estrecho saliente que había alrededor del muro redondo. Stefan fue el último en entrar y se quedó al lado de su amo, con el ceño fruncido.

En ese momento, todo el aquelarre me rodeaba. No había escapatoria.

—Tu orgullo es desmedido, debo reconocerlo —dijo Valerik—. Cualquier hombre en su sano juicio estaría corriendo aun después de infligirnos tanto dolor. Pero aquí estás, dispuesto a matar a la bestia. ¿No ha sido este tu propósito desde el principio? ¿Con ese fin has matado a tu amigo y a mis súbditos?

—Lo siento por ellos —contesté—. Es a ti a quien quiero.

—¿De verdad? Pensaba que lo que querías era a esa mujer. A mi novia.

Hablaba de ella como si fuera un objeto con el que comerciar.

—Ella me ama —dije.

Me ofreció una sonrisa perversa.

—Vengo de su habitación —grité—. La he abrazado y le he dicho que la amaba. Ha llorado en mis brazos.

Su sonrisa se suavizó y se le movió la mano derecha por el nerviosismo, pero se quedó allí quieto con los pies clavados en la tierra seca con los brazos caídos. Su abrigo y sus pantalones eran negros como el carbón, igual que sus ojos y su pelo.

—Entonces tendrá que agradecértelo a ti cuando yo le muestre mi desaprobación —replicó—. No es porque te ame, porque no puede querer a ningún otro pretendiente, sino por no haberte matado cuando tuvo la oportunidad.

—¿Amor? Tú no comprendes que amar es *dar* y no *tomar*. Sin embargo, tú tomas el alma de los demás.

—¡Y les doy el mundo! —rugió.

—Pero no la vida. No puedes dar la vida. Estás muerto.

—¿Te parezco muerto?

Dio un salto hacia mí sin aviso, aterrizó con levedad sobre la mesa que estaba junto a mí y me dio un puñetazo en la mandíbula. La cabeza se me fue hacia atrás y me tambaleé chocando contra la cruz.

—¿Sientes que esto esté vivo? —dijo en un tono áspero en mi oído, acercándose tanto que no pude mover el brazo para manipular la estaca. Intenté mover el cuchillo, pero me cogió el puño en el aire y me lo apretó con su puño de hierro.

Levantó la otra mano hasta el cuchillo que yo tenía agarrado y pasó la palma por todo el filo de la hoja. La sangre brotó de la herida. Soltó una risita, se lamió el corte y luego pasó su lengua por mi mejilla.

Enseguida dio un salto y se fue.

—Tú no tienes ningún poder aquí, humano.

Levanté rápidamente la cabeza y vi que estaba en cuclillas encima de la cruz, como una gárgola. La lluvia que le caía encima brillaba a la luz de las llamas. *Este es el diablo*, pensé, *y ha venido a hacerme pedazos.*

Estaba entusiasmado con su tarea, y se tomaba su tiempo sin amenazas. Intenté pensar con rapidez, sabiendo que si no afianzaba mi ventaja con precisión, moriría.

Pero ya no podía aprovechar esa ventaja. Tenía el agua; él seguía burlándose de mí. Tenía la estaca de madera, pero él era demasiado rápido para utilizarlo como blanco. Tenía el cuchillo, pero allí no era más que un juguete. Tenía el libro...

¡Pero no tenía el libro! Estaba en el bolso de lona que seguía cubierto en el alféizar de la ventana, en el dormitorio de la torre.

De modo que solo tenía mi mente y mi corazón. El último poder del que disponía era el amor. El poder de cortejar y el afecto.

—¿Es eso todo lo que tiene, Valerik? —grité—. ¿Fuerza bruta? ¡Sé quién eres!

Saltó desde donde se encontraba y aterrizó con destreza sobre sus pies, cerca de la entrada y, de nuevo, volvió su rostro hacia mí.

—¡No me digas!

—He leído un Libro de la sangre —proseguí—. Alucard fue el primero de tu especie en entrar a este mundo. Tú eres un mestizo y ya estás muerto.

No pudo darme una respuesta rápida. Había desencadenado algo dentro de él.

—Libro de la sangre —repitió—. Eso es imposible. No existen en esta realidad.

—¿Entonces dónde he leído el diario de Baal? ¿De dónde he sabido que eres descendiente del Nephilim, diablos de otra esfera? ¿O que le temes a la madera y al agua?

—¿Dónde está?

Ignoré la pregunta, viendo que había ganado ventaja.

—Hay un gran romance escrito en ese libro. El cortejo de Dios hacia su novia. Tú piensas que la has robado, pero no sabes que es el verdadero afecto y no una mera seducción lo que la atrae. Y tú no tienes afecto, solo seducción —le dije. Hice una pausa—. Ella se siente atraída por mí.

Valerik inclinó la cabeza como diciendo: «¿De verdad?». Echó una mirada a su alrededor, a sus súbditos que estaban allí de pie, vestidos de negro, mirándole fijamente más que con atención, con embeleso. Diez o doce antorchas alumbraban en la oscuridad. Me pregunté qué ocurriría con esos súbditos si moría Vlad van Valerik.

Abrió los brazos y habló con una sonrisa de condescendencia, dirigiéndose a mí, pero seguramente también a su aquelarre.

—De modo que insistes en representar el papel de pretendiente, Toma. Podías haberme dejado que gobernara mi mundo como mejor me pareciera. Podías haber encontrado otro mundo para tu afecto y dejarme seducir el mío propio. ¡Pero no!

Dio un paso adelante, metiéndose en la lluvia.

—¡En vez de eso, estás aquí en carne! ¡En mi casa! ¿Has perdido la razón?

—Es mi corazón lo que he perdido, no mi mente. Lo tiene Lucine. Todo entero. ¡La amo con desesperación, de una forma que probablemente tú no puedes entender y mucho menos experimentar! No puedo vivir sin ella.

—¡Es mi novia! —gritó, como metiéndose dentro de las palabras.

¿Acaso no era el diablo un ángel caído? Y los Nephilim ¿no eran ángeles caídos que se habían emparejado con mujeres?

—¿Pero qué les pasa a los tuyos que siempre quieren lo que no les pertenece?

Dejó caer los brazos y me miró fijamente.

—¿Dónde está el libro?

Volví a ignorar la pregunta. Tenía que encontrar un modo de distraerle, aunque solo fuera el tiempo de tomar impulso con la estaca. Quizás podría lanzar la madera como si fuera un cuchillo, confiando en tener la fuerza y la destreza de atravesarle el pecho con ella. Con un poco de suerte le atravesaría el corazón. Era mi única posibilidad.

Esa y el amor.

—Hay un gran romance entre Dios y su creación —dije—. Mi mayor arma es el amor —proseguí. Dejé que el cuchillo resbalara de mis dedos y que repiqueteara sobre la piedra, a mis pies—, pero te niegas a dejarme blandir esta arma porque es una amenaza para ti.

Valerik escupió a un lado.

—Nosotros nos reímos de la marca de la religión llamada amor y que no es más que formas y reglas que alimentan a los pobres de los fondos de la iglesia. Está muerto.

—En eso estoy de acuerdo. Ese tipo de amor son bolas de estiércol forradas de porcelana. ¿Pero qué me dices del afecto verdadero? ¿Puedes ofrecerlo tú?

—Tú ya has sido huésped nuestro, dime: ¿Has visto o sentido algún afecto?

—Entonces no debería haber problema. Si de verdad la amas, dejarás que sea Lucine quien decida.

—Ella ya ha elegido.

—¡Tú la engañaste! —grité—. Y ahora está en tu prisión. ¿Qué tipo de amor es ese?

Emitió un gruñido y saltó a mi lado, incapaz de contener su rabia. Pero esta vez intuí el movimiento y clavé la estaca con toda mi fuerza en el punto en el que pensé que aterrizaría.

La madera se clavó en su carne, con precisión cronométrica, y profundamente. Hasta mi puño.

Soltó un grito ahogado y sus ojos oscuros se abrieron de par en par. Agarró la estaca con ambas manos, pero no intentó sacarla. A nuestro alrededor, el aquelarre se mantenía en pie en un silencio estoico, como centinelas que esperaran una orden para hacerme pedazos.

—¿Crees que me asusta una estaca de madera? —preguntó Valerik.

Di un paso atrás y entonces lo vi. La estaca había entrado en sus pulmones, pero no había alcanzado el corazón. O quizás un mestizo no reaccionaba a la madera del mismo modo que sus súbditos. De una forma u otra, a Valerik no le molestaba aquella rama afilada que salía de su pecho.

Se apartó la camisa y se sacó la estaca de un tirón. La sangre fluyó de un agujero que empezó a cerrarse de inmediato como si estuviera hecho de masilla. En menos de seis segundos estaba recuperado.

Tiró la estaca sobre la plataforma, desde donde rodó hasta el borde, deteniéndose allí lejos de mi alcance. Los labios de Valerik se retorcieron en un suave gruñido y sus ojos adquirieron un tono rojo por detrás de aquellas órbitas negras.

Es el fin, pensé y di otro paso atrás. Moriría allí, bajo un cielo oscuro, en los Montes Cárpatos. El héroe de Rusia sería finalmente despojado de su vida, deshecho por amor.

Y Lucine...

Dejé que se apagara el espíritu de lucha dentro de mí. Mis brazos decayeron y sentía que me pesaba la mandíbula.

Moriría y Lucine sería su esclava por toda la eternidad. Al darme cuenta de ese inevitable resultado, y eso fue como un mazazo en mi mente. Ese pensamiento ahogó mi corazón con un dolor desgarrador.

«Lucine... ».

Susurrar su nombre solo hacía que me sintiera peor. Solo la veía a ella, observándome, confusa por la guerra que había en su propio corazón. Empecé a sentir pánico.

Mi rostro se arrugó y empecé a respirar a pequeñas bocanadas superficiales.

«¡Lucine!». Su nombre, solo eso, seguía teniendo su nombre y sollocé pronunciándolo, sin importarme nada que no fuera oír su nombre, aunque distorsionado por la emoción.

«Lucine... Lucine... ».

Fue demasiado para mí. Caí de rodillas, y levanté mis dedos como garras hacia el cielo, cerré los ojos y gemí su nombre, porque era el único bálsamo para mi dolor.

«¡Lucine! ¡Oh Dios! Lucine, Lucine, Lucine... ». Eran los gemidos guturales de un moribundo que se aferra a la última cosa más preciosa que la propia vida. Al amor.

¡Oh Dios mío, Dios mío! ¿Por qué? ¿Por qué me abandonas?

—Te abandonó hace ya mucho tiempo —dijo Valerik—. Y ahora morirás. No más amante, no más Dios, no más vida.

Una ira repentina me inundó, salté sobre mis pies y le grité.

—¡Ella no te ama! ¡Nunca te amará! Siempre llevará escondido su amor por mí, en lo más profundo de su ser...

El aire se llenó de un gruñido feroz y sentí cómo me levantaban del suelo por el cuello y me estrellaban violentamente contra la cruz como si fuera un insecto. El golpe me dejó sin aire.

Valerik empujó su cara cerca de la mía. Podía sentir el aire caliente de su garganta cuando habló.

—¡Ella... es... *mía*! —dijo, y el rugido de aquella última palabra me explotó en plena cara.

Me mantuvo pegado a la cruz por el cuello y me arrancó la camisa con la otra mano. Su mano se movió con la rapidez del relámpago y esta vez sentí cómo sus uñas cortaban la carne de mi pecho. Cortó hasta el hueso y yo grité de dolor.

La sangre fluyó de la herida.

Pero esto no era más que el principio. Me miró con desdeño y me laceró la mejilla, y luego el hombro.

El dolor era terrible, pero no fue eso lo que me empujó a sollozar mientras colgaba de aquella cruz. Mi dolor no era por mí, sino por Lucine. Ahora era la amante de este monstruo y yo no podía hacer nada por ayudarla.

Me empezaron a fallar las fuerzas y dejé que mis músculos flaquearan mientras luchaba por respirar a pesar de su garra de hierro.

—Te veré en el infierno —rugió.

—¿Vlad?

Escuché su voz que me hablaba mientras yo estaba a punto de perder la conciencia. Lucine estaba pronunciando su nombre, pero era una pregunta, no estaba segura.

Valerik se había quedado quieto. Abrí los ojos.

La vi por encima del hombro de Valerik. Lucine. Lucine estaba de pie en la entrada, vestida con el mismo camisón que llevaba antes. En su mano derecha había un libro.

Era el Libro de la sangre que yo había dejado en mi bolso de cuero.

Levantó el libro y preguntó.

—¿Es esto cierto?

TREINTA Y SEIS

Stefan se apartó de Lucine. Los demás también cambiaron de sitio. Algo había alterado la norma.

Mi corazón saltaba de expectación y temor a la vez, al ver a Lucine. Había encontrado el libro y, al leerlo, algo había sacado su mente de la oscuridad. ¿Pero cuál sería el precio que habría de pagar por cuestionar a su amo?

Él seguía sujetándome por el cuello, pero se había dado la vuelta y miraba fijamente aquella visión de hermosura que llenaba el hueco de la puerta, con el resplandor naranja del interior del castillo como telón de fondo.

La camisa de la bestia estaba empapada y se pegaba a las vigorosas cuerdas de músculos que envolvían sus hombros y recorrían su espalda. No cabía ninguna duda de que podía romperme el cuello con un simple apretón de sus dedos. Yo ya empezaba a perder la vista.

Levanté las manos y agarré su puño en un intento de aflojar su presión, pero solo conseguí que, por un momento, sus dedos se apretaran aún más, impidiéndome respirar.

—¿Es verdad que eres un demonio? —preguntó ella.

—¿Cómo te atreves a abandonar mi torre?

Ella dirigió sus ojos hacia mí.

—Déjale ir, por favor. Su único crimen es amarme.

Él me soltó y yo me derrumbé como un fardo. Luego caí a un lado. Mi cabeza golpeó la superficie de piedra con un escalofriante ruido sordo. La estaca estaba al otro lado, demasiado lejos para poder alcanzarla. Luché por no perder la conciencia.

—Encontré a Natasha —prosiguió Lucine—. Está muerta. Has matado a mi hermana —lo dijo simplemente, pero la emoción que embargaba sus palabras delataba un profundo dolor.

La reacción de Valerik fue inmediata. Por un momento, se quedó allí de pie, sobre la plataforma, fulminándola con la mirada. Un segundo después, ya estaba delante de ella. Le dio un puñetazo en el vientre y, al doblarse ella de dolor, le arañó la cara con su garra. El libro voló de sus manos. El golpe la había dejado sin aliento; no podía respirar y mucho menos gritar.

—No te imaginas la clase de dolor que puedo causarte —masculló agarrándola por el pelo y obligándola a levantar la cabeza para que me mirara—. ¿Es este el feo joven al que amas? —se burló.

Levanté la cabeza de la piedra y metí un brazo debajo de mi pecho, sin querer decir una palabra, por temor a que solo consiguiera que le hiciera más daño. Pero él no necesitó motivación alguna.

La sujetó con una mano y golpeó su rostro con la otra. Luego volvió a preguntar: «¿Es esta la mujer?». Le arrancó el vestido y laceró sus pechos haciéndola sangrar profusamente. Luego la empujó hacia delante con un puño lleno de pelo.

—¿Es esta la novia que amas? ¡Contesta!

Con esfuerzo me puse de rodillas, sollozando y con un miedo atroz a abrir la boca.

—¿Toma? —exclamó ella con su voz entrecortada por la desesperación.

La bestia gruñó y volvió a cortarla por cuarta vez, pero esta vez la silenció poniéndole una mano en el cuello, abriéndole la carne como si fuera un pescado. La sangre se derramaba y yo sabía que no podría sobrevivir mucho tiempo.

—Luci... —intenté decir, pero mi garganta dolorida apenas pudo hacer un ruido áspero. Volví a intentarlo y esta vez conseguí solo un susurro—: ¡Lucine!

La soltó y ella cayó con el rostro a tierra y sin fuerzas para atenuar su caída. Se quedó allí, totalmente quieta, sangrando bajo la lluvia.

Valerik se movió como una tormenta, levantándome del suelo y sujetándome contra la cruz para acabar de matarme. En dos giros rápidos de sus manos me rajó las muñecas.

—Ahora voy a dejar que tus venas se desangren —susurró. Y me mantuvo apretado contra la cruz mientras mi sangre fluía de las heridas, sobre mis manos y hasta el agua.

Así que los dos íbamos a morir, Lucine y yo.

Pero un pensamiento vino a mi mente. Algo que había leído en el Libro de la sangre. Palabras acerca de una fuente llena de sangre extraída de las venas de Emanuel.

Sé su Emanuel, Toma.

No lo entendía por completo. Ni siquiera sabía si este simple pensamiento no era más que la loca fantasía de un moribundo. Pero permití que me consumiera y pronuncié mi aprobación en un gemido.

—Toma mi sangre... —me obligué a decir las palabras a pesar de aquellas cuerdas que presionaban mi garganta.

—Sangra para mí —gruñó.

—¡Toma mi sangre! —dije con una voz áspera. Luego, con las últimas reservas de aire proseguí—: ¡Encuentra tu vida en mi sangre!

Solo podía ver el cielo, porque su mano me sostenía por debajo de la barbilla. Pero me sacudió como si fuera un trapo y aflojó la presión, permitiéndome tomar un poco de aire y una clara ventaja. Entonces pude ver lo que ocurría.

Vi la sangre que fluía de mis venas.

Vi que el estanque se ponía rojo por la sangre.

Vi que Lucine luchaba por ponerse de rodillas.

Mis ojos se clavaron en el rostro de Valerik. La oscura rabia que vi en él hizo que me encogiera, pero furia era lo que yo quería ver en él para que se distrajera por completo conmigo.

—Sin derramamiento de sangre —dije, y tuve que tomar una bocanada de aire antes de acabar—, no hay perdón.

Un tic nervioso recorrió su cara. Podía ver algo en sus ojos, un pensamiento perdido o quizás empezaba a darse cuenta de lo que ocurría.

—Ella es mi novia —dije—, siempre lo será.

Dio un salto y se volvió.

Lucine ya estaba de pie, tambaleándose hacia delante. Perdió el equilibrio y cayó en la fuente llena de sangre de mis venas.

—¡No! —gritó Valerik soltando toda presión. Yo caí sobre mis rodillas apoyando las manos en el suelo. De un salto se colocó junto al estanque—. ¡No, no, no! —exclamó, pero ya no podía impedirlo.

Rápido como un rayo, Valerik volvió a la plataforma, inclinándose hacia el cuerpo de ella. La agarró por la parte trasera de su vestido e intentó apartarla de un tirón, pero la tela se rasgó y ella cayó dentro del estanque.

—¡No! —gritó, metiendo el brazo en el agua y profiriendo una exclamación de dolor. Cuando sacó la mano, estaba llena de ampollas, quemada por el agua bendita.

Lucine yacía bajo la superficie, quieta, bautizada en aquel baño poco profundo de sangre. Yo podía caer allí con ella e intentar sacarla a la superficie. También podía alcanzar la estaca e intentar acabar con la vida de aquella bestia.

Primero me ocuparía de Valerik. Si sacaba a Lucine solo conseguiría que él se siguiera ensañando con ella.

Me puse en pie tambaleándome hacia la derecha y caí sobre aquella única estaca. Cuando me di la vuelta, Valerik había metido de nuevo la mano bajo la superficie, ignorando el dolor de su carne quemada y agarrando el cuerpo de ella.

Avancé a tropezones y me aseguré de echar todo mi peso en la caída, con la estaca extendida. Caí sobre la espalda de Vlad van Valerik

La madera afilada penetró por su espalda y le atravesó, saliendo por el otro lado hasta la piedra por debajo de él. Su cuerpo se arqueó y gritó. Fue un terrorífico sonido demoníaco que habría inquietado el sueño del loco más desquiciado.

Su cuerpo tembló con violencia, se inclinó hacia delante como una mantis religiosa. Supe que había alcanzado su corazón por la mirada llena de pánico que vi en sus ojos.

Entendí que había puesto fin a su existencia sobre esta tierra. Con toda seguridad estaba totalmente muerto.

Pero me caía, por aquel borde, en aquella tumba sangrienta que era mucho más que mi propia creación.

Lucine no sabía si estaba viva o muerta.

Pensó que estaba muerta. Por el libro supo que ya estaba muerta.

Sin embargo, ahora unos dedos cálidos serpenteaban por su cuerpo, haciéndole cosquillas y quemándole en sus heridas. Luego, en lo más profundo, a través de sus venas y hasta sus extremidades sentía cómo una lava líquida se abría camino a través de las grietas y los estrechos canales. Le quemaban los dedos de las manos y de los pies, y tenía el rostro caliente.

Toma... Pensar en él la hizo girarse bruscamente. Abrió los ojos de par en par. Estaba perdida en un mar rojo.

Toma... Sentía un dolor profundo en la garganta. *¡Toma, querido Toma!* Todas las señales estaban allí. Desde el principio había visto el afecto en sus ojos. Ahora se odiaba a sí misma porque esos ojos ya no la pudieran contemplar.

¿Estaba viva?

Se golpeó la rodilla contra la dura superficie que había debajo de ella. Estaba en el estanque, bajo la superficie, y los pulmones le ardían. De repente se alarmó, se debatió y consiguió levantarse y enderezarse.

Una vez fuera del agua, abrió la boca en busca de aire para poder respirar. El agua le corría por el rostro y salpicaba en el estanque. Se secó la cara con la palma de la mano para poder ver y los cambios la impresionaron.

Desde la puerta, Stefan se volvió y la miró a los ojos. El cuerpo lacio y sin vida de Vlad colgaba de su hombro. Por la mirada de desdén que había en el rostro de Stefan pensó que Vlad estaría muerto. ¿Cómo? El lugarteniente se dio la vuelta sin decir palabra y se adentró en el castillo.

El dolor de su cara había remitido. Echó una mirada a su cuerpo, que solo mostraba una carne suave, sin heridas. Su cuello... Se tocó el cuello ligeramente con los dedos y luego con ansiedad, agarrándolo y sintiéndolo. ¡No había ningún desgarro en la piel! ¿Estaba curada?

Se dio la vuelta y se puso en pie. El aquelarre se había ido. Todos habían desaparecido. Stefan había sido el último. La lluvia caía, el agua fluía, pero no había nadie más en la habitación. La cruz sobre la que Vlad había golpeado a Toma se levantaba hacia el cielo y no era más que piedra.

—¿Toma?

Volvió a mirar a su alrededor.

—¡Toma!

Pero lo único que quedaba allí como recuerdo de lo que había sucedido era sangre. Una fuente de sangre y ella, perdida en el estanque.

Algo tocó su tobillo y dio un salto hacia atrás. Una mano flotaba en la superficie. Llevaba el anillo de oro con la insignia de la emperatriz.

—¿Toma?

Hundió ambas manos en el agua y lo agarró, sintiendo su cabello y su brazo.

—¡Toma!

Lucine tiró de él, sacó la cabeza y la parte superior de su cuerpo del agua, pero en la oscuridad no podía decir si seguía respirando, si estaba vivo o muerto.

—¡No, no, por favor, no! —exclamó, tirando de él hacia un lado y luego por encima del borde donde se desplomó sobre el suelo de piedra.

—¡Despierte, Toma! ¡Despierte, despierte!

Seguía sin poder decir si estaba vivo y no tenía ni idea de cómo ayudarle. Le golpeó el pecho.

Su vestido estaba destrozado y empapado, pero no tenía otra cosa. Frenética se arrancó las mangas.

—¡Tenemos que detener este sangrado!

Él la miraba fijamente con los ojos abiertos de par en par, mientras ella vendaba rápidamente sus heridas.

—¡Está viva!

Me quedé allí sentado, impresionado, viendo cómo Lucine se afanaba como una loca alrededor de sus heridas, sin una sola marca en su propio cuerpo. Yo había visto lo que la bestia le había hecho y, a pesar de ello, su cuerpo sin heridas se tambaleaba frente a mí.

No solo era que no tuviera heridas, sino que su piel había cambiado. Ahora era tersa, tenía color y ya no se veía translúcida y blanca. Y sus ojos habían vuelto a ser de color marrón claro.

Los rusos se habían ido. El cuerpo de Vlad van Valerik ya no estaba allí.

Pero Lucine sí. Y estaba bien, a menos que aquello fuera su fantasma.

—¿Está viva? —pregunté y, por lo impresionado que estaba, me parecía una pregunta razonable.

Ella siguió atareada, asegurando la tela alrededor de mis muñecas sin responder.

—Sí, lo está —dije—. ¡Está viva!

De pronto, ella se sentó, puso la cabeza entre sus manos y sollozó.

—Lucine...

Se incorporó.

—Shh, shh, no —dijo mientras ponía su dedo sobre mis labios para que me callara. Luego, con lágrimas que caían por su rostro, empezó a besar mis manos, como las tiernas gotas de lluvia que ahora caían suavemente a nuestro alrededor. Ya no deseaba contenerse y tomó mi cara entre sus manos. Me besó las mejillas, la nariz, la frente, cada parte de mi cabeza.

—Gracias —susurró—. Gracias, gracias.

Me besó en los labios.

—Gracias, Toma. Lo siento tanto. Gracias —repitió, y me besó de nuevo. Fue un largo beso, persistente, mucho más de lo necesario si solo pretendía mostrar gratitud.

Se echó hacia atrás y me miró fijamente a los ojos, intentando verme a través de sus lágrimas.

—Te amo, Toma.

Eso era todo lo que yo quería escuchar. Estaba tan ansioso por escuchar esas palabras que, por un momento, sentí temor de que pudiera retirarlas o suavizar su impacto con una explicación.

La tomé en mis brazos y la acerqué a mí, abrazándola muy fuerte contra mi pecho. Empecé a llorar sin sentir la menor vergüenza, deshecho por la gratitud que sentía al ver que ella me amaba y rezando para que no se echara atrás.

—Te amo, Toma —repitió, esta vez en mi oído. Por el sonido de su voz y por su abrazo desesperado, sabía que lo que me decía era verdad.

Yo no podía decir nada que no hubiese dicho ya, y no quería ni respirar ni decir una palabra para no romper la magia de aquel momento. Nos aferramos el uno al otro durante largo tiempo y, aunque me sentía débil, ella parecía tener fuerzas por los dos.

—¿Se han ido? —preguntó mirando hacia la puerta—. Quiero decir, ¿se han marchado de verdad?

—Vlan van Valerik está muerto —respondí.

Se volvió para mirar atrás.

—¿De verdad?

—Le atravesé el corazón con una estaca antes de caer en el estanque.

—¿Estás... seguro? —preguntó mientras clavaba sus ojos por toda la habitación—. ¿Le viste morir?

—Creo que sí. Y ahora todos ellos se han ido. Deben de haberse llevado su cuerpo.

Se puso de pie y miró más allá de la puerta. Luego desapareció por ella.

—¡Lucine! ¡Espera! —la llamé, poniéndome en pie y apoyándome en la fuente para recuperar el equilibrio. Luego caminé como pude hasta la puerta.

Ella estaba allí, en la habitación grande que había dos puertas más allá, mirando a su alrededor, perdida.

—¿Lucine?

—Se han ido —dijo ella.

—¿Estás bien?

Lucine se dio la vuelta y se apresuró a salir. A cada paso que daba su cara se iluminaba. Caminó directa hacia mí y deslizó sus brazos alrededor de mi cuello.

—Ahora me siento más que bien.

De puntillas, me besó hasta que sentí cómo me derretía en sus brazos. Sus lágrimas brotaron de nuevo. Ahora serían seguramente de amor más que de remordimiento. Sus labios se despegaron de los míos y enterró la cabeza en mi cuello, llorando. Habían ocurrido demasiadas cosas para no llorar.

Lucine y yo nos quedamos allí, en el castillo Castile, que ahora estaba vacío de todo mal, y lloramos juntos. Habíamos encontrado el amor más verdadero. Habíamos encontrado la sangre de Dios.

Nos habíamos encontrado el uno al otro.

Querido lector

Como podrá ver, estoy muerto. No en la carne, pero eso apenas importa, ¿verdad? Vlad van Valerik me mató y, por medio de mi muerte, Lucine, que también estaba muerta, encontró la vida.

No podría decir con seguridad si mi muerte fue física, si morí realmente en aquella fuente, pero debo decir de nuevo que eso no importa. De una forma u otra, ahora estoy muerto a este mundo, porque he visto demasiado del otro. He recibido una nueva vida, la sangre de Dios que ahora corre con toda seguridad por mis venas.

No soy un santo canonizado por la ortodoxia, ya que la iglesia ha rechazado mi historia y me considera un hereje. Hay veces en las que, al recordar aquellas semanas, me pregunto si todo aquello ocurrió realmente o si quizás perdí la cabeza. Pero solo tengo que mirar a Lucine, mi esposa, sentada al otro lado de la mesa, para recordar que cada uno de esos recuerdos es verdad.

No fue un suceso convencional, desde luego, pero tampoco lo son los relatos que aparecen en ese libro llamado «las Santas Escrituras». Si tiene usted alguna duda persistente, debería visitar nuestro hogar y podríamos hablar sobre el asunto delante de un buen asado y vino tinto. Naturalmente, tendrá que viajar a Rusia para ello, porque Lucine y yo nos mudamos a Moscú después de nuestra boda que se celebró a los dos meses de aquel día.

En cuanto a Natasha y Alek, siempre lloraremos sus muertes. Si hubiera un modo de hacerles volver, lo haría. Entraría a otro castillo y mataría a otra bestia. Pero se han ido. Kesia vendió la hacienda de Moldavia y vuelve a vivir con su marido, Mikhail Ivanov, en el campo, cerca de Moscú. La visitamos con frecuencia.

El castillo Castile sigue vacío hasta donde yo sé. No se encontró ninguna señal del aquelarre. Los únicos cuerpos que se recuperaron fueron los de nuestros queridos amigos Natasha y Alek. Aunque algunas antigüedades permanecieron allí durante un día, cuando entré con el ejército, también habían desaparecido. Todo el castillo había sido limpiado y luego devorado por el fuego.

Estoy seguro de que querrá saber qué ocurrió con aquellas criaturas, aquellas pobres almas infectadas por Nephilim. A decir verdad, no puedo estar seguro de que Lucine siga teniendo la sangre en sus venas, es todo lo que sabemos. Pero es distinta a las demás, porque fue restaurada.

El resto puede haberse desvanecido para siempre, cuando su creador mestizo murió. Querido Dios, ruego que no sea así, porque Lucine y yo seguimos hablando de Sofía y nos entusiasmaría tener un encuentro con ella, una oportunidad de ganarla para una nueva vida.

No estamos seguros de quién se pudo salvar de entre ellos o quién pudo transformarse, pero estamos convencidos de que jamás se volverá a considerar que un mestizo verdadero es un ser humano, porque su mitad mayor estaría creada a partir de ese mismo ángel caído.

De modo que, si usted lee este libro y se encuentra con cualquier persona que le pueda parecer perdida en la oscuridad, le ruego que la ame y que ore para que sea entregada a la luz por medio de una sangre que obra para purgar el mal.

El Libro de la sangre se perdió, desapareció con el resto de las reliquias del castillo, pero yo doy fe de su mensaje y digo que es un mensaje de amor y de romance. No he vuelto a ver a aquel viejo mensajero de Dios que decía llamarse Tomás el santo, tampoco he oído hablar de él. Para honrarle, he tomado su nombre.

En cuanto a mí, he sido liberado de todos mis deberes del ejército. Al saber que Vlad van Valerik (que de hecho era el pretendiente elegido para Lucine) había asesinado a Natasha, Catalina me perdonó por mi indiscreción de enamorarme de Lucine.

Ahora paso mucho tiempo escribiendo poemas, canciones, mensajes para mi Lucine, y a ella le encanta. También escribo libros como este que usted ha leído.

El mismo día que Lucine y yo descendimos de aquellas laderas de los Cárpatos, escribí un poema sobre la sangre de Emanuel. Recientemente he sabido que cayó en manos de un gran escritor de himnos de Inglaterra, llamado William Cowper. Escribió un himno utilizando uno o dos fragmentos de mi poema, creo, porque mis palabras son verdaderas y le dejo ahora a usted con ellas.

Hay una fuente sin igual
De sangre de Emmanuel,
En donde lava cada cual
Las manchas que hay en él.

Santo Tomás de Moldavia
Amante de su novia

Fin

Acerca del autor

Ted Dekker es reconocido por novelas que combinan historias llenas de adrenalina con giros inesperados en la trama, personajes inolvidables e increíbles confrontaciones entre el bien y el mal. Él es el autor de la novela *Obsessed*, la serie del Círculo (*Verde, Negro, Rojo, Blanco*), *Tr3s, En un instante*, la serie La Canción del Mártir (*La apuesta del cielo, Cuando llora el cielo* y *Trueno del cielo*). También es coautor de *Blessed Child, A Man Called Blessed* y *La casa*. Criado en las junglas de Indonesia, Ted vive actualmente con su familia en Austin, TX. Visite sus sitios en www.teddekker.com, Twitter: @TedDekker y facebook.com/#!/teddekker.